CHRISTIAN JASCHINSKI

DER TAG, AN DEM ICH FESTSTELLTE, DASS FISCHE NICHT KLETTERN KÖNNEN

GANZ KOMISCHER ROMAN

SCHWARZKOPF & SCHWARZKOPF

INHALT

KAPITEL 1

»DON'T YOU CRY TONIGHT«

AXL ROSE | IZZY STRADLIN

POTENTIUS

»Er ist rot!« – Bolle steht mir mit den Händen in den Taschen seiner schwarzen Cargohose auf meiner Einfahrt gegenüber. Zwischen uns parkt das neue Auto. In der Nachbarschaft gewinnt ein Benzinrasenmäher das Krachduell gegen einen elektrischen. Wenigstens duftet es nach frisch gemähtem Gras.

Auf der anderen Straßenseite sitzt derweil meine Nachbarin Gisela wie immer abends bei trockenem Wetter rauchend auf der Vordertreppe und hackt auf ihr Handy ein. Ihre Haustür steht dabei sperrangelweit offen, sodass man durch das Haus hindurch und hinten aus dem Wohnzimmerfenster wieder hinaus in ihren Garten gucken kann.

Während sie hoch konzentriert ihr Handy bearbeitet und raucht und raucht und hoch konzentriert ihr Handy bearbeitet, tut sie so, als ob sie uns nicht beachtet. Ich weiß, dass sie auf Unterhaltung aus ist. Und ich weiß auch, dass sie weiß, dass ich es weiß, was ihr aber völlig egal ist. Hauptsache, sie kriegt etwas geboten.

»Ja! Tolle Farbe, oder?« Ich nicke begeistert. »Und jetzt guck mal …« Andächtig gehe ich vor einer meiner vier wunderbaren Neunzehn-Zoll-Carrera-Felgen in die Hocke, lege die Hand auf den

7

Reifen und will Bolle meine Lieblings-Design-Schrulle vorführen: Die Spitze des Porsche-Wappens auf der Radnabenabdeckung muss immer auf das Ventil zeigen.

»Ein roter Porsche?« Mein bester Freund hat die Augenbrauen hochgezogen. »Das soll dein Paradigmenwechsel sein?«

Ich gucke zu ihm auf. »Genau, Captain Obvious. Und?«

»Alter!«, schüttelt er den Kopf, rührt sich aber sonst nicht von der Stelle. Begeisterungsstürme sehen jedenfalls ganz anders aus. Er atmet aus, ausführlich wieder ein, um sich dann doch noch fröhlich grinsend zu einem Kommentar herabzulassen: »Na, jedenfalls finde ich gut, dass es dir nicht peinlich ist, dass jetzt alle denken, du hättest keine Tinte mehr auf'm Füller!«

»Mann, Bolle!« Ich drücke mich genervt in die Vertikale. »Das ist das Einzige, was dir dazu einfällt?« Toller bester Freund.

»Aber wieso, Max? Wieso bloß?«, fragt er theatralisch und pseudo-hilflos, indem er sich mit großer Geste in mediterranem Macho-Style nach hinten neigt und die Hände ergeben gen Himmel reckt.

»Weil sie mich beachtet haben!«

»Sie haben dich *was*? Wahrgenommen? Mit dir gesprochen? Dir etwas verkauft? In einem Autohaus? Noch dazu in einem Porsche-Autohaus? Oder wo ist der her?«

Ich zucke mit den Schultern und gucke wahrscheinlich genauso zerknautscht wie Harrison Ford in einem ausweglosen Indiana-Jones-Desaster.

»Delikatös!« Was bei Bolle alles heißen kann und ergo kontextorientiert interpretiert werden muss.

Er schüttelt verwirrt den Kopf.

Durchdenkt kurz alles.

Guckt.

Guckt immer noch.

Immer noch.

Dann nickt er verständnisvoll: »Vollidioten. Alles Vollidioten!«

IRREN IST MÄNNLICH

Alles begann vor einem halben Jahr an einem fast normalen Freitagnachmittag mit der groben Fehlinterpretation einer scheinbar eindeutigen Situation.

Oder endete. Je nachdem, von wo man guckt.

Ich hatte extra ein bisschen früher Feierabend gemacht.

»Wir·machen eine Reise?«

Das Mini-Cabrio meiner Frau parkte wie ein Fluchtauto rückwärts und mit offenem Verdeck in der Einfahrt. Die freundliche Novembersonne beschien unsere teuren Lederkoffer, die auf dem Rücksitz senkrecht nebeneinander aufgereiht standen, wie Leitz-Ordner im Aktenschrank.

»Oh, du bist schon da?!« Martina kam mir im Flur entgegen. Sie hatte sich noch nicht für die Freizeit umgezogen und sah einfach umwerfend aus. Das blaue Kostüm mit der weißen Bluse umschmeichelte ihren perfekten Modelkörper, an dem die Jahre und die Schwangerschaft spurlos vorübergegangen zu sein schienen. Ihre blonden langen Haare hatte sie zu einer Banane zusammengefasst. Dazu die dezenten Perlenohrstecker – schlicht und edel –, was hatte ich doch für ein Glück mit dieser wunderschönen Frau!

Durch die hohen Absätze musste ich mit meinen eins einundachtzig zwar ein wenig zu ihr aufsehen, aber das war eh symptomatisch für unsere Beziehung. Über den linken Arm hatte sie unseren Kleidersack gelegt, und ihr Beautycase hielt sie mit rechts. Es hing eine schmackhafte Geruchsmischung aus Oregano, Salami und einer leichten Note Chanel No. 5 in der Luft.

Wahrscheinlich hatte sich unsere Tochter Julia heute Mittag eine Fertigpizza in den Ofen geschoben. Ich musste innerlich lächeln, weil ich daran dachte, wie Julia mich letztens fragte, welche der beiden Berufsgruppen eigentlich blöder wäre: Ingenieure oder Marketing-Manager. Meine Sicht auf die Dinge war klar, aber das konnte ich ja schlecht sagen. Also fragte ich nur: »Warum?« – »Weil auf der Pizzapackung steht, dass die Pizza auf der mittleren Schiene gebacken werden muss, und jetzt guck dir mal unseren Backofen an.« Da hatte sie recht: Bei vier Schienen die mittlere zu finden ist keine leichte Aufgabe. Trotzdem war Salamipizza definitiv auch meine Lieblingspizza.

Den Hauch Chanel hatte Martina verteilt, die nun auf den Strauß rote Rosen und das kleine Paket mit der großen Schleife starrte.

Mist! Meine Frau hatte eine Überraschungsreise gebucht, und ich Dussel wieder nur Schmuck und Blumen. Sechzehn Rosen. Langstielig. Immerhin, aber eben nichts Besonderes.

»Ja, ähm, ich dachte … ich hab Lachs im Auto, und den wollte ich, ach egal. Alles Gute zum Hochzeitstag, Schatz!«, sagte ich und ging euphorisch auf sie zu. War ja auch wirklich egal, wer die Reise gebucht hatte. Hauptsache, wir kämen mal raus. Julia war jetzt sechzehn und bekam das ganz gut auch ein Wochenende ohne uns hin. Das war wirklich eine wunderbare Idee. Sex hatten wir auch schon ewig nicht mehr …

»*Wir* machen keine Reise!«, informierte mich meine Frau kalt mit ihrer sachlichen Anwältinnenstimme.

»Nicht? Ach so, na ja. Ähm … also …« In meinem verwirrten Kopf dudelte der Sesamstraßen-Wieso-Weshalb-Warum-Song, und ich guckte vermutlich wie ein Fisch, der es nicht schaffte, wie gewünscht den Baum hochzuklettern.

»Nein!« Die Bestätigung kam kühler, als Champagner üblicherweise genossen wird.

Und dann kriegte die Hoffnung von der Realität endgültig voll auf die Fresse: »*Ich* ziehe aus!«

»Du ziehst …? Warte mal. Und das wolltest du machen, während ich nicht da bin?«

»Ist besser so, glaub mir.«

»Besser für wen?«

Martina ignorierte einfach die Frage. »Mit Julia hab ich schon gesprochen.«

»Du hast … nee, das gibt's doch jetzt nicht … könnte ich vielleicht mal erfahren …?«

»Lass mich bitte vorbei, ja?«

Boah, war die abgebrüht. »Und wo willst du jetzt hin?«

»Wenn was ist, kannst du mich übers Handy erreichen.«

»Es ist mehr als was, und ich will *jetzt* mit dir sprechen.«

Martina atmete genervt aus. »Es gibt jemand anderen, und mehr gibt es grad nicht zu sagen.«

Das sah ich völlig anders, dafür aber gezwungenermaßen dabei zu, wie meine Frau aus der Haustür stelzte und vom Hof brauste. Ganz zärtlich kam von hinten eine Wand, stützte mich ab und ließ mich an ihr herunterrutschen, bis ich auf den kalten Fliesen saß. Ziemlich viel Kühle heute.

So war das also, wenn aus der Frau fürs Leben die Lektion des Jahrhunderts wurde. Ich würde kotzen müssen, wenn ich das nächste Mal Salamipizza roch. Oder Chanel No. 5.

VÄTER, TÖCHTER UND ANDERE MISSLICHKEITEN

»Max, ich hau ab!« – Ich schaute von meinem dampfenden Kaffee auf, während gleichzeitig der Toaster zwei frisch geröstete Scheiben nur so weit in die Luft katapultierte, dass sie nicht aus den Schlitzen hüpften.

Martina war seit einundvierzig Stunden und zwölf Minuten aus dem Haus und wohl vorerst auch aus meinem Leben verschwunden, und nun verabschiedete sich unsere wunderschöne Tochter, ich meine, Shit, wie nennt man das denn nun?, also Julia ebenfalls …

Sie stand in der offenen Küchentür, ihre Jacke in der Hand. Ein wirklich, wirklich sehr, sehr schönes Mädchen. Was jetzt nicht meine verklärte Sicht auf die Dinge darstellt, weil ich der Erzeuger war.

Subjektive Erkenntnisse werden ja gern als objektive Wahrheiten dargestellt. Oh, nein! Sie sah echt Hammer aus. Also Hammer im adjektivischen Sinne. Ja, richtig! Die Situation überforderte mich und mein Stammhirn nebst aller möglichen Nebenhirne.

Unsere Augen hatten dasselbe Grün, nur funkelten ihre angriffslustig, während mir meine vorhin im Spiegel dumpf, leer und trostlos entgegenblickten. Auch das dunkle Braun und die Wellen in ihren Haaren hatte sie von mir. *Mir* gefiel es sehr gut, aus ihrer Sicht ging »dieses Straßenköter-Braun so natürlich überhaupt mal gar nicht«.

Also ließ sie sich die verhasste Normalo-Naturfarbe in Mahagoni wegtönen. Auf mich wirkte das eher emanzipatorisch dunkelrot, aber na gut. Und Glätteisen (»Nicht ohne mein Glätteisen!«). Der natürliche Feind der natürlichen Locke. Julia konnte unmöglich das Haus verlassen, ohne ihre Haare mit diesem merkwürdigen Elektro-Haar-Toast-Gerät malträtiert zu haben. Ansonsten schlug sie gesichtstechnisch eher nach ihrer Mutter – was wahrscheinlich auch besser war, wenn ich so an meine Nase denke.

An diesem Sonntagmorgen dachte ich allerdings überhaupt nicht so besonders viel, weil der dumpfe Schmerz zwischen Bauch und Herz penetrant und permanent pochte wie ein Politiker auf die Durchsetzung eines schwachsinnigen Reformpakets.

Und dass Julia »Papa« durch »Max« ersetzt hatte, machte das Leben auch nicht gerade geschmeidiger. Das hätte ich mir vor fünfzehn Jahren keinesfalls träumen lassen, als ich mit meiner Tochter am Strand buddelte, wir ständig zwischen dem Meer und unserem Sandbauwerk hin- und herliefen, um Wasser zu holen, bis Julias Windel völlig durchnässt war und ihr bis zu den Knien hing. Martina saß im Strandkorb und las, schaute und lachte immer wieder glücklich zu uns herüber. Familienidylle, die durch nichts zu erschüttern schien.

»Julia, hör mal …«

»Was?«

»Können wir kurz reden?«

»Hä wieso? Ich wüsste nicht worüber, und außerdem ist Philip gleich da.«

»Warum sagst du denn jetzt immer ›Max‹ zu mir?«

»Weil mir ›Maximilian‹ zu lang ist.«

»Das meine ich nicht!«

»Ich weiß.«

»Es kommt mir aber komisch vor.«

»Wieso? Du nennst mich doch auch ›Julia‹ und nicht ›Kind‹!«

Gestochen scharfe Logik. Ich würde ja gern behaupten, dass die auf dem zweiten X-Chromosom liegt, das von mir stammte, aber zugegebenerweise klang das mehr nach der Juristendialektik meiner abhandengekommenen Frau. Keine zwei Tage war sie nun weg, und ich wusste noch immer nicht wieso oder weshalb oder warum.

Ich war trauriger als Old Shatterhand, nachdem erst Nscho-tschi und dann Winnetou getötet worden waren, wütender als Michael Douglas auf seinem Gewaltmarsch durch L. A. in *Falling Down* und in meinem Herzen und meinem Kopf herrschte größeres Chaos als in Julias Zimmer.

Wie möchte eine Frau einen Mann? Ich war doch immer nett und verständnisvoll, wenn's drauf ankam auch zärtlich. Sie konnte sich an mir reiben, sowohl im metaphysisch-intellektuellen Sinn als auch im, ähm, sexuell-ordinären. Und das reichte nicht? Auf der Suche nach der Antwort war ich heute Morgen schon um vier Uhr verwirrt umhergewandert, bis ich irgendwann mit kalten Füßen an eine Kreuzung kam: Wohnzimmer, Küche, Gäste-WC. Ich entschied mich für die Küche.

»Aber …«

»Außerdem bist du schuld, dass Mama weg ist.«

»Mama ist also noch Mama, und ich bin schuld daran, dass sie einen Neuen hat? Sehr interessant!«

»Ja, denk mal darüber nach!«

»Mach ich, aber vielleicht könnten wir ja …«

»Jetzt nicht, Max. Jetzt muss ich los.«

»Aber Philip …«

»Ich warte draußen«, sagte Julia und zog die Haustür lauter als nötig zu.

Scheiße! Einerseits hatte ich noch nie morgens Ouzo getrunken. Andererseits musste es ja nicht bedeuten, dass etwas, was man noch nie gemacht hatte, deswegen weniger sinnvoll war.

MANAGEMENT BY SURPRISE

Ich starrte auf die Uhr. Viertel nach acht. Ein kurzer Blick aus dem Bürofenster. Wieder zur Uhr. Die Kopfbewegung tat höllisch weh, was wenigstens kurzfristig vom Herzschmerz ablenkte. Immer noch Viertel nach acht. Immer noch mit weggelaufener Ehefrau. Und knatschiger Tochter.

War meine Uhr stehen geblieben? Bitte nicht heute!

Wie viel Ibuprofen hatte ich heute Morgen genommen? So viel war doch in der Ouzo-Flasche gar nicht mehr drin gewesen. Ach ja, ich hatte die Buchstütze abbekommen, als ich das Hochzeitsalbum aus dem obersten Regalfach zog. Zunächst beauftragte ich meine genialen Lieblingsautoren damit, mir Ablenkung zu schenken: Nach dem *Hund von Baskerville* versuchte ich, mich auf den *Talentierten Mr. Ripley* zu konzentrieren. Vergeblich. Ich starrte auf die Seiten, blätterte auch um, aber mein Hirn wollte aus den Buchstabenwolken keine sinnvollen Sätze bilden. Anschließend bat ich unter Ouzo-Einfluss Sir Arthur und Patricia um Vergebung, denn das hatten sie wahrhaft nicht verdient.

Und obwohl mein Hirn irgendwo tief drin wusste, dass es eine bescheuerte Idee war, entschloss ich mich dazu, alte Fotos anzuschauen. Dank der Buchstütze kam es nicht mehr dazu. Das Wochenende der neuen und vor allem einsamen oder besser noch einsam machenden Erkenntnisse. Wobei »besser« wohl das falsche Wort ist, weil ich alles schlechter fand als vor Freitag. Auch heute. Am Montag.

Mein Outlook-Kalender informierte mich darüber, dass ich in fünfzehn Minuten Dr. Jürgen Weißhaupt gegenübersitzen würde. Stimmte also doch mit Viertel nach acht.

Darauf musste ich mich jetzt konzentrieren. Weil eben doch manchmal auch gute Dinge passieren im Leben. Und weil ich Sherlock Holmes' Rat befolgen wollte: Arbeit ist das beste Mittel gegen Kummer.

Dr. Weißhaupt war Personalleiter der Bentmann Gruppe mit Stammsitz in Paderborn, liebte Anglizismen und nannte sich daher *CEO Human Resources & Compliance Management of Bentmann Group Germany*. Ich habe dreizehn Jahre meiner Ingenieurskarriere dort gearbeitet, davon zehn als Projektmanager. Wer also beispielsweise einen Golf fährt und findet, dass die Straßenlage dank Mehrlenker-Hinterachse besonders gut abgestimmt ist: Bitte schön, gern geschehen! Das waren mein Team und ich.

So: sechzehn nach. Meine Uhr tickte noch.

Wenn man »Leben« rückwärts liest, heißt es »Nebel«, aber auch den düsteren Gedanken schob ich weg.

Ich war schon dreimal auf dem Klo – in den letzten zwanzig Minuten.

Im Prinzip war es genau die Stelle, auf die ich schon so lange gewartet und hingearbeitet hatte: *Senior Project Management-Engineer Automotive Operations*. Klingt toll, oder?

Das Beste aber war: Ich passte da genau hin, und die Beförderung war die logische Konsequenz für meine langen Arbeitszeiten und erfolgreichen Projekte!

Zwanzig nach. Ich ging dann besser mal los.

*

»Also, Herr Schröder!«, sagte Dr. Weißhaupt elf Minuten später. »Das Management Board ist sich einig, dass Ihr task accomplishment absolut fabulous ist.« Dafür war die Rasierwasserwolke, durch die ich ihn kaum erkennen konnte, absolut horrible. Aber das war jetzt egal.

Ich nickte und versuchte dabei, nicht breit zu grinsen.

»Ich frage Sie also«, sagte er, beugte sich zu mir vor und ich bereitete mich auf ein leicht geziertes »Ja, kann ich mir gut vorstellen« vor. »Wenn Sie einen Top-Vertriebsmann haben, der jeden Forecast übererfüllt – machen Sie den zum Vertriebsleiter?« Ich starrte Weißhaupt an und fragte mich, was es wohl für ein Geräusch machte, wenn man ihm einen Kugelschreiber ins Ohr rammte.

»Korrekt!«, beantwortete er seine rhetorische Frage auf etwas volkstümliche Art selbst. »Sie scheißen ihn mit Geld zu, damit er nicht zur Konkurrenz wechselt, und lassen ihn das machen, was er am besten kann: verkaufen!«

»Und wer …?«, hob ich krächzend an, aber mehr kriegte ich in Schockstarre, unter Einfluss des blind machenden Aftershave-Nebels und beim besten Willen nicht heraus.

»Thorsten Wagner! …«, schwadronierte Weißhaupt munter weiter. Erzählte noch irgendetwas von einem deutlichen sechsstelligen Gehalt mit einer Zwei vorne für mich und einem Geschäftswagen der gehobenen Mittelklasse obendrauf. Aber ich musste an Thorsten Wagner denken. Den dämlichen Blender, der mit seinem dümmlichen Grinsen und der Betonfrisur besser als Florian-Silbereisen-Imitator gearbeitet hätte. Der zehn Jahre jünger war als ich. Der noch nie ein eigenes Projekt fertig gekriegt hatte. Den nichts auszeichnete, außer vielleicht, dass er in meinen Projektgruppen mitgearbeitet und alles, was er konnte und wusste, von *mir* gelernt hatte. Der mit Weißhaupt mit auf meinem Planeten wohnte, obwohl weitere sieben ebenfalls um die Sonne kreisten und da nun wirklich genug Platz wäre für so komische Vögel.

Scheeeeeiiiiiiiiiißßßßßeeeeeeeeeeeeeeeeee!

Wer jemals versucht hat, frische Hundekacke mit einem Stöckchen aus dem Profil eines Joggingschuhs oder den Rillen eines Kinderschuhs zu pulen, dabei abgerutscht ist und sich das Plöckchen verdautes Chappi an die Oberlippe katapultiert hat, weiß, wie ich mich fühlte.

FATAL ERROR IN CONCEPT

Drei depressive Monate, zwei Stalking-Anzeigen und eine ouzobedingte Leberzirrhose später traf ich mich mit Bolle wie jeden Mittwoch in unserer Lieblingskneipe, dem Heaven. Das hatte Tradition, und Traditionen helfen manchmal über schwere Zeiten hinweg. Manchmal. Nicht immer. Und nicht in jedem Fall.

Aber man muss der Tradition ja auch eine Chance geben, oder? Die Tradition an sich im Allgemeinen, vor allem aber im Besonderen kann ja nichts dafür, dass und warum sie zu sich, also zur Tradition wurde. Insofern kann man ihr keinen Vorwurf machen, wenn sie doof ist, doof gefunden wird, nicht weiterhilft oder womöglich nicht als Hilfe wahrgenommen wird.

Auch das Zurückholen von untreuen Ehefrauen hat Tradition. Ich meine natürlich nur solche Kulturen, in denen die untreu Gewordene nicht gesteinigt oder verbrannt oder sonst irgendwie ins Jenseits gebracht wird. Als Steinzeitmann zum Beispiel ging man einfach in die nächste Höhle, haute allen mit der Keule auf den Kopf und zerrte die Auserwählte an den Haaren in die eigene Höhle zurück. Im 21. Jahrhundert zieht man einfach eine Karte aus einem Stapel, von dem man hinterher erfährt, dass er zwar gemischt war, aber nur aus einer Sorte Karten bestand: Arschkarten!

Ja, ich weiß. Irgendwann hätte ich merken müssen, dass meine Frau nicht mit mir reden will. Aber wär es nicht normal gewesen, wenn man sich trennt, dass man auch mal drüber spricht? Unter erwachsenen aufgeklärten Menschen im Jahrtausend der absoluten Vernetzung und Kommunikation? Sofern man das normal nennen kann, wenn einer nach sechzehn Jahren Ehe holterdiepolter auszieht. Zumindest war es ja für mich holterdiepolter – Martina und ihr merkwürdiger neuer Bikerfreund hatten das ja wohl etwas länger geplant.

Seine Eltern hatten sich vor dreißig Jahren für die Buchstabenkombination »Dennis« entschieden (ja, er ist elf Jahre jünger als Martina!), und er bestritt sein Einkommen aus einem eigenen Tattoo-Studio – »Bodyart unlimited«. Wie es sich für einen angesagten Tattoo-Artisten gehörte, machte er das Ganze natürlich nicht unter seinem höchst bürgerlichen Namen Dennis Köster, sondern als »The Dome«. Was ziemlich albern war bei einem dürren Männchen von höchstens einem Meter siebzig, aber wenn ich Dennis Köster heißen würde, müsste ich mir auch was anderes einfallen lassen. Bolle meinte ja, ich solle die Kirche mal lieber im Dorf lassen. Das wär ein ganz normaler Name. Wenn man Schröder hieße, solle man mal lieber keine Steine aus dem Lästerglashaus auf Kösters werfen und sicherheitshalber im Keller nölen. Na ja. Was allerdings wirklich albern war, war das Bild, das die beiden zusammen abgaben, weil Martina immer wie die große Schwester aussah. Und wenn sie dann auf seiner Harley – die mit Nachnamen auch »Fat Boy« oder so hieß, der Typ hatte ja wohl ein echtes Problem mit Dimensionszuordnungen – durch die Gegend brummten, ragte Martina immer um Helmeslänge über ihn hinaus.

Aber nein, statt einfach mal mit mir zu reden, bekam ich gleich eine strafbewehrte Unterlassungserklärung gemäß Paragraf 238 Absatz 1 Strafgesetzbuch. Hallo? Natürlich versuchte ich »unter Verwendung von Telekommunikationsmitteln Kontakt« zu Martina herzustellen, ja okay, »beharrlich« war ich wohl auch ein wenig – aber »unbefugt«? Meine (!) Frau betrügt mich, haut ab, erklärt mir null Komma überhaupt gar nicht wieso und warum, und ich darf nicht mal nachfragen? Geht's noch?

Vielleicht war auch der – na ja, nennen wir es mal vorsichtig – Rückgewinnungsversuch eine nicht vollständig grandiose Idee. Ich jedenfalls fand das sehr romantisch. Bolle ist ja bei solchen Aktionen auch immer ganz vorne mit dabei. Nur Martina machte auf Spielverderberin.

Über Julia hatte ich herausgefunden, wo Martina mit ihrem Neuen wohnte. Ganz unauffällige Recherchearbeit. Wirklich! Wer nichts wagt, der nichts gewinnt!, war denn auch unser Motto des Tages. Draufgängerisch wie der Hahn der Gackeltrappe: Dieser sympathische männliche Vertreter der Selbstmordvögel kann zwar nicht fliegen, hat aber dennoch die Fähigkeit, sich fast zwölf Meter in die Luft zu katapultieren – und das ausschließlich, um weibliche Artgenossen zu beeindrucken.

Wir versuchten es etwas weniger lebensgefährlich: Bolle fuhr (nun gut, das ist doch lebensgefährlich), und ich stand in dem geöffneten Schiebedach, einen gigantischen Strauß rote Rosen in der rechten und Karten für ein Robbie-Williams-Konzert (Martinas Lieblingssänger – da muss Mann dann halt durch) in der Köln-Arena in der linken Hand. Dazu schmetterte aus dem alten Kassettenteil in Bolles Corsa *Amami Alfredo* aus Verdis *La Traviata*. Richard Gere hatte Julia Roberts in *Pretty Woman* auch so herumgekriegt.

Dennis wohnte in einer heruntergekommenen ehemaligen Tischlerei zwischen Detmold und Lage. Wohnraum und Werkstatt für seine Harley sind irgendwie eins, erzählte Julia begeistert. Nur in der Mitte hat er ein Bad aus Glasbausteinen abgetrennt. Privatsphäre »Nein danke!«. So was kannte ich bisher nur aus der Krimiserie *Vegas*, in der Dan Tanna mit seinem 57er Thunderbird direkt durch das Garagentor in sein Wohnzimmer fuhr.

Als Bolle und ich ankamen, war das Tor offen, und drei ölverschmierte Biker standen fachsimpelnd um ein zerlegtes Motorrad herum. Martina war nicht da. In einer in ihrer Peinlichkeit nicht zu überbietenden Situation machte ich mich mit Dennis bekannt, drückte ihm die Rosen und die Karten in seine schwarzen Hände und erntete mitleidig-höhnische Blicke von der Gang.

Martina antwortete mit Post vom Gericht.

Warum konnte nicht ein einziges Mal im Leben irgend so ein Romantikscheiß aus Hollywood auch für den Alltag taugen?

Unsere Mittwochsmeetings im Heaven nutzten Bolle und ich dazu, über Gott, die Welt, Gott und die Welt, die Welt und Gott, die Welt mit und ohne Gott, ob die Welt ohne Gott überhaupt zu denken ist, inwiefern es eine objektive Welt ohne subjektive Wahrnehmung überhaupt geben könne, sowie das Leben im Allgemeinen, meistens aber im Besonderen, zu philosophieren.

Bolle fand ja zum Beispiel, dass man gar nicht sagen konnte, ob es ein Geräusch machte, wenn ein Stein ins Wasser fiel und keiner wäre dabei. Als praktisch denkender Ingenieur vertrat ich hingegen die Auffassung, man könne das ganz leicht nachweisen, indem man schlicht ein Mikro aufstellte. Das war für Bolles rebellischen Geist aber überhaupt nicht schlüssig, weil dann ja nicht »keiner da« war, sondern das Mikro, das irgendwo von irgendwem angeschlossen wurde, sodass ja wieder irgendwie jemand da war.

»Sag Udo, er soll wenigstens das Lied zu meinem Schmerz spielen.« An diesem dunklen Februarabend zelebrierte ich meinen Weltschmerz in triefendem Selbstmitleid und legte meinen Kopf auf meinen verschränkten Armen ab – direkt neben Schlüsselbund und Weizenglas. Heute mal Weizen, keinen Ouzo. Wenn man keine griechischen Vorfahren hat, ist eine durchschnittliche schrödersche Leber wahrscheinlich nach relativ kurzer Zeit von relativ großer Menge Anisschnaps relativ heftig überfordert. Hicks.

Meine Schlüssel verwahrte ich normalerweise in meiner Gürteltasche, weil ich den dicken Knubbel in der Hosentasche hasste. Bolle hingegen hasste meine Gürteltasche. Also ließ ich sie ihm zuliebe weg, wenn wir unterwegs waren, und legte meinen Schlüssel immer als Erstes irgendwohin, wenn ich irgendwohin kam.

In das Weizenglas könnte ich auch mal wieder ein bisschen Luft lassen. Aber gleich erst. Jetzt wollte ich es, genau wie in den letzten fünf Minuten, einfach nur anstarren und dabei zugucken, wie der Schaum langsam weniger wurde.

Wurde er von sich aus weniger, oder gab es Außenwirkungen, die dafür sorgten, dass die Schaummenge schrumpfte? Vielleicht wollte der Schaum das von sich aus ja gar nicht, aber er musste. Schaum konnte wahrscheinlich gar nicht denken, also auch nicht wollen, wohl aber müssen. Ich wollte so was überhaupt nicht denken. Die Gedanken kamen einfach so. Warum musste man also etwas müssen? Sechs Striche waren auf meinem Deckel, was auch gut mit meinem Blasendruck zusammenpasste, denn ab zweieinhalb Litern Bier musste ich alle Viertelstunde pinkeln. Hatte aber keine Lust zu gehen.

»Udo!«, brüllte Bolle von unserem Ende des Tresens Richtung Zapfhahn.

Udo gehörte das Heaven, das vollständig Stairway to Heaven hieß, weil Udo ein gnadenloser Led-Zeppelin-Fan war. Seit der Eröffnung vor sechsundzwanzig Jahren war hier die Zeit stehen geblieben. Damit war das Heaven für mich aber auch die letzte Kneipe in Lippe, die das Prädikat »authentisch« verdiente. Sowohl in Bezug auf die alten klebrigen Holztische, die braunen Hocker und die lädierte Vertäfelung als auch in Bezug auf den Kneipier himself.

Jahrzehnte modischer Irrungen und Wirrungen hatten Udos Style nichts anhaben können. Heute Abend trug er eine dunkelrote Karottenjeans über den ausgeblichenen Birkenstöckern und dazu ein schwarzes Jeanshemd. Seine langen grau melierten Haare hatte er im Nacken zu einem dicken Zopf zusammengefasst. Auf der Nase saß die unvermeidliche John-Lennon-Brille, über die er jetzt zu Bolle herübersah.

»Was denn?«, brüllte Udo zurück.

»Kannste mal *Sie ist weg* spielen?«

»Nee!«

»Für Max!«

»Nee, selbst für Max nicht.«

»Wieso nicht?«

»So modernen Kack spiel ich nicht! Weißte doch!« Udo drehte demonstrativ das Gary-Moore-Solo lauter. Die anderen Jungs am Tresen johlten.

»Was bist'n du für'n Kumpel?«, nölte Bolle. »Sozialarbeiter-Outfit, aber null soziale Ader«, murmelte er und stützte seinen Kopf leicht angeschlagen und solidarisch in die rechte Hand. Auf Bolles Bierdeckel war strichtechnisch überhaupt kein Platz mehr.

»Lass gut sein. Blues passt auch«, sagte ich müde. Eine Zeit lang starrten wir gedankenleer durch den anderen hindurch, während Gary sich in einer nicht enden wollenden Live-Version von *Still Got the Blues* die Seele aus dem Leib zergte.

So ganz gedankenleer dann vielleicht doch nicht. Ich dachte an meine Frau, die auf dem besten Weg war, meine Exfrau zu werden. Eine ziemlich attraktive Exfrau. Immerhin war sie vor zwanzig Jahren Miss Nordrhein-Westfalen. Eine ziemlich schlaue und erfolgreiche Exfrau dazu. Frau Dr. Martina Schröder, Inhaberin der Rechtsanwaltskanzlei Schröder und Partner. Aber eben auch eine ziemlich untreue Ehefrau, die Frau Fachanwältin für Familien- und Erbrecht. Hahahahaha. Ob sie wohl meinen Namen behalten wird, damit der Name der Kanzlei nicht geändert werden muss?

Dann fing Eric Clapton an, auf seiner Akustikgitarre herumzuzupfen. Udos viert- oder fünftliebster Gitarrist, dessen melancholische *Tears in Heaven* ausgerechnet jetzt aus den Membranen tropften.

»Oh nee!« Bolle erwachte aus seiner Trance und riss mich aus meiner. »Nicht Erich Klappstuhl, die alte Säge!«

Ach doch, der gute Slowhand ist ein lieber Kumpel für romantische Momente im Leben mit einer Frau im Arm – für depressive, ohne.

SCHRÖDERS KATZE

Bolle war mein bester Freund seit der achten Klasse. Er musste eine Ehrenrunde drehen und kam nach den Sommerferien in meine Klasse. Neben mir war noch ein Platz frei, sodass der ollen Meier-Östrup nichts Besseres einfiel, als Bolle neben mir zu platzieren. Und irgendwie saß er da heute immer noch.

Er guckte mich komisch an. Hielt den Kopf etwas schief. Die rechte Augenbraue hochgezogen und die Lippen zusammengepresst. So guckte er immer, wenn er nicht so richtig wusste, was er sagen sollte. Diese dusselige Trennungssituation überforderte ihn scheinbar noch mehr als mich. Kein Wunder: Seine durchschnittlich drei Beziehungen pro Jahr hielten ja in der Regel nicht länger, als meine Trennungszeit nun schon dauerte.

Insofern war er zwar manchmal ein guter Zuhörer, nicht aber unbedingt als Ratgeber qualifiziert, obwohl er Rat auf unterschiedlichem Qualitätsniveau in Hülle und Fülle zu bieten hatte. Das war einerseits daran zu erkennen, dass er mich von der Pretty-Woman-Aktion nicht abgehalten hatte. Andererseits: Wozu sollte mir ein Bolle raten, der sich beziehungstechnisch selbst als seriell monogam bezeichnete. Was ich zudem für die Untertreibung des Jahrtausends hielt. Bolle war als Dopamin-Junkie wohl eher der König der seriellen Monogamie. Was ihm allerdings diesbezüglich fehlte, war eine gewisse gentlemanlike Zurückhaltung – mich interessierte nun wirklich nicht jedes intime Detail, selbst nach zwei Litern Bier nicht.

Angenommen, man folgt der Hypothese, dass der Mensch zwar ein Rudelwesen sei, dabei aber trotzdem irgendwie für eine dauerhaft monogame Beziehung taugen könnte. Dann würde natürlich auch sofort die Diskussion losgetreten, dass Menschen Säugetiere sind, unter denen die Monogamie im Sinne einer lebenslangen exklusiven Beziehung zwischen Partnern derselben Gattung nur zu drei Prozent verbreitet ist. Unter Primaten sind es immerhin sieben

Prozent. Aber dass ausgerechnet die Krone der Schöpfung zu diesen sieben Prozent gehörte, bestritt Bolle vehement. Und wahrscheinlich hatte er damit sogar recht. Empirisch betrachtet falsifizierte Bolle jedenfalls die Ausgangshypothese ständig. Wissenschaftsorientiert perfekt, menschlich fand ich das komplett kacke.

Insofern wäre ich … tja … ich glaub … ich wär gern ein Höckerschwan.

»Hast du …?«, fing er an, aber ich schüttelte frustriert den Kopf.

»Hat sie …?«, versuchte er es wieder, ich atmete schwer aus und schüttelte noch einmal. Bolle verzog verzweifelt das Gesicht.

Der Alkohol hatte mich depressiver gemacht, als ich es eh schon war. Ich wollte mich jetzt in meinem Elend suhlen, aber Mitgefühl wollte ich keins. Nicht mal von meinem besten Freund: »Lass ma, aus Scheiße kannste halt keinen Kuchen backen!«

Aber so schnell gab mein bester Freund nicht auf. Ein bisschen rührend war das schon.

»Pass auf!« Wie von der Tarantel gestochen saß er plötzlich windschief mit einer seiner brillanten Spontanideen vor mir auf seinem Barhocker. Aus seinen dunkelbraunen Augen blitzte der Schalk durch den trüben Alk-See, und er stützte die Hände auf die Knie.

»Ich passe ständig auf«, sagte ich müde, »sonst hätte ich viel mehr Kinder!« Das war eigentlich Bolles Satz, aber was wollte man machen? Zudem hatte ich das dringende Bedürfnis, die Weizen wegzubringen.

Bolle beachtete meine Äußerung überhaupt nicht:

»Was passiert, wenn dir ein Marmeladenbrot vom Tisch fällt?«

»Och Bolle, der ist doch so was von alt!«

»Sag schon!«

»Es fällt auf die Marmeladenseite?« Ich probierte mal diesen Teenager-Style, Antworten in Frageform zu verpacken.

»Sehr gut, Herr Schröder«, lobte mich Bolle enthusiastisch und überhörte oberlehrerhaft meinen genervt sarkastischen Unterton. Ich gähnte laut und ohne mir die Hand vor den Mund zu halten.

»Und was passiert, wenn du eine Katze vom Tisch schubst?«
Bolle rülpste.

Ich schüttelte den Kopf.

»Nun sag schon!«

»Na, sie fällt auf die Pfoten, nehme ich an. Würdest du bitte zum Punkt kommen?« Ich schlug die Beine eng übereinander, damit ich den Klogang noch etwas hinauszögern konnte.

»Klar, mach ich«, sagte Bolle begeistert. »Was passiert also«, fragte er, und mir war mal wieder völlig unklar, ob wir uns gerade innerhalb oder außerhalb der Matrix befanden, »wenn du der Katze ein Marmeladebrot auf den Rücken bindest und sie *jetzt* vom Tisch schmeißt?«

Außerhalb der Matrix. Das fragte er immer, wenn er völlig strunkelig war. Und wir hatten schon unzählige Varianten diskutiert.

»Schrödingers Katze?«

»Ob Schröders oder Schrödingers Katze – ist doch voll egal!«

»Na ja«, versuchte ich, die Zeit zu dehnen. Heute würde nichts Schlaues mehr passieren, also quatschte ich drauflos und hörte gleichzeitig genau zu, damit ich ja nicht verpasste, was ich dachte: »Das Universum faltet sich, sodass die Katze auf den Pfoten landet und die Marmeladenseite auf dem Boden kleben bleibt.«

Bolle guckte. Machte den Mund erst auf. Dann wieder zu. Grinste. »Genau, Mann! Genau das ist der ... Dings ... ähm, Punkt, wo ich drauf kommen wollte.«

Seit Bolle das Wort »Dings« kannte, konnte er wirklich alles beschreiben.

DREIERPACK

Bolle erhob sich. Ein bisschen wackelig, dafür sehr zielorientiert. Er winkte zu Udo rüber: »Machste ma leiser, bitte?!«

»Jau, aber mach kurz, ja?!«

Die dreieinhalb Pfund Eiweißmatsch zwischen Bolles Ohren waren beim Gedankenleer-Gucken wohl aktiver gewesen, als es eben aussah. Allerdings schwante mir, dass die alkoholgeschwängerten Neurotransmitter beim Überbrücken der Synapsenspalten wahrscheinlich die ein oder andere Ausfallerscheinung zu verzeichnen hatten. Insofern war ich zwar auf Bolles Ausführungen gespannt, zweifelte aber gleichzeitig an dem gesellschaftspolitischen Gehalt des bevorstehenden Kurzreferates. Vom Erkenntniszuwachs mal ganz zu schweigen.

»Für wen von uns wird's peinlich?« Mein Blick ging hoch zu Bolle, der mittlerweile auf die unteren Metallstreben seines Barhockers gestiegen war und dort mit ausgebreiteten Armen stand. Damit hatte er sich auch die Aufmerksamkeit einiger weiterer armer Bierseelen gesichert, die mit uns am Tresen hockten und sich eine Pilslette nach der anderen reinschraubten.

Wenn Bolle eine Erkenntnis hatte, ließ er es sich nicht nehmen, stets auch ein größeres Publikum daran teilhaben zu lassen. Ich wusste das. Udo wusste das. Die meisten anderen Gäste wussten das auch. Hier kannten sich fast alle untereinander – wenigstens vom Sehen. Und die, die keine Stammgäste waren, kamen genau deswegen hierher: Sie waren neugierig auf das, was passierte oder passieren könnte, während sie ihre vor Knoblauch triefende Pizza verspeisten, für die das Heaven genauso berüchtigt war wie für unvorhergesehene Events.

»Mein Freund Max«, fing Bolle an, zeigte auf mich, schwankte kurz, fing sich dann aber wieder. »Mein Freund Max hier ist vor drei Wochen fünfundvierzig geworden.«

Ein elender Tag.

»Na und?«, buhte es aus der Billard-Ecke. Genau! Nur ein weiterer elender Tag, der auf viele vorhergehende elende Tage folgte.

»Lassen Sie das, Herr Bollmann!«, versuchte ich es. »Will doch keiner hören!«

Außer Bolles Eltern, seinem Verlag und mir wusste niemand, dass er vor langer Zeit mal auf den Namen Klaus Bollmann getauft wurde. Damals, als die Telefone noch Kabel und die Autos keine Kopfstützen hatten, es vor allem aber kein RTL gab. Was war eigentlich zuerst da: a) das Fernsehen für dumme Menschen oder b) die Weichhirne, die sich von dem Scheiß berieseln lassen? Bolle nannte das »rückbezügliche Interdependenz irreversibler Gesellschaftsrezession«. Und ich fürchte, er hatte recht. Mittlerweile benahmen sich die Menschen in Gerichtssälen wie in Gerichtsshows und Paare stritten sich wie in amerikanischen Serien. Zum Glück nicht wie in deutschen Serien, da sprach ja kaum jemand.

Bolle illustrierte Schulbücher für die erste bis vierte Klasse. Das machte er anscheinend ganz passabel, denn immerhin konnte er wohl davon leben.

»Damit steckt er voll in der Midlife-Crisis. Und in der Midlife-Crisis«, Bolle wandte sich mir zu und machte eine kurze Pause, um die Wirkung seiner Worte zu unterstreichen, »brauchst du einen Paradigmenwechsel.«

»Nein, brauche ich nicht.« Ich brauchte eventuell meine Frau zurück, ganz sicher brauchte ich meine Tochter, vor allem aber brauchte ich eine gute Idee, wie ich die Regie übernehmen und alles wieder zu einer glücklichen Familie zusammenfügen konnte.

»Doch, brauchst du!« Bolle ließ sich nur selten beirren, wenn er erst einmal einen seiner Gedanken als absolute Erkenntnis definiert hatte. »Und in der Midlife-Crisis gibt es genau drei Möglichkeiten für dich!«

Zwei der benachbarten Besoffskis nickten zustimmend. Udo verdrehte die Augen und zapfte phlegmatisch weiter.

»Großartig!« Ich hielt meinen Kopf in meine Hand gestützt und schaute grinsend zu ihm hoch. Vielleicht war ja doch ein brauchbarer Impuls dabei.

Bei Bolle hatte alles eine Dreierstruktur. So wie seine Kleidung, die es in den drei Farbkombinationen Schwarz, Schwarz und

Schwarz gab. Nur manchmal setzte er einen farbigen Akzent. Heute Abend hatte er zu schwarzer Hose mit schwarzem Hemd und Sakko einen roten Schal gewählt. Damit sah er aus wie ein Dirigent, allerdings wie einer ohne Orchester. Er benahm sich jedoch so, als hätte er eins, was ja auch weitgehend stimmte, weil er wahrscheinlich dem Kneipenpublikum diese Rolle zugedacht hatte.

Unbeirrt fuhr er fort: »Erste Variante!« Den rechten Daumen hoch in die Luft gereckt, kippte Bolle fast vom Hocker. Besoffen dirigieren war nicht so einfach. Der Altachtundsechziger auf der gegenüberliegenden Thekenseite griente.

»Du suchst dir einen neuen Job.«

Im Moment nicht. Ich mochte, was ich tat, und ich konnte es gut, auch wenn es nicht zur Beförderung gereicht hatte. Dass sie mir diese Nullnummer Wagner vor die Nase gesetzt hatten, war wirklich so überflüssig wie eine Umkleidekabine am FKK-Strand. Noch überflüssiger war die Beileidsmail von Martina, nachdem Julia ihr brühwarm von meiner Schlappe erzählt hatte. In der Betreffzeile stand ein süffisantes *EdeKa!* – Ende der Karriere.

Martina hatte viel gearbeitet – und nun ihre eigene Kanzlei. Ich hatte viel gearbeitet – aber keine Beförderung. Es hatte Phasen in unserem Leben gegeben, da war das eine Mal Martina spät nach Hause gekommen, das andere Mal ich. Einer von uns war immer für Julia da gewesen. Aber wir füreinander?

»Zweite Variante!« Bolles Zeigefinger gesellte sich zu seinem Daumen, und er begutachtete hochzufrieden die Visualisierung seiner Zählkunst. »Du suchst dir 'ne Fünfundzwanzigjährige!«

Das war nun wirklich eine völlig bekloppte Idee. War es mir doch vor achtzehn Jahren nur ein einziges Mal geglückt, eine Fünfundzwanzigjährige abzuschleppen. Darum hatte ich sie ja auch lieber gleich geheiratet. Zunächst war mir nicht so recht klar gewesen, warum sie sich erst für mich interessierte und anschließend oder irgendwie gleichzeitig in mich verliebte. Erst war es nur eine Vermutung, aber irgendwann bestätigte sie es mir sogar: Ich war anders! Anders als ihr Vater, der mehr schlecht als recht einen EDEKA-Markt betrieb, anders als ihre Kommilitonen an der juristischen Fakultät, die so steif wie ihre hochgeklappten Polohemdkragen und völlig humorfrei durchs Leben liefen (zumindest mit einem völlig anderen Humor als meinem) und somit auch anders als sie selbst. Also eigentlich eine gute Ergänzung. Dachte sie. Damals zumindest …

»Du bist lustig«, ließ uns der Bodybuilder wissen, der mit einer getoasteten Blondine am Ecktisch beim Durchgang zu den Klos eine Familienpizza vernichtete. Er sprach mit einer niedlichen Piepsstimme und trug ein pinkes T-Shirt. Das war mindestens drei Nummern zu klein, wurde deswegen von seinen Bizeps fast gesprengt, setzte aber das demonstrativ drohende Zucken seiner gewaltigen Brustmuskeln hervorragend in Szene. »Dich töte ich zuletzt!«, sprach er und lachte los. Als Einziger.

»Da sieht man's mal wieder!« kommentierte Bolle in das Mickey-Mouse-Lachen von Conan hinein. »Man muss es nicht nur hier haben« – Bolle zeigte mit der rechten Hand auf seinen linken Bizeps – »sondern auch hier!« Er spiegelte die Szene, indem er seinen linken Zeigefinger in seinen mageren rechten Bizeps bohrte.

Die Aktion zeitigte eine Reihe von »Schnauze!«-, »Mach weiter!«- und »Du bist hässlich«-Rufen aus dem Off, die Bolle aber generös ignorierte, weil der Adressatenkreis unklar schien.

»Und drittens?«, brüllte es schlussendlich heiser fordernd und vor allem ungeduldig aus dem diesigen Billardbereich, in dem das unregelmäßige Klickern längst verstummt war.

»Du fängst an zu trainieren!«, piepte der Muskelberg in Bolles Dramaturgie, worauf Brathähnchen-Barbie kurz und hektisch klatschte. Mit den Händen nach oben und fast ohne Ton. Rosa irgendwie. Bolle nennt das Tussen-Klatschen, aber das ist politisch natürlich völlig inkorrekt.

Er schüttelte energisch den Kopf und setzte ein Gesicht auf, von dem er wahrscheinlich selbstherrlich meinte, es habe royalen

Ausdruck (tatsächlich war es aber schlicht besoffen-grenzdebil), und streckte beide Arme huldigend aus. Wartete. Aber noch mehr Rückenwind bekam er nicht. Also zeigte er mit Daumen, Zeige- und Mittelfinger beider Hände die Drei an.

»Dritte Variante!«, holte Bolle zum finalen Schlag aus, wobei ihm volle Aufmerksamkeit zuteil wurde: »Die Viagrakarre!«

UNTERTÜRKHEIM

Auch wenn Bolles Alternativen keine wirklichen Alternativen waren – in einem hatte er recht. Ich musste etwas tun. Und zwar etwas, was einerseits meine Laune besser werden ließ und andererseits *nichts* mit einem wie auch immer gearteten Versuch zu tun hatte, Martina davon zu überzeugen, dass ich der Richtige für sie war, wäre oder sein könnte. Dafür waren die bisherigen Regieanweisungen nicht geeignet, und ich befürchtete, dass auch zukünftige Ideen ähnlich zielführend sein könnten wie zwei Tage Kreisverkehr.

Also oder trotzdem oder überhaupt machte ich mir einen Plan, wie es sich für einen ordentlichen Projektmanager ziemte. Das gehört zu meinen Stärken, denn wenn ich etwas planen, organisieren, also etwas *tun* konnte, ging es mir gleich ein wenig besser. Am besten noch, wenn der Plan funktionierte.

Da hätte ich aber auch schon vorher mal drauf kommen können.

Ich machte nämlich gerne Pläne. Kurzfristig zog ich Kneipen-Hulks Fitness-Studio-Idee in Erwägung. Gegen eine Steigerung meines Fitness-Levels war ja grundsätzlich nichts einzuwenden. Allerdings hatte ich bereits vor einiger Zeit schon einmal das Experiment gewagt, meine Pectoralis major, Gluteus maximus und Latissimus dorsi in einem dieser Körperkulttempel des 21. Jahrhunderts zu stählen (was werden wohl die Archäologen in fünfhundert Jahren bei Ausgrabungen über unsere Kultur denken?). Dabei irritierte mich das Balzverhalten, die Posing- und Selfiesucht sowie weitere befremdliche Verhaltensweisen – wohlgemerkt beiderlei Geschlechts der anwesenden Trockennasenprimaten – so deutlich, dass ich Abstand von Alternative 2.5 nahm.

Und beim Joggen blieb. Das macht nämlich auch einen schlanken Fuß.

Also rauf auf die Couch, chillig von Hersteller zu Hersteller surfen und ausführlich Kataloge bestellen. Kiloweise nagelneue Prospekte, die gut rochen und Marktüberblick vorgaukelten.

So kommen wir dem Homo oeconomicus einen Schritt näher. Zumindest informationstechnisch. Emotional sind wir natürlich immer noch sapiens. Wenn überhaupt.

Zumindest so eine Art. Wie meine Frau. Meine untreue Frau. Das Wort »meine« war nunmehr eher ein semantischer Witz.

Na jedenfalls, Martina las lieber die *Vogue*. Früher zumindest, als wir noch Abende und Wochenenden gemeinsam verbrachten und so etwas wie ein gemeinsames Leben hatten. Was sie jetzt machte, konnte ich ja nur ahnen.

Wollte ich das überhaupt wissen?

Es gab so vieles, was ich nicht wusste.

Oder nicht verstand. Nicht verstehen konnte. Nicht verstehen wollte. Was weiß denn ich? Was fand Martina an diesem tätowierten dürren Biker, zum Beispiel: Freiheit? Coolness? Männlichkeit?

Was ist falsch gelaufen? Was habe ich falsch gemacht? Könnte es sein, dass ich Martina geheiratet habe, weil ich sie so liebte, wie sie war, und sie und ihre Wünsche oder Ansprüche sich verändert haben, ohne dass ich das merkte? Und hat sie mich geheiratet, weil es zwar schön war zu Anfang, sie aber Vorstellungen und Ideen hatte, wie ich mich entwickeln könnte, ich das aber nicht tat?

Was ist mit den Sommerferien auf Texel oder Weihnachten im Ferienhaus in Dänemark falsch? War ihr das zu wenig? Das waren doch schöne Familienurlaube. Wenn man ein Kind hat, ist es halt schwierig mit Weihnachtsshoppen in New York.

Oder das gemeinsame Kochen unseres gemeinsamen Lieblings-
essens Filet de truite orly à la provençale – ich musste die Forellen
ausnehmen und filetieren, während Martina schon die Marinade
und den Teig ansetzte. Hätte sie vielleicht lieber mal den Fischen
den Bauch aufgeschlitzt, oder mag sie am Ende gar keinen Fisch?

Warum hat sie nichts gesagt? Oder habe ich nur etwas vergessen
oder übersehen? Irgendwo auf dem Weg?

Wir haben uns auf einer Party von einem Kommilitonen kennengelernt, den weder Martina noch ich direkt kannten. Wir waren
beide nur »mitgekommen«. Sie stand mit zwei Freundinnen mitten
im Raum. Eine schöner als die andere, und keiner der Anwesenden
traute sich, sie anzusprechen. Sehr ungewöhnlich für die sonst so
selbstbewussten Juristen und eher eitlen BWLer. Ich stand mit zwei
anderen Maschinenbauern herum, sah zu den unerreichbar schei-
nenden Mädels rüber, Martina fing meinen Blick auf, ich schaute zurück, sie schaute auch, und plötzlich waren unsere Blicke wie ein Seil
durch den Raum gespannt. Die Musik wurde leiser, die Gespräche
waren nur noch eine Geräuschkulisse, und nach einer Zeiteinheit,
die mir wie eine halbe Ewigkeit vorkam – tatsächlich können es aber
nur so dreißig bis sechzig Sekunden gewesen sein –, ging ich einfach
wie am Faden gezogen quer durch den Raum: »Hi, ich bin Max, und
ich verstehe nicht, warum hier nur *Bravo*-Hits gespielt werden.«

»Aha, ein Max! Bravo-röse Anmache!« Sie zwinkerte mir zu.
Genau meine humormäßige Kragenweite, dachte ich begeistert,
bevor sie fortfuhr: »Und was sagt dir, dass wir keine *Bravo*-Hits-
Fans sind?«

Wir verstanden uns auf Anhieb. Blödelten herum, tranken auf
dem Balkon große Teile vom Rotwein-Vorrat des Gastgebers und
aßen am nächsten Tag in der Mensa zusammen Mittag.

Ja, irgendwo auf dem gemeinsamen Weg sind uns Dinge abhandengekommen, die aus dem Weg einen gemeinsamen machten.

So viele Punkte waren offen, oder ich verstand sie nicht. Wie
»*Vogue* lesen« zum Beispiel. Zumindest nicht so richtig. Nicht nur

aus Sentimentalität, weil Martina weg war. Dieser überteuerte Klotz von Zeitschrift bestand ja höchstens zu einem Drittel aus redaktionellen Beiträgen. Der Rest war Werbung. Mir wurde vom Durchblättern immer total schwindelig. Deswegen konnte man auch wohl kaum von »*Vogue* lesen« sprechen. Eher von angucken. Aber das war ein anderes Thema. Und Martina sowieso.

Es stellte sich schnell heraus, welche Hersteller und Fahrzeuge nicht die Gunst meiner engeren Wahl erleben würden. So manche Prospektorder ist bis heute offen. Was sollte man von einem Hersteller halten, der sich noch nicht mal auf dem Weg der Kaufentscheidung für mich interessierte – wie sollte das erst werden, wenn ich mal eine Reklamation hatte? Es ging natürlich auch anders, wie ich eindrucksvoll erleben durfte: Schon eine Woche nach Erstkontakt auf den Customer-Relationship-first-contact-follow-me-Seiten im WWW ging abends um sechs die Haustürklingel.

Ich öffnete, wurde umgehend von einer penetranten Wolke Aftershave olfaktorisch beleidigt, und ein unterdurchschnittlich großes, aber dafür sehr adrett gekleidetes Männchen streckte mir seine Visitenkarte entgegen: »Herr Schröder?« Und ohne eine Reaktion meinerseits abzuwarten:

»Jürgenmeiermercedesbenzoweelleinschöngudnabnd.«

Am liebsten hätte ich ihn gefragt, wie sich jemand mit einer solchen Seitenscheitel-Schnottbremsen-Kombination im hoffentlich ansatzweise aufgeklärten Nachkriegsdeutschland bisher einer Verhaftung entziehen konnte (was machen eigentlich die vom Verfassungsschutz den ganzen Tag?). Stattdessen ignorierte ich großzügig die dargebotene Visitenkarte, mit der die phonetische Wurst seiner Vorstellung in verständnisgerechte Stücke zu teilen gewesen wäre, und ließ das Männchen vor mir wissen, dass ich derzeit keinen Bedarf an einem neuen Staubsauger hätte. Was zugegebenerweise nicht besonders vorausschauend war.

»Nein, Herr Schröder«, lachte er da. »Jürgenmeiermercedesbenzoweell.«

Ja, und?, dachte ich. Ein Witz wird nicht besser davon, wenn man ihn noch mal erzählt. Also guckte ich erst wenig amüsiert und dann unter Decodierungsgesichtspunkten auf die dreißig Quadratzentimeter große Pappinfo.

Aha! »Jürgen Meier, Mercedes-Benz-OWL« musste sich schon unendlich oft so vorgestellt und oder oder/und am Telefon gemeldet haben, dass er es routiniert klein und zusammen aussprach.

Von meinem irritierten Blick motiviert, legte Herr Meier gleich nach: »Sie interessieren sich doch für einen SLK.«

Und die verkaufen sich so schlecht, dass Sie bei mir Klinken putzen müssen, Sie Armer? In diesem Moment öffnete Gisela wie immer völlig zufällig und in typisch unaufdringlich unneugieriger Manier ihre Haustür, um ihrer Lust zu frönen, in Papier gestopfte, getrocknete Blätter des beliebten Nachtschattengewächses Nicotiana tabacum in Aerosol zu sublimieren.

Ich guckte kurz hoch und schaute dann wieder zu Jürgen Meier von Mercedes-Benz runter, was dieser prompt als Nicken interpretierte und begeistert fortfuhr: »Fein, Herr Schröder. Wann möchten Sie denn eine begeisternde Probefahrt machen?«

Man kann es mit der-Kunde-mag-es-seinen-Namen-zu-hören aber auch übertreiben. So sind sie halt, unsere Verkäufer. Wenigstens verstecken sich Autoverkäufer nicht hinter der Berater-Fassade. Bankberater. Finanzberater. Vermögensberater. Anlageberater. Versicherungsberater. Sollte ein Berater nicht jemand sein, der mich in Bezug auf das berät, was ich brauche, und nicht das Produkt verkauft, für das er am meisten Provision bekommt?

»Das Beste wird sein, ich rufe Sie an.« Sonst lasse ich mich ja nicht lange bitten, wenn es um eine Probefahrt geht. Aber wenn sie mir angeboten wird wie Sauerbier, bin ich doch etwas misstrauisch, was das Produkt angeht. »Ich habe ja Ihre Karte. Vielen Dank, dass Sie da waren.« Herr Meier verabschiedete sich etwas unwillig, wünschte mir aber noch einen schönen Abend, während Gisela in Seelenruhe ihre Zigarette zu Ende rauchte.

INGOLSTADT

Im Vier-Ringe-Glaspalast brachten Bolle und ich eine höchst abwechslungsreiche halbe Stunde damit zu, fröhlich zwischen den verschiedenen Modellen umherzuirren, zuversichtlich Verkäufern zuzuwinken, die wichtig in Telefone sprachen oder sich intensivst Unterlagen auf ihren Schreibtischen widmeten, lautem Autotürgeknalle – was nicht einfach war, weil hoch bezahlte Sounddesigner ihre ganze Ehre in satte Plopps legen – und höchst interessiertem Gegucke. Schließlich blieb uns nichts anderes übrig, als unverrichteter Dinge und eine Erfahrung reicher wieder abzuziehen: Premium-Marken-Verkäufer in Premium-Autohäusern beraten nur Premium-Kunden, wie auch immer die aussehen, jedenfalls nicht wie Bolle und ich. Vielleicht mit rosa Poloshirt und umgebundenem hellblauen Pullover wie damals Martinas Jura-Golfplatz-Kommilitonen? Unfassbar. Premium-Marken heißen Premium-Marken, weil ja Putzfrauen auch nicht Putzfrauen, sondern Bodenkosmetikerinnen heißen. Ach, egal! Abregen, Max, abregen!

Auf dem Rückweg war es ganz still im Auto.

Bolle und ich starrten nach vorne aus der Windschutzscheibe und versuchten, das Erlebte zu reflektieren, um es so vielleicht zu verstehen. Im Autoradio saß Sting derweil mit seiner Combo und versuchte, uns zu erklären, *how fragile we are.* Total fragile waren wir. Unser Leben. Unsere Ehen. Bis dass der Tod uns scheidet (der richtige mit der Sense, nicht der Dennis mit der Harley). Oder menschliche Unzulänglichkeit. Sofern das überhaupt ein Scheidungsgrund ist.

»So viel zum Thema Paradigmenwechsel«, brach ich als Erster das Schweigen. Vor Bolle. Das kam ja auch nicht so häufig vor.

Bolle schüttelte den Kopf: »Vielleicht ist das mit Kunden in Autohäusern so wie mit den Steinen im Wasser!«

»So?«

»Vielleicht gibt es uns gar nicht, wenn man uns nicht beachtet.« sinnierte er.

Ich schüttelte meinerseits den Kopf. »Meine Existenz hängt jedenfalls nicht davon ab, ob mich ein Autoverkäufer beachtet oder nicht.«

»Doch, natürlich, überleg noch mal.« Bolle nickte eifrig. »Die Autoverkäufer können gar nichts dafür, dass sie uns nicht bedient haben, weil sie uns gar nicht gesehen haben! Vielleicht sind wir auch nicht wirklich da gewesen, weil sie uns nicht beachtet haben. Denn wenn sie uns beachtet hätten, hätten wir mit ihnen gesprochen und sie mit uns, also würden wir auch existieren.«

»Verflixt!«

»Alles eine Frage der Wahrnehmung«, bestätigte Bolle. »Wenn wir die falsche Molekularstruktur haben, bewegen wir uns in einer anderen Raum-Zeit-Dimension und damit parallel zu den Autohaus-Universen.«

MÜNCHEN

»Das passiert uns nicht noch mal!« Bolle hatte die glorreiche Idee, zu den blau-weißen Kollegen gleich einen Aktenkoffer mitzunehmen. Er meinte, wenn wir so aussähen, als hätten wir vierzigtausend Euro dabei, wäre alles viel einfacher. Dass man mit vierzigtausend in der Tasche bei BMW allerdings nicht so wahnsinnig weit kommt, wurde ihm erst klar, als wir durch die Halle stromerten.

Für so was fehlt Bolle einfach das Verständnis.

Damit standen wir im wahrsten Sinne des Wortes wie Falschgeld herum – natürlich ohne auch nur einmal von einem Vertriebsmenschen behelligt zu werden. Auch hier: Premium-Ignoranz vom Feinsten. Dafür fehlte Bolle noch viel mehr das Verständnis, und nachdem sich seine Höflichkeit endgültig bei absolut null eingependelt hatte, stellte er sich mitten in den nach Gummi, Leder, Öl und neuen Autos duftenden Showroom, breitete auf seine unnachahmliche Art die Arme aus, drehte sich langsam im Kreis und rief: »Wir haben hier vierzigtausend Euro im Koffer. Will uns jemand dafür ein Auto verkaufen?«

Totenstille. Nur das gelegentliche Surren eines Druckluftschraubers aus dem benachbarten Werkstattbereich drang wie durch eine Wattewand in den Verkaufspalast.

Alle außer uns anwesenden Kunden suchten hinter den blank polierten bajuwarischen Nobelkarossen Deckung. Ein Kunde rutschte mit Stil vom Fahrersitz eines Siebeners aus der noch geöffneten uns zugewandten Tür und legte sich mit ausgestreckten Armen auf den spiegelnden Marmorboden. Von der Dame am Info-Tresen waren nur noch zwei neugierige Augen und das darüber aufgetürmte Haarsystem zu sehen, und die Helden der Vertriebsmannschaft mussten wohl vollständig hinter ihren Schreibtischen abgetaucht sein.

Filmreif. Zu Porsche bin ich dann allein gefahren.

BIELEFELD GIBT'S DOCH

Und nun steht es hier in voller Pracht. Mein neues Auto. Ein funkelnder roter Porsche. Allein freuen ist doof, also akzeptiere ich, dass Bolle einen Großteil der Menschheit kurzum der Vollidiotie bezichtigt. Das ist ganz einfach seiner bescheidenen Art geschuldet.

»Und wie man sieht«, ich strecke stolz meine Arme mit nach oben gedrehten Handflächen aus, wie ein Großgrundbesitzer, der seinem Sohn das Ausmaß des zu erwartenden Erbes demonstriert, »dort verkaufen sie wirkliche Autos an normale Menschen.«

Bolle grient breit: »Sofern man davon ausgehen kann, dass du auch so eine Art normaler Mensch bist.« Er überlegt kurz: »Und wieso ohne mich?«

Ich zucke mit den Schultern: »Ach, weißt du ...«

Wir stehen uns gegenüber und sinnieren kurz über die Merk-würdigkeiten des Lebens. Aber Bolle wäre nicht Bolle, wenn er es nicht zu unterbinden wüsste, dass sich mehr als zwanzig Sekunden Schweigen über das Land legen: »Wo denn überhaupt?«

»Bielefeld.«

Bolle lacht künstlich, laut und kurz auf. »Das erklärt einiges.«

»Was heißt das denn nun wieder?«

»Also, wir haben es hier offensichtlich mit dem Aufeinander-treffen multipler Paradoxien zu tun!« Klugscheißen mit Bolle am Abend.

Derweil sitzt Gisela immer noch bemüht desinteressiert auf ihrer Treppe und pustet Zigarettenqualm in Ringeln in die Luft. Das kann sie richtig gut. Die Blätter der beiden Weidenruten, die über dem Gartentörchen einen Bogen bilden, zittern im Maiwind, während sich Frau Nachbarins Ohren längst wie zwei Krakenarme am Rumpf der Black Pearl empor quer über die Straße bis auf meine Einfahrt geschlängelt haben.

»Du behauptest also allen Ernstes, dass du erstens« – Bolle holt in Androhung tief schürfender und tripolarer Erkenntniskundgabe tief Luft, was in mir den Wunsch auslöst, einen Stuhl zu holen und sitzend zu genießen – »dein Auto in Bielefeld gekauft hast, also einer Stadt, deren Existenz massiv infrage steht.« Bolle ist ein ganz großer Bielefeld-Verschwörungstheoretiker. »Und dieses zweitens von Autoverkäufern. Also Leuten, die uns bisher nicht beachtet haben, wodurch ergo unsere Existenz infrage stand. Sodass sich drittens«, wie er das nur immer mit dem Eins-zwei-drei hinkriegt, »das kleine im großen Paradoxon aufgelöst hat, in Form eines roten Boxsters, der jetzt tatsächlich dir gehört.« Er atmet schwer aus.

»So sieht's aus!«, nicke ich. Damit ist alles gesagt.

Ein mit vier Möchtegern-Hip-Hoppern in der Hundert-Kilo-Goldkettchen-Klasse prall gefüllter 3er BMW der vorletzten Serie cruist mit höchstens fünfundzwanzig Sachen durch unsere Straße.

Sonderlackierung Gold, Porno-Brille auf, Fünfzig-Euro-Rolex-Fake an, und ab geht's durch Detmold Gangsta Town. Aus den offenen Fenstern hängen nicht nur die feisten Arme, an deren Ende Hände sitzen, deren Finger irgendwelche Rapper-Zeichen zeigen, sondern dröhnt auch so laut Shaggys *Mr. BoomBastic*, dass ich nur an Bolles Mundbewegungen sehen kann, dass er etwas zu mir gesagt hat.

»Was?«, schreie ich zu ihm hinüber. Der Bass lässt mein Zwerchfell vibrieren.

»Yo, Mann! Ghetto Chase, Digga! Voll die fette Tussen-Corvette!«, johlt Bolle zurück und macht mit seiner rechten Hand eine fließende Welle im feinsten Hip-Hop-Style. Hoffentlich haben die jetzt Giselas Ohren nicht überfahren.

Jetzt fehlt nur, dass das Auto im Beat auf- und abwippt und ein paar üppige Bikini-Girls aus den Türöffnungen lugen. Das Einzige, was an diesen Jungs boombastic sein dürfte, ist neben dem gewaltigen Subwoofer im Kofferraum des interessanten Gefährts ihr Gruppen-Selbstbewusstsein und der riesige Aufkleber auf der Rückseite des Fahrzeugs mit durchaus hohem Unterhaltungs-wert:

Gymnasiasten sind sooooooo blöd!
Die rechnen mit Buchstaben.

Ich nehme an, dass gebrauchte BMWs nicht unter das Verkäufer-nicht-wahrnehm-Axiom fallen.

»Alter, nur weil du Genasion bist!«, brüllt Bolle.

Ich habe es aufgegeben, Bolle darauf hinzuweisen, dass »Alter« in dem offiziellen Wortschatz eines Übervierzigjährigen nichts zu suchen hat, und schüttele den Kopf.

»Was für ein lahmer Move.« Er guckt immer noch erstaunt hinter der seltsamen Erscheinung her.

»Wer beschleunigt, muss bremsen, und Bremsen macht die Felgen dreckig.«

Bolle nickt. »Klingt vernünftig. Apropos: Der Porsche musste ausgerechnet rot sein?«

Er hat Witterung aufgenommen und schleicht wie ein Indianer auf dem Kriegspfad um den Boxster herum, den Kopf kritisch zur Seite gelegt und ein Auge zugekniffen.

Wenn er jetzt stolpert, fällt er direkt aufs Gesicht, weil ich mir nicht vorstellen kann, dass er die Hände schnell genug aus den Taschen kriegen würde.

»Indischrot, um genau zu sein.«

»Na, den klaut dann wenigstens keiner.«

Wieso kann der Idiot das Moped jetzt nicht einfach genauso toll finden wie ich? Oder wenigstens so tun? Es muss ihm doch klar sein, dass ich jetzt ein bisschen Bestätigung brauche. Schließlich habe ich gerade ein kleines Jahresgehalt für ein Auto ausgegeben, das ich – um Bolles Diktion zu bemühen – erstens nicht wirklich brauche, ich mir zweitens kaum leisten kann, in dem man allerdings drittens einen Weihnachtsbaum oder irgend so ein IKEA-Snørre-Dørre problemlos bei geöffnetem Verdeck auf der Beifahrerseite nach Hause transportieren kann.

»Sehr lustig!«

»Aber du hast sonst nichts Rotes. Dein restliches Leben ist eher …« Bolle rudert mit den Armen, »blau oder grau oder beige oder so.«

»Ja genau, Herr Farbpsychologe. Langweilig und düster. Weißt du noch? Meine Frau ist weg, meine Tochter findet mich scheiße. Dieses adoleszente Blockflötengesicht wurde vor mir befördert. Das ist ja wohl dunkel genug, oder? Was soll ich da mit einem schwarzen Auto, das nur gut aussieht, wenn es frisch gewaschen ist? Wie dieser bescheuerte Passat hier. Kannst du dir vorstellen, dass ich vielleicht mal einen fröhlichen Farbklecks und etwas Veränderung in meinem Leben brauche?«

Ich gehe einen Schritt zur Seite und trete dem Familienkombi an den linken Hinterreifen. Der kann natürlich nichts dafür, dass er jetzt aufgrund unserer Ex-Familien-Situation nun nur noch ein Kombi ist. Ohne Familie. So wie ich.

Vielleicht sollte ich ihn verkaufen. Vielleicht ist das aber auch zu viel Veränderung, weil noch schöne Erinnerungen dran hängen, und wer weiß, ob sich die Kombi aus Kombi und Cabrio nicht als sinnig herausstellen könnte.

»Das stimmt.« Bolle unterbricht seine dritte Runde um das Auto in Höhe des Kofferraums. »Kann ich mir vorstellen.«

Mit einer senkrechten Stirnfalte über der Nasenwurzel sieht er mich an, schüttelt den Kopf und konstatiert: »Trotzdem. Paradigmenwechsel hin oder her. Nur italienische Sportwagen sind rot!«

»Ach was!«, gebe ich genervt zurück, weil Bolles Unverständnis derzeit völlig außerhalb meines subjektiven Relevanzkorridors liegt. »Du bist wirklich die traurigste Pusteblume im Garten der Freundschaft!« Die tief stehende Maisonne begleitet meinen Abgang Richtung Haus, indem sie den Traum von Mittelmotorroadster in meiner Einfahrt in goldenem Licht baden lässt.

»Na gut!« Kurz bevor ich die Haustür erreiche, geht er zum Heck und stützt die Arme in die Hüften. »Ich nehme ein Bier!«, lautet sein freundliches Friedensangebot.

»Freunde sind wie Kartoffeln! Wenn man sie isst, sind sie tot.« Ich habe jetzt wirklich schlechte Laune.

»Ja, Max. Sehr lustig. Ich hab dich auch lieb. Aber das war mein Satz. Und jetzt mach mal auf hier, ja!« Bolle schiebt sein Kinn energisch Richtung Heckklappe.

»Aber natürlich, merkwürdiger Mensch auf meiner Auffahrt, formerly known as my best friend!«, sage ich widerwillig, schlurfe langsam zu meinem Auto zurück und komme – da ich nun mal ein bisschen stolz bin und zudem meine kognitive Dissonanz im Nachkaufverhalten ein wenig geknuddelt werden will – anschließend der Aufforderung doch gerne nach. Bolle starrt in das rechteckige Hundertdreißig-Liter-Loch, stutzt kurz und schlägt sich dann theatralisch vor die Stirn.

»Ach ja, Maurerporsche!«, singt er tanzend auf dem Weg zur Vorderseite, um seinen Fauxpas zu überspielen. Ich trotte gemächlich hinter ihm her und stelle mich neben ihn vor den geschlossenen Alu-Frontdeckel. Innerlich feixe ich schon einmal vorfreudig. Auf Giselas Dachfirst gurren sich zwei Tauben die höchstwahrscheinlich sowieso nicht vorhandene Seele aus dem gefiederten Leib.

»Willst du nicht aufmachen?«, fragt Bolle ungeduldig.

»Was hast du gesagt?«

»Maurerporsche!« Man kann Bolle ja viel vorwerfen. Aber nicht, dass er in irgendeiner Weise inkonsequent wäre oder Angst davor hätte, für seine Meinung auch mal richtig eins auf die Fresse zu kriegen.

Dafür liebe ich diesen Burschen. Aber heute übertreibt er es wirklich.

»Kann ich dir sonst noch was anbieten …?« Bolle guckt mich irritiert mit hochgezogenen Brauen an. »… Heimweg? … Haue?«, bringe ich mein Angebot zu Ende, woraufhin Bolle sein breitestes Grinsen aufsetzt, um jovial einzulenken.

»*Okay*! Dann erzähl mal!«

»Zwei Jahre, achtzehnfünf gelaufen!«

Bolle macht ungeduldig eine rollierende Vorwärtsbewegung mit dem Zeigefinger.

»Fünfundvierzigsechs!«

»'ne Menge Holz für 'nen Hausfrauenporsche!« Damit sind die zehn Bolle-Verständnissekunden auch schon wieder abgelaufen.

»Was ist denn das nun wieder für ein chauvinistischer Scheiß?«

»Frontmotor. Frontantrieb. Weicheikarre!«

»Das ist also die qualifizierte Expertise eines Designers, dessen zehn Jahre alter Ex-Dunkelblauer-High-End-Eins-Komma-zwei-Liter-Pracht-Corsa mit einer mindestens drei Jahre alten sich selbst erneuernden Schmutzschicht vor Umwelteinflüssen geschützt wird?«

Bolle ist ein sehr talentierter Grafiker. Zu einem einigermaßen smarten Typen hat er sich allerdings erst im Lauf der Jahre entwickelt. Früher war er ein absoluter Nerd, den nur seine Bilder und Comics interessierten. Als er damals in meine Klasse kam, hing ihm das Hemd halb aus der Hose, seine Haare hatten seit mindestens fünf Tagen kein Shampoo gesehen und der Rest von Bolle wohl auch ebenso lange keine Dusche von innen. Na gut. Vielleicht war er ja doch hineingestiegen. Aber dann musste er vergessen haben, das Wasser anzustellen, weil er irgendwo in seiner eigenen Geschichtenwelt herumirrte. Zudem war Deo ihm fremd, oder er so dermaßen mit seinen pubertären Ausdünstungen überfordert, dass er stank wie ein Liter Milch über Verfallsdatum auf toter Ratte nach ausgiebigem Sonnenbad. Aber er war schon immer lustig und ein guter Kumpel. Ein sehr guter Kumpel, um genau zu sein. So einer, bei dem du nachts um fünf vor halb vier klingeln oder anrufen kannst und er geht ran oder macht auf und hilft. Oder trinkt ein Bier mit dir. Oder beides.

Ich halte ihn für ziemlich sensibel, was man nicht immer so merkt, weil er sich mit kernigen Sprüchen gern vor allzu großer Nähe schützt. Das kommt wohl davon, dass sich er früher von sich produzierenden Mitschülern und zickig-eitlen Mitschülerinnen so einiges anhören musste, unter anderem, weil er sich recht eigensinnig eine gewisse Reinigungsabstinenz auferlegt hatte.

Bis Anja kam. Drei Jahre älter und genau die Art Oberstufen-Mädchen, nach der sich alle in der Sekundarstufe I die Finger leckten. Bolle und Anja hatten sich in der Theater-AG kennengelernt. Bolle malte mit am Bühnenbild, und Anja spielte die Hermia in einer angepassten Fassung von Shakespeares *Sommernachtstraum*.

Bolle entdeckte die Liebe und die Dusche. Das mit Anja hielt gut ein Jahr, das mit Bolle 2.0 darüber hinaus. Dann brach sie ihm das Herz und er stürzte erst in ein tiefes Liebesloch und sich anschließend ins ungezügelte Partyleben.

Äußerlich hat er sich also um hundertachtzig Grad gedreht. Also aus Frauensicht, sofern ich das aus Männersicht beurteilen kann. Er ist stylish. Er riecht gut, wobei da »Frauensicht« natürlich das falsche Wort ist, weil man ja Geruch nicht sehen kann. Aber es gibt kein Wort dafür, oder? So, wie man von Essen satt wird und von Trinken … Genau. Komische Sprache, dieses Deutsch. Es gibt noch eine Menge Wörter zu erfinden. Wer ist dafür eigentlich zuständig?

Jedenfalls kommt Bolle jetzt bei den Frauen top an und lässt definitiv nichts anbrennen. Ich denke, er trägt die richtige Aura aus Charme, Selbstbewusstsein und Witz mit sich herum. Bei seiner Selbstsicherheit könnte es sich auch um einen Schutzschild handeln, der seinen weichen und wirklich guten Kern schützen soll.

Sein Job als Illustrator für Schulbücher ernährt ihn. Aber seine große Leidenschaft gilt immer noch außergewöhnlichen Geschichten. Vor allem Fantasy-Geschichten. Und er arbeitet unablässig, mit einem unglaublichen Elan und einer sonst nicht bei ihm anzutreffenden Ausdauer an seinem eigenen Fantasy-Großwerk, mit dem er die Comic-Welt revolutionieren will.

»So sieht's aus!«, gibt Bolle bekannt, der wirklich gerne der *Herr der Ringe* wäre, allerdings mitunter noch nicht einmal *Herr der Lage* ist. Was sicherlich intersubjektiv unterschiedlich wahrgenommen wird. Von außen und von meiner Welt aus betrachtet wirkt es allerdings so. Er macht das gut mit den Illustrationen, aber er will mehr. Er möchte auch von anderen Künstlern als Künstler wahrgenommen werden. Und ich glaube, er wäre gern ein bisschen berühmt. Reich nicht. Wirklich. Geld ist ihm nicht so wichtig. Aber Anerkennung für seine Kunst, die möchte er nicht nur von mir oder einer Geliebten.

»Mein lieber Bolle: Du hast keine Ahnung!«

»Nicht?«

»Nicht!«

»Und die Wirklichkeit sieht wie aus, Herr Ingenieur?«

»Zwei Dinge!« Ich kann einfach nicht, so wie Bolle, bis drei zählen.

»Und die wären?«

»Boxster und 911er desselben Jahrgangs haben beispielsweise Türen und Innenausstattung aus derselben Produktion.«

»Ist nicht wahr!«, tut Bolle beeindruckt.

»Nimm das Sarkasmusschild runter!«

»Ist gut. Und was ist der zweite Punkt?«

Der richtige Zeitpunkt ist gekommen: Ich öffne die vordere Haube.

Platsch. Ein Riesenvogelschiss landet auf dem Teppich mitten im gerade aufgeklappten Kofferraum meines blechgewordenen Männertraums. Der dunkle Flor der Kofferraumverkleidung bildet einen hübschen Kontrast zu der weißen Suppe, die sich wie ein Spiegelei verteilt, in dessen oberem Drittel ein dunkelgrüner Kötel thront. Die Tauben von Giselas Dachfirst sind verschwunden. Perfektes Timing.

»Vögel sind Arschlöcher«, sage ich und Bolle sagt im selben Moment »Ach du Scheiße. Das ist ja delikatös«. Zudem fängt er laut an zu lachen. Ob sein Gewieher der Tatsache geschuldet ist, dass auch auf dieser Seite des Autos kein Motor ist oder dass erst mal eine von Giselas Tauben in mein scheinbar motorfreies Auto gekackt hat, kann ich an dem Lachen nicht erkennen. Wahrscheinlich beides. Alles andere wäre Bolle-inadäquat.

»Im wahrsten Sinne des Wortes.« Mir ist grad nicht so zum Lachen. Vielmehr renne ich ins Haus, um Material zum Saubermachen zu holen. So viel zum Thema *Herr der Lage*.

ANGST VOR KLÄUSEN

Als ich zurückkomme, steht Bolle fasziniert über den Kofferraum gebeugt und pikt mit dem Zeigefinger in der Vogelkacke herum.

»Uh, lecker. Hast du noch nie Vogelkacke gesehen?«

»Noch nie so frische und«, Bolle macht eine seiner berühmten Kunstpausen, »irgendwie war ich auch noch nie so … betroffen.« Er betont das letzte Wort und lacht.

Ich finde es ja selber auch total spießig, dass ich so einen Harro um den Fleck im Kofferraum mache. Andererseits kann ich grad nicht aus meiner Haut.

»Dürfte *ich* da jetzt vielleicht mal dran?«

»Ja, klar!«, sagt Bolle, bewegt sich, allerdings nur langsam, dafür aber mit erhobenem Zeigefinger rückwärts, an dem noch eine ordentliche Portion Vogelschiss hängt. Er murmelt vorsichtig: »Ist dir schon mal aufgefallen, dass bei 'nem Vogelschiss es außenrum immer hell und innen eher dunkel bis schwarz ist?«

»Ja, wirklich faszinierend!«

Ich hänge mich in den Kofferraum und versuche mit Haushaltspapier, viel Wasser, Schwamm, einem Frottierhandtuch und Fleckenmittel den Schiss aus der wunderbar flauschigen Verkleidung zu schrubben. Bei so was brauche ich immer Ruhe, kann mir allerdings nicht vorstellen, dass Bolle für drei Sekunden die Klappe halten kann.

Einundzwanzig. Zweiundzwanzig.

»Haste gesehen? Sieht aus wie Frankreich!«

»Ja, Bolle!«

»Und die grüne Kacke ist Paris.«

»Ja, Bolle!«

»Geografie soll ja dazu beitragen, dass für Probleme zwischen Mensch und Umwelt Konzepte entwickelt werden.«

»Aha!«

»Also machst du gerade Geografie!«

»*Bolle!*«

»Schon gut. So schnell vergess ich meinen Namen schon nicht. War auch nur so'n Gedanke!« Wie so oft wenig zielführend.

Dreiundzwanzig.

Vierundzwanzig.

»Aber komisch isses schon, dass das innen dunkler ist als außen! Weißt du, warum das so ist?«

»Noch komischer ist es, dass du mit einer obsessiven Detailüberinterpretationsdiskussion nicht warten kannst, bis ich fertig bin. Und nein, das weiß ich nicht!«

»Ich halte eben viel von dir und dachte, du könntest gleichzeitig putzen und reden. Ist aber auch ein Scheiß mit der Schwerkraft, nä?«, labert Bolle munter weiter. »Alles fällt runter, nix fällt hoch. Obwohl, das auch irgendwie doof wäre. Stell dir das mal vor. Kaum machst du den Kofferraum auf, fliegt das Warndreieck in den Himmel.«

»Das Warndreieck ist festgetackert, Bolle!«

Er holt tief Luft, atmet tief aus und guckt in den Kofferraum. »Trotzdem. Insgesamt isses schon besser, dass Kühe nicht fliegen können.«

»Ja, Bolle! Dann wär der Kofferraum jetzt voll! Und unser Mensch-Umwelt-Problem wäre noch etwas größer und matschiger.«

»Delikatös!«

»Meinetwegen können Vögel ja hinkacken, wo sie wollen. Nur nicht auf mein Auto. Dieser doofen Taube gehört doch der Arsch zugenäht.«

»Jetzt werden Sie aber nicht ausfallend, Herr Schröder«, sagt Bolle. Leise fügt er hinzu: »Was sollen denn die Nachbarinnen denken.« Lachen muss er natürlich auch schon wieder.

»Wenn *ich* ein Vogel wär, wüsste ich auch schon, wem ich aufs Motorrad kacken würde.«

Ich gucke zu Gisela rüber, habe Hunger, Bolle nervt, Gisela spannt, und ich muss mich um so etwas Überflüssiges wie Vogelkacke wegmachen kümmern. Langsam erhebe ich meinen Oberkörper aus der gekrümmten Position, weil es mir im Rücken zieht. Bolle macht mit dem Mund das Geräusch eines sich öffnenden Tors in einem Gespensterschloss nach.

»So, ich glaube, ich habe fertig!«, lasse ich Bolles Bosheit unkommentiert. Im Kofferraum ist von meinen Putzkünsten ein dunkler Fleck zurückgeblieben. Hoffentlich handelt es sich dabei nur um Feuchtigkeit.

»Nee, weißt du, was du hast?«

»Jetzt bin ich aber mal gespannt«, sage ich und forme mit gespreizten Zeigefingern und Daumen zwischen meinen Händen ein Rechteck: »Dr. Klaus Bollmann. Therapeutische Diagnosen jeglicher Art. Termine nach Vereinbarung.«

Davon lässt Bolle sich natürlich nicht beeindrucken, geschweige denn zurückhalten: »Ich glaub, du hast Anatidaephobie.«

»Ich habe keine Angst, von Enten beobachtet zu werden. Höchstens von Tauben.«

Oder von Giselas.

Gisela guckt nun unverwandt zu uns herüber, und ich frage mich, wie wohl die Angst heißt, ununterbrochen von Menschen beobachtet zu werden, die so tun, als würden sie es gar nicht machen. Aber vielleicht ist diese Enten-Beobacht-Phobie auch ersatzweise bei den Giselas dieser Welt einsetzbar.

»Ja, und Klaustrophobie ist die Angst vor Kläusen!«

DREI KOMMA FÜNF MUSKETIERE

»Und wo ist nun der Motor?«

»Tja, mein Lieber …« Ich mache ein Pause, um der Pause willen. Als rhetorisches Mittel. Lang genug, dass es als Pause durchgeht, kurz genug, dass Bolle mir nicht reinquatschen kann: »… es ist ein: Mittel. Motor. Roadster.«

»Ach!«

Ich nicke.

»Und wie kommt man da dran?«

»Entweder von unten, oder man macht das Verdeck ab.«

»Ist ja unpraktisch.«

»Als ob du bei deiner Big-Mac-Karton-Müllschleuder jemals die Zündkerzen selbst gewechselt hättest.«

Bolle kommt zu mir rüber und gibt mir die Hand. »Hast ein schönes Auto gekauft, Max. Ehrlich.« Schlussendlich ist er nämlich nur mit sich im Reinen, wenn er mit seiner Umwelt im Reinen ist. Unabhängig davon, wie sehr er vorher gehetzt hat.

»Hast du Lust auf 'ne Runde, bevor wir uns dem Bier widmen? Was zu essen könnte ich auch vertragen«, nehme ich sein Friedensangebot an.

Die Piraten der karibischen See fangen an, mit ihrem prägnanten Sechs-Achtel-Beat gegen meinen Oberschenkel zu hämmern.

Bolle guckt hoch: »He's a Pirate?«

Ich zucke die Schultern. Bolle weiß doch, dass ich meine Klingeltöne öfter wechsele, als er seine Wohnung saugt.

»Hi, Schatz!«, begrüße ich Julia.

»Nenn mich nicht Schatz, Max!«

Einen erneuten Versuch war's wert.

Wir waren immer die drei Musketiere, und Julia als die Jüngste d'Artagnan. Wobei der ja eigentlich der vierte war, aber das kommt bei unserer Ex-Kleinfamilie nicht so ganz hin.

Ist auch nicht so wichtig, solange der Modus »Alle für einen und einer für alle« gilt. Die aktuelle Variante gefällt mir längst nicht so gut: Martina für sich und Julia gegen mich.

Leider muss ich zu- und damit Julia recht geben, dass ich es nicht so richtig gemerkt hab, als es losging. Oder zu Ende war. Je nachdem, wie man das betrachten möchte. Abschieds- und Begrüßungsküsse wurden weniger oder schmeckten nicht mehr so warm wie früher. Ich fand Martinas Lippen immer so warm und weich und liebte ihren Duft. Irgendwann fühlte es sich schon fast falsch an, sie zu küssen. Ich hatte das auf die Gewöhnung geschoben.

Wenn wir nicht pünktlich zu Hause sein konnten, hatten wir uns immer angerufen. Mir war es nie leichtgefallen, die Verspätung anzukündigen. Karriere machte Spaß, aber ich liebte meine Familie eben auch. Es gab keine Vorwürfe vom anderen, wenn es später wurde. Schließlich arbeiteten wir nicht länger, um von zu Hause fortzubleiben. Im Gegenteil: Wir respektierten die Leistung des anderen, und als Anerkennung hinterließen wir uns respektvoll freundliche Karten mit zärtlichen Nachrichten auf dem Küchentisch oder ein Liebes-Post-it am Kühlschrank.

Bis, tja bis das mit Martinas Geschäftsessen und Auswärtsterminen immer mehr wurde. Na ja, ein bisschen kam mir das schon komisch vor. Ich meine, sie ist schließlich Anwältin für Familienrecht und keine Firmenjustiziarin oder zuständig für Firmenübernahmen, -zusammenschlüsse oder sonst irgendetwas im lukrativen Geschäftsbereich Mergers & Acquisitions. Dann hätte ich das schon eher verstanden.

»Ich bin halt selbstständige Anwältin«, sagte sie mit einem kleinen und gar nicht mehr respektvollen Seitenhieb auf mein abhängiges und möglicherweise karrierechancenfreies Beschäftigungsverhältnis, »und für die Kanzlei verantwortlich. Da muss ich eben auch häufiger repräsentative Termine wahrnehmen.«

Jetzt ist mir ja alles klar, aber damals … Hinterher ist man eben immer schlauer. Zumindest in dem Punkt. Aber es musste ja schon vorher angefangen haben. Wo war der Punkt, an dem wir das »wir« und das »uns« verloren hatten? Den musste es doch geben. Vielleicht war das auch kein Punkt, sondern ein Prozess, bei dem sich Dinge in unser Leben hinein- oder aus unserem Leben herausgeschlichen hatten, die beziehungsschädlich beziehungsweise beziehungsnotwendig waren. Kleine Vertrautheiten wie als Erstes die Jogginghose anziehen, wenn man nach Hause kommt. Oder die gemeinsame Zeit im Bad, wenn einer Zähne putzt, während die andere auf dem Klo sitzt. Alles Zeichen einer vertrauten Beziehung, aber vielleicht auch Zeichen von mangelndem Respekt. Tja …

Jedenfalls: Martina wollte sich diesen kleinen Schmetterling auf die Schulter tätowieren lassen. Das habe sie sich schon immer gewünscht. »Gut«, habe ich eingewilligt, »wenn es dir Spaß macht.« Mir hat ihre Schulter auch ohne Tattoo gefallen.

»Ja, es macht mir Spaß, und ich brauche deine Einwilligung nicht. Das ist mein Körper, und in meinem Job trage ich immer Kostüme und Blusen, da sieht es niemand. Und in meiner Freizeit kann ich machen, was ich will.«

Was sie *nicht* sagte: Und mit *wem* ich es will.

Also hat sie ihr Tattoo bekommen, und im Nachhinein betrachtet ging es danach mit der Terminhäufung los. Nach Ansicht meiner Tochter hätte ich da einen signifikanten Zusammenhang bemerken müssen. Oder schon vorher so aufmerksam sein, dass es zu diesem Zusammenhang gar nicht gekommen wäre. Was wäre das Leben einfach, wenn es so einfach wäre.

Also Karten auf den Tisch:

Bist du wütend auf Martina? – Natürlich!

Hasst du sie? – Nein, das nicht, ich bin nur total desorientiert.

Ganz ehrlich? – Ich hasse es, wie sie sich verhält, und noch mehr, dass ich nicht damit umgehen kann.

Bist du wütend auf Dennis? – Und wie!

Hasst du ihn? – Wie könnte ich nicht, er fickt meine Frau, das ist soooooo widerlich. Der Gedanke daran macht mich rasend!

Bist du wütend auf dich selbst? – Hm, ja, schon irgendwie. So ganz unschuldig werd ich an der ganzen Sache wohl nicht sein. Aber hätte Martina nicht was sagen können?

Findest du Selbstgespräche nicht auch ein bisschen besorgniserregend, was deinen Geisteszustand angeht? – Eigentlich nicht.

Julia findet Dennis auch ganz toll. Sagt sie jedenfalls. Insgeheim hoffe ich, dass sie mir damit nur wehtun will, damit ich mich mehr anstrenge, dass Martina zurückkommt. »Der ist soooooooo sensibel, Max«, hat sie letzte Woche erst erzählt. »Er sammelt Kuschel-Seehunde. Ist das nicht süß? Ein richtiger Künstler …«

Ich wusste nicht, wie ich gucken sollte. Vielleicht hatte ich den beiden mit den Robbie-Williams-Karten ja einen schönen Abend bereitet.

In Julias Augen und Gefühlen hat es nun mal zu hundert Prozent an mir gelegen, dass Martina gegangen ist. Wäre ich ein besserer Ehemann und Liebhaber gewesen, hätte sich ihre Mutter ja keinen neuen suchen müssen. Für eine Alternativsichtweise kann ich bei meiner Tochter leider kein Verständnis wecken.

»Hör mal …«

»Kannst du mich abholen?«

»Jetzt?«

»Ja, jetzt! Passt es dir mal wieder nicht?«

»Öhm, doch … was soll das denn heißen?« Ich bin doch für sie da, wenn sie mich braucht. Sieht sie das nicht? Oder ist meine Wahrnehmung falsch? Hab ich die Suppe emotionaler Intelligenz mit der Gabel gegessen, dass meine Frauen nicht merken, wie viel sie mir bedeuten? Muss ich an meiner Kommunikation etwas ändern? Hab ich überhaupt eine?

Zu Bolle gewandt, ziehe ich langsam die Schultern hoch und lasse sie genauso langsam wieder sinken. Die Probefahrt muss warten.

»Gut, aber komm bitte mit 'nem richtigen Auto!«

»Was meinst du denn damit?«

»Du weißt schon«, sagt Julia gedehnt. Im Hintergrund raschelt es. Da scheint jemand mitzuhören.

In der Tat. Julia war unser Familienkombi immer peinlich. Warum es ein Passat sein müsse, warum wir uns nicht einen Mercedes oder BMW leisten könnten oder wollten?

Und jetzt?

Jetzt ist der Pampersbomber *das* richtige Auto, und mein Porsche ist ihr peinlich. Da soll mal noch einer durchsteigen.

»Geht's Philip gut?« Julias Freund hat gerade sein Abitur erfolgreich hinter sich gebracht. Mathe und Sport. Er will in Köln Sportmanagement studieren. Keine Ahnung, was er damit anfangen will.

Meistens fährt er Julia auf seiner Vespa durch die Gegend. Meine Frauen stehen auf Biker, und ich kauf mir 'nen Porsche. Irgendwas läuft hier mächtig schief.

»Ja, aber ich bin bei Franziska!«

»Und wieso?« Franziska wohnt zwar am anderen Ende der Stadt, aber das sind in einer Stadt wie Detmold ja nun mal auch nur maximal fünfzehn Minuten mit dem Fahrrad.

»Hab mir bei Dennis ein Industrial stechen lassen. Eigentlich kein Problem, aber mir geht es kreislaufmäßig grad nicht so gut. So inner halben Stunde, ja?«

»Du hast was?«

»Ist nur'n Piercing. Entspann dich!«

»Ein Piercing?«, echoe ich völlig konsterniert. »Wie soll ich mich da entspannen?«

»Mama hat's erlaubt und unterschrieben. Ich erklär's dir nachher. Danke, Max!« Dann hat sie aufgelegt.

Meine Frauen haben – wenn auch in unterschiedlicher Anwendungsstruktur – sogar denselben Stecher. Ich glaub, ich muss kotzen. Und krieg Tinnitus. Genau in der Reihenfolge!

BERLIN, BERLIN ...

Ich glotze auf mein Telefon, das mir unnötigerweise meinen dümmlich-verwirrten Gesichtsausdruck zurückspiegelt, und Bolle guckt uns beide an.

Ich nicke: »Es ist ein Industrial!«

»Was ist das denn?«

»Wenn ich das mal wüsste. Hat der Artist«, ich ziehe das A extra ganz lang und versuche aus tiefstem Rachen ein texanisches R, »ihr aufgeschwatzt. Und Martina hat's erlaubt.«

»Vielleicht isses ja nicht so schlimm«, versucht Bolle abzuwiegeln.

Das finde ich nicht: »Ach, das ist doch alles High-Level-Bullshit, Bolle …«

»Hm«, brummt er jetzt zurück, lässt meine verbale Frustrationsausscheidung unkommentiert und schaltet um auf versöhnlich gute Laune: »Weißt du was: Dann bring mich doch am nächsten Wochenende standesgemäß mit dem Porsche nach Berlin! Ich glaube, du brauchst mal etwas Abstand.«

»Was ist da denn?«

»Hab 'ne Einladung gekriegt!«

»Wegen was?«

»Wegen was, wegen was – na, wegen was wohl?«

Bolle führt – sehr zu Giselas Freude – einen Jubeltanz auf, der wie die Kreuzung aus dem Fruchtbarkeitstanz eines Schamanen und einer Windmühle bei Sturm aussieht.

»Jetzt sag nicht …«

»Oh doch!« Bolle hat angehalten, steht drehwurmig da, seine Augen sind leicht glasig, und er atmet asthmatisch: »Endlich darf ich mich beim Zwischenerde Verlag vorstellen. Die wollen mit mir über mein Werk reden!«

Mit *mein Werk* bezeichnet Bolle immer sehr andächtig sein Epos, das dereinst einmal drei Teile umfassen wird oder soll oder so. *Herr der Ringe* ist laut Bolle zwar nicht das direkte Vorbild. Die Bücher dienen in Umfang, Erfolg und Einkommenserwartung aber mindestens als Inspiration.

»Super! Herzlichen Glückwunsch. Wie weit bist du denn?«, erkundige ich mich.

»*Die Zerstörung* ist so gut wie fertig. Für *Die Unterwerfung* gibt es jede Menge Rohskizzen und *Die Erlösung* ist natürlich im Gesamtplot vollständig durchgestylt.«

Bolle stellt sich vor, dass sein *Der König von Beladon* als dreiteiliges Gesamtwerk nicht nur auf dem Buch-, sondern auch auf dem Spielemarkt ein Riesenerfolg wird. Den Verkauf der Filmrechte hat er in voller Demut selbstredend auch auf dem Schirm.

»Cool!«, lobe ich ihn. »Samstag oder wann?«

»Das ist der Plan. Sechzehn Uhr ist die Präsi.«

»Samstag? Die sind ja flexibel.«

»Weiß nicht, kann sein. War ja deren Vorschlag.«

»Na schön. Aber mit 'nem Porsche nach Berlin. Ist ja wohl nicht so 'ne gute Idee, oder?« Ich hab ein bisschen Sorge. Zwar werden meistens eher die großen Geländewagen geklaut und in den Osten transferiert – und für polnische und weißrussische Straßen hat mein Boxster nun wirklich nicht genug Bodenfreiheit – aber es ist trotzdem ein Porsche.

Dieser Gedanke beunruhigt mich ein wenig, denn ich muss feststellen, dass mir die Sicherheit meines nicht ganz luxusfreien Fahrzeugs doch ein wenig am Herzen liegt. Ist das snobistisch? Oder einfach nur spießig? Bolle kritisiert hin und wieder auch bestimmte Einstellungen, die ich zu ausgewählten Sachverhalten an den Tag lege. Dabei ist er ja in meinen Augen nicht unbedingt als Ehe- oder sonstiger Lebensberater qualifiziert, aber womöglich hat er ja recht, wenn er meint, ich hätte erstens den Stapel *PMs* im Gästeklo wirklich manchmal wegräumen können, bevor wir Besuch gekriegt haben, zweitens weniger Zeit mit Computerspiel-Daddelei verschwenden sollen, und ich müsste drittens dringend damit aufhören, Anzughosen auch als offizielle Freizeitkleidung zu tragen, und dürfte zudem zukünftig unter keinen Umständen mehr Poloshirts und Hemden *in* die Hose stecken. Zu meinen Wandersandalen hat er nichts gesagt, aber ich weiß, wie er guckt, wenn ich sie trage. Dabei sind die so bequem.

»Wieso das denn nicht?«

»Werden Luxusautos da nicht gerne mal angezündet?« Sofern man Presseberichten Glauben schenken darf – erst sagt die reizende Sprecherin bei der *Tagesschau* Guten Abend, und dann erzählt sie eine Viertelstunde lang Dinge, die einem den Abend versauen –,

gibt es neben dem klassischen Diebstahl in unserer Bundeshauptstadt auch noch andere Varianten, wertmindernde Maßnahmen am
Eigentum anderer Leute vorzunehmen.

»Na ja, Luxusauto. Ich weiß nicht. So viel ist der hier ja nun auch
wieder nicht wert. Außerdem ist er rot. Und kein Ferrari.«

»Fängst du schon wieder an?«

»Nein, selbstverständlich nicht.« Bolle macht überdreht eine
Kunstpause. »Du entscheidest: Wir fahren mit dem Porsche, mit
dem Polo, oder du musst auch gar nicht mitkommen.«

»Drück nicht so auf die Tränendrüse. Natürlich komme ich mit.
Fahren wir abends wieder zurück?«

»Das wär ja noch schöner. Nee, damit's so richtig delikatös wird,
bleiben wir natürlich bis Sonntag! Oder hast du keine Lust?«

»Doch klar. Das krieg ich schon hin. Und wo übernachten wir?«
Könnte ja auch sein, dass Bolle vorhat, die ganze Nacht durchzu-
machen.

»Das ist das Beste daran, Alter!« Bolles hysterische Begeisterung
ist nicht mehr zu toppen: »Bei Charly!«

KAPITEL 2

»JUST GO AHEAD NOW«

MARK WHITE | ERIC SCHENKMANN | CHRIS BARRON | AARON COMESS

ACHTUNG MIT GIRAFFEN IN DREISSIGERZONEN

*Wenn Sie das
lesen können,
ist meine Frau
runtergefallen.*

Wir stehen kurz hinter Rinteln auf der Linksabbiegerspur Richtung Autobahnauffahrt auf die A2, und vor uns dreht ein einzelner Motorradfahrer nervös am Gas. Vielleicht stimmt ja der Spruch auf seiner Kombi, und nun muss er sie schnellstens wiederfinden. Im Gegensatz zu mir: *Ich* muss nicht suchen, denn ich weiß ja, wo sich meine Frau befindet. Auf dem Sozius dieses skrupellosen Familien zerstörenden und zweirädrige Bewegungshilfe fahrenden Tätowierers, der gar nicht ihr Mann ist. Das bin nämlich immer noch ich. So rein dokumententechnisch zumindest. Darum sage ich auch nach wie vor »meine Frau«, so schnell legt sich das wohl nicht.

Erst kam es mir nach der Hochzeit total komisch vor, »meine Frau« statt »meine Freundin« zu sagen und jetzt … Der Heiratsantrag auf dem Markusplatz war genauso, wie er sein musste. Gut, an so prominenter Stelle kostete in Venedig ein Cappuccino ungefähr zwölf Mal so viel wie in einer mittelgroßen deutschen Universitätsstadt, aber was soll's. Es war romantisch. Es funktionierte. Und es war zudem auch ein bisschen überfällig, da Martina mit Julia schon im sechsten Monat war.

Martina und Max. Max und Martina. M^2 *forever* hatte wir innen in unsere Ringe gravieren lassen. Wir hatten zwar keine Ahnung, was alles auf uns zukommen würde, waren aber der Auffassung, dass mit Optimismus und unserer Liebe alles gut werden würde.

Aber: War das Liebe?

Ich schaue an die Kopfstütze gelehnt über die Windschutzscheibe hoch zur Ampel und warte auf Grün. Hinter uns liegen fünfunddreißig Kilometer Landstraße. Eigentlich eine schöne Roadster-Strecke, allerdings haben schleichende Pensionisten in A-Klassen und glückliche Familien in Renault Grand Scénics mit *Nele und Justus an Bord*-Schildern eine meiner großen Schwächen auf eine harte Probe gestellt: mein Verständnis für Dinge, für die ich kein Verständnis habe. Oder haben kann. Na, oder haben könnte. Wenn ich ehrlich bin: haben will!

Wenn sich ein Radfahrer in demselben Verhältnis von Antriebskapazität zu Geschwindigkeit fortzubewegen versuchte, so würde er einfach umkippen. Ich wär gern ausgestiegen und hätte tragen geholfen, aber na gut.

Warum schreiben die Menschen die Namen von ihren Kindern auf ihre Autos? Oder tätowieren sie sich auf den Arm? Da müsste mir schon jemand einen Nagel durch den Hippocampus schießen, damit ich den Namen meiner Tochter vergesse. Nee, wirklich. Den Namen des Tätowierers meiner Frau dagegen würde ich gern vergessen. Kann ich aber nicht. Scheiße!

Was tue ich hier eigentlich? Wir schreiben Samstag, den achtundzwanzigsten Mai, die Sonne lacht von Osten breit durch einen milchigen Schleier über das Land, ich bin seit knapp einer Woche stolzer Besitzer eines zweisitzigen Porsche Cabrios und ich sollte mit einer schönen Frau an meiner Seite das Leben genießen. Aber das Einzige, was mir einfällt, ist, mit meinem Freund die erste große Ausfahrt zu machen? Toll! Und ich dachte schon, von Bolles Familie zu Weihnachten adoptiert zu werden und Ouzo trinkend den sechsundzwanzigsten Dezember zu umnebeln wäre der traurige Tiefpunkt meines elenden Demnächst-Ex-Ehemann-Lebens.

Na gut, vielleicht wird der Tag in Berlin ja ganz lustig, und ich komme mal auf andere Gedanken. Und was Bolle so erzählt hat, scheint Charly ja auch ein ganz patenter Typ zu sein.

»Michelangelo wurde mit vierzehn von Lorenzo de' Medici entdeckt und gefördert.« Kunstgeschichte by Bolle.

Darum hat er also schon seit knapp zehn Minuten nichts gesagt. Melancholisches Philosophieren. »Und jetzt findest du es ungerecht, dass sich erst so spät ein Verlag bei dir gemeldet hat?«

»Ungerecht nicht direkt, aber …« Er ist tatsächlich nervös.

»Hör mal. Deine Story ist toll. Deine Bilder haben einen ganz eigenen Stil, und der Verlag will dieses Date mit dir. Alles wird gut. Ich glaub an dich!«

»Ja, aber warum sind die dann nicht zu mir gekommen?«

»Hm. Keine Ahnung, wie das mit Verlagen läuft, aber wenn ich als Lieferant irgendwo was unterbringen will, dann finden die Verhandlungen auch beim Kunden statt. Oder hat je ein Lektor deiner Schulbücher bei dir zu Hause reingeschaut?«

Bolle schaut mich überrascht von der Seite an, soweit ich das beim Fahren beurteilen kann, ohne uns zu gefährden.

Dann grient er und entspannt sich: »Nein, hat keiner. Wusstest du übrigens, dass Giraffen bis zu sechzig Stundenkilometer schnell laufen können?«

»Nein, wusste ich nicht«, lächle ich zurück und freue mich, dass Bolle wieder da ist.

»Oh«, gibt er sich entsetzt, »musst du aber berücksichtigen, wenn du das nächste Mal durch eine Dreißigerzone reitest.«

Bolle ist Grafiker geworden, weil er als künstlerischer Typ nun mal mit Bio, Chemie, Physik und Technik nicht so viel am Hut hatte. Er hat von Naturwissenschaften in etwa so viel Ahnung wie ein Zitronenfalter von Zitronen falten oder ein Schlagersänger von authentischer Mimik. Aber wenn er zufällig etwas gelesen hat, wird das unmittelbar in »Bolles unendlichem Speicher für unfugorientiertes Wissen« abgespeichert und steht jederzeit mit sehr freier Auslegung zum Abruf bereit. Ich kann mir immer genau *einen* Witz merken. Den erzähle ich dann zwei Tage lang jedem, der mir über den Weg läuft. Dann hab ich ihn vergessen. Bolle hingegen scheint jeden Witz, jedes physikalische Phänomen, jeden Filmspruch oder irgendein sonstiges Dönekes, das er je im Leben gehört hat, niemals wieder vergessen zu können.

Aber ich mag seinen Humor. Im Gegensatz zu Martina, die mit einer gehörigen Prise Ironie nicht so viel anfangen kann. Von sarkastischen Beiträgen mal ganz zu schweigen. Nicht, dass sie völlig unlustig wäre. Aber es hat sich irgendwie im Laufe der Jahre in eine andere Richtung entwickelt, als sich das zu Anfang andeutete. Wann haben eigentlich Martina und ich das letzte Mal so richtig Spaß gehabt? Ja, sicher. Karriere. Kindererziehung. Und ich hab auch regelmäßig Blumen mitgebracht oder sie zum Essen ausgeführt. Hochzeitstage hab ich auch nicht vergessen. Aber Spaß, so richtig mit aus vollem Herzen lachen, den hatten wir schon länger nicht mehr. Hier mitten auf der Autobahn mit meinem nervös labernden besten Freund im Auto fällt es mir wie Schuppen von den Augen. Vielleicht hat Julia gar nicht so unrecht, wenn sie mir die Schuld gibt?

Ich will nicht mehr reden und wähle im CD-Wechsler *Harbour Lights* aus.

»Cool!«, sagt Bolle, nachdem das Piano-Intro durch den knackigen Schlagzeugsound und die eingängige Hookline abgelöst worden ist. Er rekelt sich in seinem Sitz und genießt offensichtlich die Fahrt. »Von wem ist das denn?«

»Bruce Hornsby.«

»Ach, da fällt mir ein, ich lese gerade ein Buch von Nick Hornby. Total schräg. Da treffen sich zu Silvester ein paar Leute auf einem Hochhausdach, um da runterzuspringen, und dann tun sie es doch nicht.«

»Hm«, mache ich, schaue aus dem Seitenfenster und dann wieder nach vorn. Auf Bücher kann ich mich leider nach allem immer noch nicht so gut konzentrieren, aber das Ding wurde ja inzwischen auch verfilmt.

Nach einem kurzen Moment fragt er: »Hast du schon einmal über Selbstmord nachgedacht?«

Ich schüttele den Kopf. »Bisher gab es dafür noch keinen Grund. Außer vielleicht, dass es mich schon interessieren würde, wie es ist, von einem fahrenden Schiff oder einem hohen Turm runterzuspringen. Aber nur, weil mich halt interessiert, wie sich anfühlt, nicht weil ich hinterher tot sein will.«

Ich gebe Gas.

»Na, dann geht's ja. Ich hatte mir schon ein bisschen Sorgen gemacht.« Bolles Blick wandert kurz zur Tachonadel. Dann lehnt er den Kopf wieder an die Kopfstütze und krallt sich in die Seitenwülste der Sportsitze: »Ich nämlich auch nicht.«

FEENSTAUB IST AUS

»Was macht denn Julia dieses Wochenende?« – Sensibles Thema. Was macht meine minderjährige postpubertierende Tochter an einem Wochenende, das sie weder bei ihrer Mutter noch bei ihrem Vater verbringt? Wobei sowohl das väterliche Haus als auch die mütterliche Wohnung – oder wie auch immer man diese ominöse haschdurchwaberte Bikergruft eines ungewaschenen Tattoo-Artisten nennen will – einer vergnügungssüchtigen Sechzehnjährigen ja eh nur als Basis- oder besser Auffang- oder noch besser Ausschlafstation dient.

»Ich hab sie zu Nadine gebracht.« Meine Stimme klingt alles andere als überzeugend. Aus verschiedenen Gründen. Einer davon ist, dass es Julia heute Morgen nicht so besonders gut ging. Irgendetwas mit ihrem Magen oder Bauch. Teenager essen ja meist morgens noch nichts, und Magentropfen wollte sie auch keine nehmen. Ich weiß es also nicht. Zudem ist der männliche Erziehungsberechtigte eben der männliche Erziehungsberechtigte und kein Kumpel oder Kumpeline und somit in den meisten Fällen wohl eher die letzte Person, der Tochter auf die Nase bindet, wenn die Menstruation im Anmarsch ist und sie sich deshalb mal nicht so gut fühlt. Aber dann meinte Julia, es wäre alles gut, ich müsste mir keine Sorgen machen. Da es meiner Erfahrung nach häufiger vorkommt, dass eine Frau das genaue Gegenteil von dem meint, was sie sagt, bin ich auf einer undefinierbaren gefühlsmäßigen Subebene seit dem Beginn von Julias Metamorphose in eine Frau eh latent beunruhigt.

Früher kam sie immer gern auf den Schoß, wenn irgendetwas war. Dazu ist sie jetzt zwar zu groß, aber im übertragenen Sinne wäre es mir trotzdem lieb, wenn sie manchmal bestimmte Dinge mit mir besprechen würde. Das fehlt mir sehr, und ich fürchte, dass das auch mit Martinas Weggang zu tun hat. Seitdem ist Julias Beziehung zu Philip noch intensiver geworden. Was das im Einzelnen bedeutet, darf ich mir als Vater besser nicht vorstellen. Einerseits ist es bitter, andererseits versuche ich, es zu verstehen. Vielleicht wäre es bei intakter Familienkonstellation anders, vielleicht ist es auch normal so, wobei natürlich fraglich ist, was normal ist. Zudem war die Familienkonstellation auch nicht intakt, als ich dachte, sie wäre es noch gewesen. Kinder haben dafür wohl ein sehr feines Gespür.

»Das ist eine Schulfreundin.«

Über Bolles Kopf erscheint ein Fragezeichen. Wie im Comic. Nur sieht das im richtigen Leben irgendwie nicht so – ich weiß auch nicht – stylish aus. Eher schlicht. Außerdem zeigt es nach schräg hinten, weil der Wind daran zerrt.

»Eine Schulfreundin. Soso!«

»Ich weiß, was du denkst. Aber sie wollen wirklich zusammen lernen. Beziehungsweise müssen. Montag schreiben sie Mathe. Und heute Abend wollen sie weggehen.«

»Weggehen. Weggehen«, poltert Bolle und fuchtelt schon wieder. »Ich verstehe diesen komischen Jugendsprech nicht. Wenn man weggeht, ist man weg. Aber wo ist weg? Klar, woanders als da, wo man gerade ist. Aber man will doch irgendwo hingehen. Warum sagt man das dann nicht?«

»Genau. Weil du auch immer so erwachsen sprichst und dich so erwachsen benimmst.«

»Das ist doch was ganz anderes. Was ich sage, ist immer logisch!«

»Starke Selbstwahrnehmung!«

»So bin ich halt.«

»Tanzen gehen!«, antworte ich auf die ungestellte Frage.

»Und Philip?«

»Will da wohl auch hinkommen.«

»Und du glaubst, Julia geht danach wieder mit zu Nadine?«

Ich mache »Hm!« und irgendetwas mit meinen Schultern. Das ist ein weiterer Grund. Es gibt sie halt nicht, die ewige Prinzessin. Das ändert sich nun mal in der Pubertät. Natürlich auch bei Julia und das nicht erst, seit sie mit Philip zusammen ist. Anfangs wachsen ihr Brüste. Dann liegt ein weiterer Damenrasierer in der Dusche. Schlussendlich haben zwei Frauen im Haus regelmäßig PMS. Ein interessanter Verkleidungsgeschmack entsteht. Ich konnte mir ja bis dahin in den kühnsten Träumen nicht vorstellen, was meine Tochter so alles als Kleid anzieht, was in meinen Augen maximal als T-Shirt durchgegangen wäre. Und zehn Minuten können sehr lang sein, wenn man auf der ausgesperrten Seite der Zimmertür eines Mädchens wartet, während drinnen die Hormone im Körper der sich neuerdings ständig Duschenden und Rasierenden Partyhütchen aufhaben und dergestalt ausgelassen feiern, dass die Erziehungsberechtigten verzweifelt in allen Taschen und Beuteln suchen, aber betroffen feststellen müssen, dass der Feenstaub gerade alle ist. Oder einfach nur das Bedürfnis haben, schreiend im Kreis zu laufen.

Also lasse ich meine Tochter zuweilen machen, was sie will – dann ist wenigstens einer glücklich.

MIESER SCORE, TOLLE GRAFIK

Ein Lkw hupt laut. Bolle guckt irritiert. Da hupt der Lkw noch einmal. Ich nehme mein Handy aus der Seitenablage und reiche es Bolle rüber. »Gehst du mal ran, bitte!«

»Du hast schon wieder den Klingelton geändert«, brummt er in einem Atemzug mit »Martina!«, nachdem er auf das Display geschaut hat. Das hat er jetzt ein bisschen zu euphorisch aufgeführt. Ich hole schon mal tief Luft und mache die CD aus. So viel zum Thema »Auf andere Gedanken kommen«.

»Hallo, Frau Doktor!«, brüllt Bolle so laut, als wolle er direkt mit ihr reden.

»Schrei doch nicht so. Sie ist am Telefon!«

»Was? Was? Was?« Bolle fuchtelt schon wieder. »Nicht alle gleichzeitig!«

Martina hat ihm anscheinend etwas Ähnliches gesagt wie ich. Außerdem fängt Bolle breit an zu grinsen. Martina hasst es, wenn er sie mit »Frau Doktor« begrüßt. Man muss also kein Meteorologe sein, um vorauszuahnen, dass Bolle dabei ist, dem aufziehenden Zickengewitter durch zusätzliche heiße Luft weitere Nahrung zu geben.

»Ja klar, kannst du ihn sprechen. Aber du kannst auch mit mir sprechen. Wie geht's dir denn? … Nee, wir sind im Auto, und Max fährt … ja, im Neuen … offen, sicher, ist ja so schönes Wetter … das kannst du so nicht sagen, Auto fahren ist auch so was wie Arbeiten, sieh mal … nee, jetzt warte mal eben, ich erklär dir das noch … doch, doch, das ist für deinen Biker auch von Bedeutung.«

Das macht Bolle wirklich großartig. Martina war sicher schon auf hundertachtzig vor dem Anruf, beziehungsweise gibt es etwas, was sie auf hundertachtzig gebracht hat. Es ist zudem nicht schwer zu erraten, dass es etwas mit mir zu tun hat, sie mit etwas nicht einverstanden ist, dass ich entschieden habe oder sie etwas einfach nur schlicht stört. Sonst würde sie ja nicht anrufen. Freiwillig spricht sie ja nicht mit mir und unfreiwillig eben nur das Nötigste.

Wenn Bolle mit ihr zu Ende kommuniziert hat und mir gleich das Telefon rüberreicht, springt mir eine Furie ins Ohr. Um die Bolle-regt-Martina-auf-Phase etwas abzukürzen – was mein Leben ein klitzekleines bisschen einfacher macht –, winke ich Bolle zu, er soll mir das Telefon ans Ohr halten, aber er ist zu sehr mit wirren Erklärungen befasst.

»… Wieso? Na, weil Wegstrecke mal Kraft, die in Wegstreckenrichtung wirkt, gleich Arbeit ist. Physikgrundlagen. Müsstest du als Frau eines Ingenieurs doch aber wissen. Also: Wir arbeiten!« Was hat denn der heute gefrühstückt? Ach ja, der Präsentationstermin.

Martina schreit schon wieder irgendetwas. Oder besser immer noch. Das kann ich bis hier hören. Und ihr auch nicht verdenken.

»Mach's gut, Martina«, sagt Bolle friedlich. Beim Herüberreichen hält er den Daumen aufs Mikro: »Die, deren Name nur von Stresshormonen geflüstert wird.«

»Hey!«, sage ich. Bolle hält das Handy, damit ich die Hände am Lenkrad lassen kann. Nächste Woche muss ich mal die Freisprecheinrichtung installieren.

»Was soll der Scheiß? Wieso geht dieser Arsch von Bolle ans Telefon. Ich dachte, du müsstest heute dein Projekt abschließen …«

Interessanter Ansatz. Beim Projektabschluss darf sie also stören. Die Hinterachse für die nächste Golf-Generation ist nicht so wichtig wie das, was sie gleich vorbringen wird. Aber wenn ich mit Bolle unterwegs bin, nervt sie das.

ICH. VERSTEHE. DIESE. FRAU. EINFACH. NICHT!

»Du fluchst wie ein fetter Hells Angel!« Den Hinweis war ich mir schuldig, hätte ihn mir aber natürlich besser verkniffen. Erwachsene Frauen kritisiert man nicht! Insofern brauche ich jetzt auch Bolle nicht zu verteidigen. Er benimmt sich halt manchmal wie eine Klapperschlange im Gurkenglas. Daran werde ich auch in den nächsten fünfzig Jahren nichts ändern.

Jetzt ist nur noch Gekreische zu hören, und ich bedeute Bolle, ein wenig Abstand zwischen das Telefon und mein Ohr zu bringen. Holen hier eigentlich alle ihre Pubertät nach, oder was ist los? Bolle immer mit seinem »Alter« und »Ey«, und Martina macht sich als Anwältin mit der Tour ja völlig unglaubwürdig.

»Wie kommst du dazu, meine Tochter am Wochenende allein zu lassen?«, brüllt sie eine Schimpftirade später.

»Ich lasse *unsere* Tochter nicht allein. Sie ist bei Nadine!«

»Das weiß ich, aber du bist nicht da.«

»Sie ist sechzehn, und ich kann nicht jedes Wochenende zu Hause sitzen!« Wieso entschuldige ich mich jetzt eigentlich?

»Ja, genau! Sie ist *erst* sechzehn!«

»Was hast du mit sechzehn gemacht?«

»Fang jetzt nicht so an. Und: Das ist etwas ganz anderes!«

»Natürlich!« Weil in deiner tollen Martina-Welt immer alles ganz anders ist als bei Normalsterblichen.

»Blödsinn!«, sagt Martina.

»Ähm.« Jetzt habe ich den Faden verloren, aber wenigstens schreit sie nicht mehr so.

»Bei Dennis ist nun einmal wenig Platz.« Ja, und er wohnt in Lage. Da will man ja nicht tot überm Zaun hängen. Durchfahren ist schon eine Tortur. Und dann noch dieses Glasbausteinklo, das ist ja wohl auch keinem wirklich zuzumuten. »Darum hab ich mal nach einer Wohnung in Detmold geguckt.«

»Ihr wollt nach Detmold ziehen?« Das ist eigentlich meine Stadt. Ich will euch hier nicht! So wie Bolle guckt, habe ich das wohl sehr laut gesagt. Vielleicht auch geschrien. Die denken tatsächlich darüber nach, sich eine größere Wohnung in meiner Nähe zu nehmen. Ins Tattoo-Studio ist es dann auch nur ein Sprung. Wahrscheinlich soll dann auch Julia zu ihnen ziehen. Never ever!

»Ja, aber eher …« Hundertachtzig Grad. Martina ist plötzlich betont ruhig. Verdächtig ruhig, »… eine Wohnung für dich.«

Zack! Bumm!

»Was?« Jetzt schreie ich wirklich. Gewollt und bei vollem Bewusstsein. Meine Frau verlässt mich, und ich soll aus dem Haus ausziehen? »Ist ja wohl nicht dein Ernst!«

So klingt Entrüstung. Wut. Live und in Farbe.

»Das wollte ich heute gar nicht mit dir besprechen!«

»Kann ich mir denken. Und ich auch nicht mit dir.« Kann ja wohl nicht wahr sein. Könnte mich bitte mal kurz jemand blitz-dingsen? Jürgen Meier von Mercedes-Benz OWL kommt mir in den Sinn, und ich stelle fest, dass es möglicherweise nun doch notwendig werden könnte, einen weiteren Staubsauger anzuschaffen, und es unter Umzugsgesichtspunkten doch schlau war, den Passat noch nicht abzustoßen.

Es hupt schon wieder ein Lkw. Diesmal allerdings analog, weil ich vor Schreck den Fuß vom Gas genommen habe und auf der rechten Spur immer langsamer geworden bin. Ich nutze die kurze Gesprächspause und beschleunige wieder auf hundertzwanzig.

Gegenschlag: »Hätte dein Tattoo-Vogel nicht mal mit uns sprechen können, bevor er Julia diese Teile in die Ohren schießt?«

Jetzt ist es endgültig still im Hörer. Oscar Wilde hat einmal gesagt, dass man eine Frau immer anschauen müsse, wenn man wissen wolle, was sie meint – was nebenbei bemerkt eine höchst gefährliche Sache sei. Aber man dürfe ihr nie zuhören. Telefon ist also irgendwie ganz schwierig. Und Schweigen am Telefon somit der Gipfel der Komplexität.

»Martina?«

»Also«, endlich erklingt ihre Stimme in einer Tonlage, die ich früher wohl als »vernünftig« bezeichnet hätte, »ich hatte mir das auch irgendwie kleiner vorgestellt.« Gleichzeitig bin ich überrascht, dass sie mich nicht als Spießer beschimpft, sondern diesbezüglich zumindest ansatzweise meine Meinung teilt.

»Ihr habt das besprochen, und du hast es erlaubt?« Nicht zu fassen!

»Ja.« Plötzlich ist sie ganz kleinlaut.

»Wir reden Montag!«, sage ich jetzt bestimmt, auch wenn ich dazu eigentlich nicht ansatzweise Lust habe. »Kannst du so um sieben?«

Das wäre das erste Gespräch seit drei Monaten.

»Ist gut. Bis dann, Max!« Wieso ging das plötzlich so leicht?

»Bis dann, Martina!« Ich kriege das nur noch ganz leise heraus, aber sie hat schon aufgelegt.

Bolle nimmt das Telefon vorsichtig, fast zärtlich, von meinem Ohr und schaltet es ganz sanft aus.

»Meine Fresse, Max!« Manchmal kann er sehr mitfühlend sein.

Was soll man aber auch sonst zu diesem Scheiß-Adventure-Game namens Leben sagen? Ich muss dringend meinen Score verbessern, damit ich auf ein höheres Level komme. Aber die Grafik, denke ich und lasse meinen Blick durch das geöffnete Autodach über das sonnendurchflutete Weserbergland schweifen, wenigstens die Grafik. Die ist wirklich grandios.

BOLLE VON BOLDOR

»Schon merkwürdig.«

Bolle meint offensichtlich, dass vier Minuten Schweigen völlig ausreichend sind, um einen Ehestreit zu veratmen.

Ich empfinde das völlig anders, aber vielleicht kann ein bisschen Ablenkung nicht schaden, und so spielen wir das lustige Max-fragt-damit-Bolle-anworten-kann-Spiel: »Was denn?«

»Na, die Windräder da drüben.« Flächenland Niedersachsen lässt grüßen.

»Aha?« Erst fängt er mit irgendeinem Quatsch an und lässt sich dann seinen Kram aus der Nase ziehen.

»Die drehen sich immer.« Dramaturgie à la Bolle.

»Es sind Windräder. Sie wurden geboren, um sich zu drehen!« So wie sich manche Menschen um sich selbst.

»Ja, Herr Ingenieur. Aber das muss doch jede Menge Energie verbrauchen, die ständig anzutreiben. Voll der Touristennepp!«

»Saulustig. Ich schmeiß mich weg. Danke, Bolle!«

»Bitte. Immer wieder gern.«

»Ja, ich weiß. Toller Aufheiterungsversuch.«

»Kein Dingen, Alter!«

»Die Betonung liegt auf ›Versuch‹.«

»Ist angekommen!«

Ich freue mich über das aufgelöste Hundertzwanzigschild, denn all meine Verwirrung und Verzweiflung kann brutal über meinen rechten Fuß den Körper verlassen. Bolles Kopf wird an die Kopfstütze gedrückt, und die Landschaft fliegt an uns vorüber. Ich hab mehr Schiss vor dem Gespräch mit Martina am Montag als vor der mündlichen Prüfung in Fluidsystemtechnik II, meinem ersten Arbeitstag, dem Antrittsbesuch bei Martinas Eltern und Julias Geburt zusammen. Vielleicht ist es ja auch eine Chance. Quatsch – das saufe ich mir jetzt nur grad schön. Martina will mich sicher nur friedlich aus dem Haus kriegen. Ich brauche einen Plan.

»Und was ist das jetzt für eine Sache mit Detmold?«

Hilft nix. Ablenkung hin oder her, irgendwann will auch der nächste Lebenstiefpunkt besprochen sein.

»Martina und ihr Harley-Wicht haben sich überlegt: Jetzt suchen wir mal eine Wohnung für Max, dann haben wir das Haus für uns!«

»Kreativ!«

»Da staunst du, was?«

»Tja, ich weiß nicht, ob ich ›was‹ staune, aber staunen so grundsätzlich: Das tue ich schon!« Was bei Bolle ja bekanntlich nicht so besonders einfach zu bewerkstelligen ist.

Wir staunen also beide ein wenig vor uns hin, bevor Bolle die Masterfrage stellt: »Und was denkt Frau Doktor, wo Julia dann wohnen soll?«

»Das weiß ich nicht. Ergo muss ich mich bis Montag gut drauf vorbereiten.« Was nicht so einfach ist. Meine Frau ist eine erfolgreiche und von daher wohl gewiefte Juristin. Im Familienrecht noch dazu.

So. Eine. Scheiße!

»Du willst, dass Julia bei dir bleibt?«

»Natürlich, was denkst du denn?«

»Dann hast du das ja schon mal klar.«

»Mehr als klar.«

»Ein guter Anfang. Also: Jetzt fahren wir erst mal nach Berlin, da kommst du auf andere Gedanken. Und wenn dann die bösen Martina-Gedanken wiederkommen, sind die etwas klarer, weil sie ja auf einer anderen Gedanken-Partition gedacht werden …« Bolle hat sich verheddert.

»Ich will aber nicht auf andere Gedanken kommen. Ich hab Montag ein Krisengespräch. Und dafür brauch ich 'nen Plan. Und der muss gut sein. Ich liebe es, wenn ein Plan funktioniert.« Nicht nur als Projektmanager, auch so als Mensch.

»Sichi, Hannibal. Keine Sorge. Berlin macht den Kopf frei. Wirst schon sehen. Du siehst andere Leute, siehst eine andere Stadt. Abschalten, Berlin genießen, Abstand kriegen. Da kannst du ganz anders reagieren und argumentieren.«

Im Prinzip weiß ich ja, was ich will. Punkt eins: Julia will ich bei mir behalten. Punkt zwei: Das Haus kriegt Martina auf keinen Fall.

Punkt drei: Ob ich Martina noch will, wenn sie denn zurückkäme? Das ist schon eine wesentlich schwierigere Frage. Aber wahrscheinlich steht das eh nicht zur Debatte. Trotzdem muss ich für mich klar kriegen, was *ich* will. Heute Morgen stand ich vor dem Spiegel und versuchte, mir den Ehering vom Finger zu ziehen. Ging nicht. Musste mir erst mit Seife und Wasser den Ringfinger einschäumen. War ein komisches Gefühl. Sieht auch komisch aus, die Stelle. Etwas eingedellt. Aber ich hab ihn abgemacht. Jetzt fährt mein Daumen immer zu der Stelle, wo der Ring vorher saß. Und ich fühle mich irgendwie schäbig. Als würde ich meine Ehe verraten, so ohne Ring. Es könnte der Eindruck entstehen, dass ich als verheirateter Kerl nach Berlin fahre und so richtig auf die Pirsch gehe, als lüsterner alter Sack, der sich den Ehering vorher abzieht. Bäh! Ich ärgere mich über mich selbst, dass ich das getan habe, obwohl mir egal sein sollte, was andere über mich denken. Es geht um mich und Martina und den Ring als Zeichen. Mir schießt der *Herr der Ringe*-Satz über den Ring durch den Kopf. Soweit ich weiß, sind unsere nicht von Sauron geschmiedet worden. Wenn ich allerdings so darüber nachdenke, gibt es gewisse Ähnlichkeiten zwischen Dennis und Gollum. Egal. Die Ehe ist keine Knechtschaft, oder sollte zumindest keine sein. Sondern etwas Schönes, eine ewige Verbindung, die es sich zu bewahren lohnt und für die man sich manchmal auch ein bisschen anstrengen muss.

Und genau das haben wir in letzter Zeit versäumt. Was man ja auch an meinem Hochzeitstagsgeschenk gesehen hat. Nicht total lieblos, aber eben auch nicht mit besonders viel Anstrengung.

Martina ist Anwältin, und schlussendlich läuft da immer alles darauf hinaus, dass ein Vergleich geschlossen wird. Ich müsste also wissen, an welcher Stelle ich ihr entgegenkommen muss. Ein guter Fick mit ihrem drolligen Biker-Fuzzi war ihr ja offensichtlich wichtiger als Julia oder das Haus … oder ich. Anscheinend ist sie richtig auf den Geschmack gekommen und will jetzt alles: Haus. Julia. Und den Tattoo-Onkel.

Ist alles schon entschieden, und sie will jetzt nur so eine Art »nett« sein und sich deshalb mit mir treffen? Da muss sie doch aber wissen, dass es Stress gibt. Oder hat sie Zweifel an ihren eigenen

Zukunftsplänen? Wenn ich nur den Hauch einer Ahnung hätte, was diese Frau von mir will. Weiß sie es womöglich selber nicht? Bin ich mir sicher bei dem, was ich glaube zu meinen, meine zu wollen oder wollen will? Was ist mit Liebe? Was *ist* Liebe? Ich krieg 'nen Knoten im Hirn. Vielleicht hat Bolle recht: erst mal Berlin und dann gucken, wie meine Beziehungsdimensionen vom Fernsehturm aus oder im Großstadtkontext wirken.

»Apropos Plan. Was mache ich, während du die Präsi hast?«, will ich von Bolle wissen.

»Charly hat Zeit für dich. Touristenkram, wenn du Bock hast. Und später komm ich dazu.«

»Wie gnädig.«

»Dann eben Touristenkram für Insider. Siehste so nicht jeden Tag. Versprochen. Wird absolut delikatös, Alter.«

»Wir werden sehen.« Wenn Bolle was verspricht, hat er sich schon so manches Mal versprochen. Möge es heute einfach entspannt werden! Das könnte ich wirklich gut gebrauchen. »Erzähl doch mal: Ich hab nie von Charly gehört. Dabei dachte ich immer, ich wüsste das meiste von dir.«

»Wieso? Da gibt's nichts Besonderes zu wissen«, sagt Bolle und zuckt derart betont gleichmütig mit den Schultern, dass das Schlüsselbein fast senkrecht steht.

»Klingt grad so, als müsste jeder wissen, der den Namen Charly hört, wer Charly ist.«

»Wir kennen uns von der Uni.« Bolle hat vor zehn Jahren noch ein Aufbaustudium gemacht. Ohne Abschluss. So Bolle-mäßig. »Als ich die drei Semester in Berlin war, haben wir manchmal was zusammen unternommen. Später hatten wir noch lockeren Kontakt, und immer, wenn ich was in Berlin zu tun habe, treffen wir uns und quatschen und so.«

»Und was macht Charly so?«

»Inwiefern?«

»Na beruflich.«

»Kunst.«

»Das lässt 'ne Menge Interpretationsspielraum.«

»Tja, wie Künstler so sind …« Bolle sieht sich ja selbst auch als Künstler, und ich fahre mit gemischten Gefühlen nach Berlin. Was, wenn es wieder keinen Verlagsvertrag gibt?

»… Es dreht sich immer alles um Skulpturen. Aber ich glaube, im Moment sind die wohl nicht *nur* zum Angucken.«

»Sondern?«

»Sie heißen Trimagos …«

»Klingt nach Harry Potter.«

»… und sind wohl dreidimensionale Bilder, in die man reingehen kann. So eine Mischung aus Skulptur und Bild.«

»Spannend!«

»Sei nicht so destruktiv.«

»Nein, finde ich wirklich.«

»Ja, okay. Muss man wohl erlebt haben.«

»Hast du schon?«

»Nee, bin aber sehr gespannt. Ist halt eine neue Phase.«

Ich bin auch in einer neuen Phase. Bienvenue à la periode Vie-Crème-de-la-Kack. Sie haben Ihr Ziel erreicht: eine schöne, erfolgreiche Frau, eine kluge Tochter und ein schickes Häuschen. Hatten Sie gedacht, das wäre alles im Leben? Oh non! Et voilà: Hier kommt Ihr neuer Lebensabschnitt. Alles, was Sie zu erreichen geglaubt haben, es ist perdu, alles zurück auf Anfang! Sehen Sie es positiv. Neue Chancen tun sich auf. Ja, klar. Ohne Frau, ohne Tochter, ohne Haus. – Schnauze, Sarkasmushirn!

»Und ich ziehe mit Charly um die Häuser, während du die Präsi hast?«

»So in der Art. Später komm ich dazu, und dann trinken wir, um zu feiern oder um zu trauern.«

Jetzt fängt er schon wieder mit seinen Selbstzweifeln an. »Ach Quatsch, wenn sie dich schon in Berlin sehen wollen, machen sie das ja wohl nicht, um dir persönlich eine Absage mitzuteilen.«

»Nee, glaub ich auch nicht. Aber man weiß es halt auch nicht.«

Bolle ernst zu erleben ist ein höchst seltenes Erlebnis, aber selbst Mr Großschnauz himself ist heute mal aufgeregt.

»Bist du gut vorbereitet, oder bist du gut vorbereitet!«

Bolle streckt die Arme aus und deutet mit beiden Zeigefingern parallel auf den vorderen Kofferraum: »Einmal MacBook mit Präsi. Check. Einmal Präsi auf Bolles Vorsichts-Präsi-Stick-Spezial. Check. Einmal Master-Ordner mit Gesamtkonzept. Check.«

»Kofferraum mit Bolles Gedöns vollständig gefüllt. Check«, sage ich, aber Bolle fährt unbeirrt fort, indem er die Arme anwinkelt und die Daumen ausfährt.

»Einmal Kunstmappe A1 mit vierzig Bildbögen. Check.« Die Mappe steckt hinter Bolles Sitz. »Einmal Bolle mit Hirn. Check.«

»Was zu beweisen wäre!«, sage ich ernst.

»Richtig«, bestätigt Bolle. Ebenso ernst.

»Bolle von Boldor! Seid ohne Sorge. Euer Herz ist ohne Falsch, daher wird euch Hektor der Lektor wohlgesinnt sein!«

»Habt Dank, edler Maximus. Euer Wort in Hektors Auris!«

Pathos wohnt direkt neben Blödsinn.

»Das wird toll, wenn wir erst mal aus der Pubertät raus sind.«

»Ja«, sagt Bolle. »Das wird toll.«

Und nach einer kurzen Denkpause. »Vielleicht auch nicht.«

FUSSBALL ODER KRIEG ODER UND!

»Oh, Scheiße«, gibt Bolle unvermittelt bekannt, als wir an der Abfahrt Hannover-Herrenhausen verbeicruisen. Sein Kopf lehnt lethargisch an der Kopfstütze, und sein Blick ist nach rechts aus dem Fenster ins Nirgendwo gerichtet. »AWD-Arena.«

Ich sage lieber nichts, weil Bolle schon tief Luft geholt hat und ich nun eine seiner seltenen, aber dafür um so leidenschaftlicheren

Fluchtiraden erwarte, über rücksichtsloses Unternehmertum im Allgemeinen und die zweifelhaften Machenschaften eines gewissen Finanzoptimierungsunternehmensgründers zur Optimierung der eigenen Finanzen im Besonderen. Bolle redet sich dann gerne in Rage, weil ihn mächtige Netzwerke wütend machen, in denen ein Exbundeskanzler und ein Exbundespräsident eine nicht unerhebliche Rolle spielen und auch die Möglichkeit, die Ausstrahlung einer Reportage im öffentlich-rechtlichen Fernsehen zu unterbinden, skrupellos genutzt wird.

Aber komischerweise geht es darum diesmal gar nicht: »Du kennst doch Maren?«

»Welche Maren? Schläfst du mit ihr?«

»Doofmann. Sie ist meine Nachbarin.«

»Witzig und hübsch, wenn ich mich an deinen Geburtstag richtig erinnere.« Allerdings sieht sie etwas anders aus als Bolles Freundinnen vorher – die waren Anja meist sehr ähnlich: eher klein, schlank bis athletisch, blond und mit einem wunderhübschen zarten Gesicht wie aus Porzellan. Es ist sein Geheimnis, wie er die immer auftut.

Maren hat ebenfalls ein sehr schönes ebenmäßiges Gesicht, aber sie ist größer, etwas üppiger und brünett. Summa summarum nicht gerade die Kategorie Frau, die Bolle ONS-mäßig von der Bettkante schubsen würde. Aber für seine Quartalsbeziehungen hat er sich bisher immer andere Damen ausgesucht. Und hier gilt sowieso: Gibt's Stress nach dem Sex, gibt's Stress in der Nachbarschaft. Bolles ureigene Interpretation so einer Art von Casanova-Ethos.

»Genau. Sie hat ein bisschen Pech mit Männern.« Dafür hab ich Pech mit Frauen. Insbesondere Ehefrauen und Töchtern.

»Na gut. Also, was ist mit ihr?«

»Ich hab ihr letzten Samstag einen Gefallen getan und war mit Yannick, also ihrem Sohn, bei seinem Fußballspiel.«

»Weil der Vater von Yannick …?«

»… ein Arsch ist. Und eine männliche Bezugsperson ist doch wichtig für so 'nen Jungen.«

»Bolle, bist du das da drin?«, frage ich zweifelnd.

»Lass das, Max.«

»Aber du würdest gern mit ihr schlafen?«, bohre ich weiter.

»Ich habe ja mit diesen ganzen Kindersachen nicht so viel Erfahrung«, ignoriert er meine Bemerkung. »Ihr habt mir ja mit Julia nicht so oft was erlaubt. Nur einmal den Spaziergang und dann …«

»Du hast den Kinderwagen umgekippt. Direkt in den Schnee.«

»Julia hat gelacht und drauf rumgepatscht.«

»Und war hinterher erkältet.«

»Indianerkinder werden direkt nach der Geburt im Schnee gerollt. Die sind abgehärtet.«

»Julia ist kein Indianerkind.«

»Nee, wahrhaftig nicht. Ob es klug war, eine Rechtsanwältin sich mit einem Ingenieur paaren zu lassen? Was soll aus dem armen Mädchen nur mal werden?«

»Du hast ihr den Ellenbogen ausgerenkt beim Flugzeugspielen.«

»Willst du jetzt alle meine Verfehlungen aufzählen?«

»Wohl kaum, dann müssten wir bis Warschau weiterfahren.«

»Na, doch eher bis Moskau«, lacht Bolle.

»Du wolltest was von Maren und Yannick erzählen.«

»Danke, du aufmerksamer Moderator.« Bolle wird wieder ernst: »Ich hab eine Welt kennengelernt, die ich noch gar nicht kannte: Fußball spielende Kinder und deren ehrgeizige Eltern, Alter!«

»Die Welt ist mir auch verschlossen geblieben. Wobei Julias Turnverein auch nicht ohne war.«

»Sei froh. Da tun sich Abgründe auf …«

»Ich bin ganz Ohr.« Was sollte ich auch sonst sein. Solange ich Ablenkung habe, muss ich mir keine falschen Gedanken machen.

»Wir kommen also auf den Parkplatz gerauscht, da gab es schon die ersten schrägen Blicke. Mit einem alten Corsa ist man zwischen den ganzen silbernen Tourans und Versos schon mal völlig falsch angezogen.« Bolle ist selbstbewusst genug, dass es ihm egal ist, was die Leute über sein Auto und – es soll ja Menschen geben, die denken, sie könnten entsprechende Rückschlüsse ziehen – über ihn denken. Seinen amourösen Abenteuern hat es bisher auch keinen Abbruch getan, dass er nicht in einem schwarzen A6 vorgefahren kommt.

»Yannick war aber ganz fröhlich und lief auf die anderen zu, die ihn begrüßten und mit ihm in die Umkleidekabine gingen. Ich sollte nicht mit, das hatte er schon vorher gesagt. ›Das kann ich schon alleine.‹ Gut. Muss ich also selber sehen, wie ich in der Kinder-Fußballwelt klarkomme. Da rollt schon eine Achtzig-Kilo-Mutter auf mich zu, deren wurstpellenartig-engsitzendes Vereinstrikot mehr Rollen zeigt, als es verbergen kann. Huh.« Mein Kopfkino zeigt mehr, als ich sehen will, Bolle schüttelt sich und fährt dann fort: »Jedenfalls blafft die mich erst voll ironisch an, dass es ja schön wär, dass ich es auch mal zu einem Spiel meines Sohnes geschafft hätte, dreht sich dann um und watschelt davon. Wow, dachte ich. Welch herzliche Begrüßung. Das wird ein schöner Tag!

Also gehe ich erst mal auf den Platz und versuche, mich von den Eltern fernzuhalten, die Bier und Nudelsalat auspacken. Um halb elf. Morgens. Max, du kennst mich. Aber ey, von nix kommt nix, oder? Ich schlurfe also zum Spielfeldrand, wo eine einsame ältere Dame steht.

›Hallo‹, sage ich.

›Guten Morgen‹, sagt sie, ›welches ist Ihrer?‹

›Ähm, ich bin mit Yannick da, seine Mutter kann heute nicht.‹

›Und Sie sind …?‹, will sie logischerweise wissen.

›… der Nachbar. Wir wohnen im gleichen Haus.‹«

»Bolle, kannst du die Geschichte mit weniger wörtlicher Rede erzählen. Oder wird das eine Echtzeitnacherzählung?«

»Nur wenn du willst.«

»Muss nicht sein. Sonst verpasse ich noch die Botschaft.«

»Oh ja«, nickt Bolle. »Und was für eine. Okay, also: Die ältere Dame stellt sich als Großmutter von einem Konrad vor, was, wie du gleich merken wirst, schon rein namenstechnisch ein kleines Highlight ist. Ich überspringe mal den Teil, wo die Jungs sich warmmachen und die Eltern sich langsam auf die beiden Seiten des Feldes verteilen …«

»Danke!«

»Bitte! Also, die Eltern der einen Mannschaft auf der einen Seite des Spielfeldes und die die anderen auf der anderen.«

»Spannend.«

»Beim Kommentieren von Sportveranstaltungen fehlt mir offensichtlich erstens die Erfahrung, zweitens die Eloquenz und drittens …«

»… die Ahnung.«

»Da hast du recht, und es ist mir komplett überhaupt nicht peinlich. Im Gegenteil.« Bolle plustert sich auf. »Jedenfalls: Maren hatte mir schon vorher gesagt, ich solle darauf achten, dass Yannick auch spielt, was ich komisch fand, weil wir ja deswegen dahin gefahren sind. Aber da gibt's wohl manchmal Friktionen mit dem Trainer. Der Sohn vom Trainer ist Torwart, der vom Co-Trainer der Stürmer … Familienklüngel eben. Leistungsunabhängig.«

»Wie im richtigen Leben.«

»Ja, wie im richtigen Leben. Nur schlimmer. Weil die Eltern wohl irgendwie mit dieser Art richtigem Leben nicht klarkommen und das am Samstag mit ihren Schützlingen auf dem Platz ausleben.«

»Wie das?«

»Kommt jetzt. Erst fing das ja noch friedlich an. Aber dann ging es los. Dann haben die alle ihre Kevins und Marvins und Ersins und Kenans angeschrien – das reinste Gemetzel. Schlussendlich saßen sieben Kinder heulend am Rand, die Väter tobten und brüllten sich gegenseitig, die gegnerischen Trainer oder den Schiri an …«

»Was war mit Yannick?«

»Tja, ich hab versucht, mit dem Trainer zu reden, aber der war schon völlig außer sich. Von wegen, das wäre ein wichtiges Spiel, was mir einfiele, so 'ne Lusche würde er doch jetzt nicht einwech-

seln, wenn noch nicht mal seine Top-Spieler das geschissen krieg-
ten, ob ich sie noch alle hätte, das wär ein Aufstiegsspiel, da geht's
um was. Ich hab gesagt, ich dachte, es ginge um Sport und Fairness
und dass alle eine Chance kriegen mitzuspielen ...«

»Bolle, bist du das da drin?«, frage ich noch einmal.

»Du wiederholst dich.«

»Ich bin stolz auf dich.«

»Delikatös!«

Danach ist er einen Moment still, und ich frage: »Wie ist es ausgegangen?«

»Die Oma und ich waren wohl die Einzigen, die einigermaßen
alle beieinander hatten. Yannick hat eine Minute gespielt, aber leider mitgekriegt, was der Trainer über ihn gesagt hat. Dafür hat er
dann das einzige Tor geschossen. Alter, ich hab gedacht, ich muss
heulen.«

»Das ist Vaterstolz. Und das vorher war Vaterherz. Auch wenn's
nur der Nachbarsjunge ist. Wie gesagt, ich bin stolz auf dich!«

»Bin ich jetzt erwachsen?«

»Nur weil du zu schwer für die Wipptiere auf Spielplätzen bist?«

»Hm. Man kann doch nicht immer nur zu Hause rumsitzen
und sich vor Erlebnissen schützen, damit ist auch keinem geholfen.
Aber du hast recht: Erstens muss man nicht jeden Scheiß mitmachen, zweitens hab ich jetzt Angst vor Menschen in Fußballver-
einen und deren Kindern, wenn die mal groß sind, und drittens
hab ich, glaub ich, das erste Mal in letzter Konsequenz verstanden, warum die Menschen so im Allgemeinen und im Krieg und
Krisenzeiten im Besonderen so böse zueinander sind. Die haben
schon im normalen Leben so viele Schwierigkeiten mit sich selbst –
wären sie nur ein wenig selbstbewusster, müssten sie doch anderen
nicht wehtun.«

MIGNON BY JAY W. GOETHE

»Wo sind wir hier?« Bolle war kurz weggenickt, und der Verkehrs-
funk hat ihn wieder aufgeweckt. »Immer noch auf der Exportroute
für polnische Autoteilehändler und weißrussische BMW-Impor-
teure?«

Ich nicke: »Sind gleich in Braunschweig.«

Bolle macht ein schwer definierbares Geräusch und ist dann
wieder still.

Obwohl er gar nicht schläft. Ein sehr seltener Moment.

Guckt aus dem Fenster. Versonnen. Nachdenklich.

So, wie er eben guckt, wenn Assoziationsketten durch sein Hirn
jagen. Das ist regelmäßig daran zu erkennen, dass der verbalisierte
Zusammenhang des Gesprächsthemas vor und das nach seinem
Ausflug in Bolles lustige und manchmal leicht verworrene Ge-
dankenwelt in etwa so logisch ist wie ein sich vegan ernährendes
Krokodil oder so üblich wie ein schweigender Bolle.

»Kennst du das Land, wo die Zitronen blühn?«, hebt er denn
auch wehmütig an. »Im dunklen Laub die Gold-Orangen glühn.
Ein sanfter Wind vom blauen Himmel weht. Die Myrte still und
hoch der Lorbeer steht. Kennst du es wohl? Dahin! Dahin! Möcht'
ich mit dir, o mein Geliebter, zieh'n!«

»Goethe?« Bolle kann fast nur Goethe. Das macht das Quiz nicht
ganz so schwer.

»Ja. Oder wie er als moderner Sprachkünstler heute heißen würde: Jay Word G.!«

»Lenk nicht ab. Was ist denn plötzlich los? Hat dich der Mut
verlassen, oder was soll dieses prämenstruelle Gejammer?«

»Ooooch«, stöhnt Bolle gedehnt. »Kleine Sentimentalität.«

Kommt in Bolles Welt in etwa so oft vor wie Schweigen.

»Berlin?«

»Hm.«

»Eine Frau?«

»Hm.«

»Hast du mir nix von erzählt, oder?«

»Nee … … …«

Das ist ungewöhnlich. Bolle ist weder ein Kostverächter, was den Womanizing-Prozess selbst angeht, noch besonders zimperlich bezüglich der Veröffentlichung des anschließenden Erfolgs-berichts.

»Sehr eigenartig! Wieso denn nicht?«

»Wieso?« Jetzt hat er den Kopf bewegt, obwohl er die Zeit weiter zu dehnen sucht, und guckt vorne raus. »Ooooch«, macht er noch einmal.

»Ja, wieso! Wenn es toll war, hättest du es erzählt, weil's toll war. Wenn es grottig gewesen wäre, hättest du es ja trotzdem erzählt, weil's lustig ist. Also muss es irgendwie … Shit. Was macht der denn?«, ich muss von zweihundertzwanzig auf hundert runterbremsen, weil kurz vor uns ein Lkw ein Elefantenrennen auf der zweiten Spur austrägt und der träge Opel Omega von Spur zwei auf drei gezogen ist. Bolle taucht kurz in den Gurt.

»Der bringt Waren von A nach B. Siehste doch«, sagt er lethargisch und deutet auf den Schriftzug am Heck des Aufliegers: *Solange wir Ihre Möbel noch nicht per E-Mail verschicken können, müssen wir uns die Autobahn noch teilen.*

»Ja, weiß ich ja. Es war nur grad … egal … was ich sagen wollte: muss dann ja wohl mal etwas Ernstes gewesen sein.«

Bolle schweigt.

Immer noch.

Immer noch.

»Bolle?«

»Hm?«

»Das war so richtig ernst, oder?«

»Ja, war's.«

»Wieso hast du mir nie was davon erzählt. Ich meine …, ich dachte …, dir fehlen zum Schweigen doch sonst nie die Worte, oder sehe ich das irgendwie falsch?« Ich geb's zu. Ich bin desorientiert über Bolles Verhalten und tatsächlich so was wie eifersüchtig.

»Es war irgendwie, ich weiß nicht«, Bolle fuchtelt wirr mit den Armen, »kompliziert, fatal, heftig ... keine Ahnung und ja, halt ernst. Du wirst lachen. Wir hatten noch nicht mal Sex. So wichtig ist, äh, war sie mir.« Das »ist« hab ich gehört.

»Und jetzt?«

Bolle zuckt mit den Schultern: »Weiß nicht. Sie wollte damals nicht richtig. Wie das eben manchmal so ist mit dem Mysterium der Liebe: Der eine will, die andere nicht. Und was man nicht haben kann, will man umso mehr.« Bolle schüttelt sich. »Hör zu, ich verstehe, dass das irgendwie doof ist. So viel Blödsinn, wie wir immer labern. Dass ich dir ausgerechnet das nicht erzählt habe. Ich erzähl's dir. Aber nicht jetzt. Das ...«, er macht eine Denkpause, und ich lasse ihn. »Das geht irgendwie grad nicht.« Ich weiß, dass Bolle sensibler ist, als er oft nach außen mit seinem geballten Sarkasmus rüberkommt, und verstehe, was er meint.

»Wir planen das mal für die Rückfahrt ein, okay?«

»Jetzt bin ich natürlich neugierig und würd's lieber sofort wissen. Aber ja, okay, wie du meinst. Und wie geht's dir sonst so, also grundsätzlich mit Berlin?«

Er lächelt ein wenig gequält: »Alles easy, Alter! Und jetzt: alles gut. *Okay*?«

Bisher wusste ich: Wenn Frauen »alles gut« sagen, ist das die Lüge des Jahrhunderts. Und wehe! Wehe dem Mann, der dann »fein« sagt und denkt, er dürfe den Sachverhalt nun auf sich beruhen lassen. Oh nein, dann gibt's Theater. Denn neben der Tatsache, dass er mit seinem Schnarchen die Angebetete vor wilden Tieren beschützen muss, wird ihm zudem die ehrenvolle, zutiefst männliche und somit höchst anstrengende Aufgabe zuteil, das gesprochene Wort der Frau zu interpretieren. Was am harmlosesten scheint, ist dabei meiner Erfahrung nach das Schlimmste. Als Martina einmal sagte, der Flur in unserer Mietwohnung sei etwas schmal und die

Küche so unpraktisch eingerichtet, endete es mit dem Kauf unseres Zweihundertfünfzig-Quadratmeter-Hauses. *Das* ist ein leicht zu lösendes Problem gewesen – man braucht nur Geld. Viel Geld zwar. Aber kein Problem. Wenn das Geld alle ist, stehe ich halt morgen früh auf und verdiene neues.

Eine weitere Herausforderung liegt in der Deutung von brandgefährlichen Aussagen wie »Schon in Ordnung« oder »Nee, is okay, echt!«. Während »ja« einfach nur »nein« bedeutet und umgekehrt oder die Frage »Liebst du mich?« vor dem Schaufenster eines Juweliers schlicht mit »Kaufst du mir die Perlenkette mit den dazu passenden Ohrsteckern und dem Armband?« übersetzt werden kann, spannt Madame mit »Alles gut, mein Schatz« einen Fettnapf von der Größe eines olympischen Schwimmbeckens auf. Dabei wird »Alles gut« noch so zärtlich-ironisch gesäuselt, dass der Y-Chromosom-Träger es als wirklich so gemeint missverstehen könnte, aber bei »mein Schatz« ist Schluss mit lustig – das kann Gollum keinen Deut charismatischer rüberbringen. Damit meint sie dann, dass Mann in ihren Augen mal wieder einen großen, kaum wiedergutzumachenden Fehler begangen hat und sie ausführlich darüber nachzugrübeln gedenkt, wie er schmerzhaft und nachhaltig dafür wird bezahlen müssen.

Und nun kommt das auch von Bolle! Ich fasse es nicht. »Aber auf der Rückfahrt will ich alles wissen!«, sage ich bestimmt. »Deal?«

Bolle zögert kurz. »Ähm …, okay. Deal.«

Wenn Frauen tatsächlich nicht einparken und Männer wirklich nicht zuhören könnten, dann frage ich mich, warum ich mit Bolle ständig diese Gespräche führe und Martina noch nie eine Macke in den Passat oder ihren Mini gefahren hat. Die auf Fehlinterpretationen basierenden Kommunikationsprobleme zwischen Partnern können ergo eigentlich nur durch einen Instant-Dolmetscher oder jahrzehntelange Erfahrung vermieden werden. Ist also das klassische oder das frisch emanzipierte Rollenbild nicht eher ein dumpfes Vorurteil, aus dem der eine oder die andere seinen oder ihren Vorteil zieht? Egal, ob man dadurch Macht über den anderen ausüben will oder schlicht mit den dumpfbackigsten Klischeewitzen Stadien füllen und damit auch noch reich werden kann. Ich will ja überhaupt nicht bestreiten, dass es keine Unterschiede zwischen den Geschlechtern gibt – das wäre erstens dumm und zweitens schlicht nicht wahr. Aber wenn dir immer wieder gesagt wird, dass du nicht einparken kannst, dann glaubst du das irgendwann, übst es nicht und kannst es dann wirklich nicht. Einparken können hängt mit Übung und räumlichem Denken zusammen – die eine kann's besser, der andere schlechter, so what? Das ist ja wohl eine Soft- und keine Hardware-Frage, oder? Und dass Frauen seltener Sex wollen als Männer, ist ja nun wahrhaft ein Gerücht.

Außerdem weigere ich mich zu glauben, dass ich nicht zuhören kann. Wenn dir nämlich das immer eingetrichtert wird, dann ziehst du dich irgendwann darauf zurück, dass du halt nicht empathisch bist und so schlichte Handlungen wie Klodeckel runterklappen nicht ausführen kannst.

Wer hat am meisten von dem Unterschied? Na, immer die oder der, die oder der die Pseudo-Unterlegenen-Karte am schlausten spielen kann. Ich finde mich genauso emanzipiert wie Martina: Wir haben unsere Karrieren und eine tolle Tochter. Na gut, Martina ist noch etwas emanzipierter – sie hat jetzt auch noch einen Lover.

ICH WILL SIE, ICH WILL SIE NICHT ...

»Max?«

»Hm.«

»Jetzt mal umgekehrt die Masterfrage ...« Bolles Stimme hat sich fast schon wieder bei Normalnull kalibriert.

»Du hast mich zwar eben vertröstet ...« Ich lasse kurz im Raum stehen, dass ich ein wenig beleidigt bin, dass er mich an so einer zentralen Lebensfrage nicht teilhaben lässt. »Aber ich buch das mal unter besondere Umstände ab, wegen Aufregung im Allgemeinen und Besonderen.« Kommt ja doch ziemlich selten vor, dass Bolle so durch den Wind ist. »Was willst du wissen?«

»Willst du Martina zurück?«

»Stimmt. Das ist die Masterfrage.«

»Liebeskummer« ist ein komisches Wort. Ein zutiefst unzureichendes noch dazu.

Wenn man nämlich bedenkt, dass damit ein dumpfer Schmerz irgendwo zwischen Magen- und Herzgegend beschrieben wird, der alsbald vom gesamten Körper und Geist Besitz ergreift, in dem sich Trauer, Enttäuschung, Wut, Einsamkeit, Resignation, Zukunftsangst, Hilflosigkeit und eine ordentliche Portion Selbstmitleid verbinden und auch dies alles nicht mal annähernd auszudrücken vermag, wie unendlich beschissen man sich fühlt, dann, ja dann erst merkt man, dass auch Bandwurmsätze nicht weiterhelfen, weil man eh vergessen hat, wie der Satzanfang war.

Dieses abscheulich bohrende Gefühl ist immer da.

Manchmal, wenn man schläft, arbeitet oder kurzfristig sonst wie abgelenkt ist, glänzt es mitunter durch Abwesenheit. Aber das scheint nur so. Ist man einen Moment unaufmerksam und nimmt den Schild der Ablenkung herunter, spuckt der böse widerliche Drache der dunklen Gefühle unmittelbar das alles versengende Feuer des Schmerzes wieder durch Herz, Hirn und Bauch.

Ich habe gar nicht so große Angst vor dem Alleinsein. Bilde ich mir jedenfalls ein. Wahrscheinlich werde ich ganz gut damit klarkommen. Was bleibt mir auch anderes übrig?

Sicher: Schöner ist natürlich, wenn man Dinge zu zweit erlebt. Egal, ob im Urlaub, am Wochenende oder an Feiertagen. Auch um Alltägliches zu besprechen, ist eine Partnerschaft ganz hilfreich.

Martina hat denselben Kunstgeschmack wie ich. Wir mögen modern abstrakte Kunst bei Bildern, aber was Musik anbelangt, sind wir eher melodiös-konservativ: Mozart, Puccini, die Stones,

Brian Adams oder Sting. Wir lieben gemeinsame Städtetouren durch Florenz oder New York genauso wie ruhige Strandurlaube an der Nordsee. Ich mag ihre Küsse, auch wenn sie in letzter Zeit zu selten waren. Ich finde es schön, wie wir uns gemeinsam für Julia einsetzen, wenn es in der Schule Ärger gibt – immer zusammen für unser Kind! Es ist gut, einfach jemanden zu haben, mit dem man klären kann, ob nun der nächste Geburtstag groß oder nur im engsten Familienkreis gefeiert wird. Soll ich noch Olivenöl mitbringen, und brauchen wir noch einen Brunello zu den Canneloni heut Abend? Es sind die Kleinigkeiten, mit denen ich jetzt oft allein vor dem Supermarktregal des Lebens stehe.

Ich kann machen, was ich will. Und denken, solange ich will. Ich verstehe Martina nicht. Also, ich versuche, sie zu verstehen. Schließlich weiß ich, was ich sehe, wenn ich in den Spiegel gucke. Na gut, vielleicht glaube ich auch nur zu wissen, was ich sehe:

Das freundliche Gesicht eines grundsätzlich – nur zur Zeit halt situationsinduziert nicht ganz so – fröhlichen Mittvierzigers mit welligem braunen Haar, das schon von dem einen oder anderen Silberfaden durchzogen ist. Aber es ist dicht, wenn man von der Seite guckt. Sagt Martina. Und mein Friseur.

Ich habe die Figur eines Läufers mit ganz ganz wenig Hüftgold. Sage ich. Von vorn im Spiegel. Seitlich betrachtet, könnten es unter Proportionsgesichtspunkten etwas mehr Brustmuskeln sein, aber die Sache mit dem Pumpen hatte ich verschiedentlich verworfen. Möglicherweise ein Ansatzpunkt – äußerlich betrachtet.

Allerdings war das vor achtzehn Jahren auch nicht wirklich besser, und wenn ich mir diesen Dennis so angucke, ist der auch nicht gerade die schickste Leitplanke an der holperigen Straße der Attraktivität. Als ich sie gefragt habe, hat sie nur mit den Achseln gezuckt. Aber das sah gelogen aus. Mir wär lieber, sie würde es mir sagen. Mir fallen tausend Sachen als Grund ein. Aber ich weiß nicht ansatzweise, ob eine davon wirklich *der* Grund ist oder wie ich aus der Summe von Gründen ein Ganzes zusammensetzen soll, sofern mir bewusst würde, welche ich dafür auswählen sollte. Vielleicht ist ihre Erklärung auch gar nicht schlüssig, ohne dass da Wörter wie »Außerirdische«, »Mordor« oder »Ironman« vorkommen. Das würde Martina natürlich niemals zugeben. Shampoo riecht ja auch viel besser, als es schmeckt.

Clint Eastwood hat einmal gesagt, dass Frauen von ihren Männern dasselbe erwarten, was umgekehrt Männer von ihren Frauen erwarten: Respekt. Ich überlege schon die ganze Zeit, wo ich respektlos war. Natürlich habe ich sie nicht beleidigt. Aber ich habe ihr wohl auch nicht so oft Komplimente gemacht, wie sie es sich vielleicht gewünscht hat. Außerdem haben wir sicherlich zu viele Punkte als zu selbstverständlich hingenommen, die im täglichen Leben funktionierten: Julia ist fröhlich aufgewachsen, ist mit den Fingern nicht in der Steckdose gelandet oder von uns in irgendeiner Form misshandelt worden. Wir haben es immer geschafft, unsere Rechnungen zu bezahlen, die Wäsche zu waschen und zur rechten Zeit am rechten Ort zu sein. Das darf man sich wohl manchmal auch sagen. Habe ich das womöglich zu wenig getan? Und ja, es gibt die ein oder andere Freundin von Martina, mit der ich überhaupt nicht klarkomme. War ich manchmal unpünktlich? Ja, vielleicht, aber ist das ein Grund?

Vermutlich nicht! Denn ähnlich wie in der Systemtheorie gilt in der Ehe der aristotelische Leitsatz, nach dem das Ganze mehr ist als die Summe seiner Teile, in vielerlei Hinsicht. Und dann sind es wahrscheinlich nicht die großen, sondern eher die kleinen, trivialen und klischeebeladenen alltäglichen Puzzleteilchen.

Erstens: Wenn man den Klodeckel nicht runterklappt, muss man ihn das nächste Mal nicht wieder hochklappen. Das finde ich viel hygienischer, weil man ihn nicht zweimal anfassen muss. Früher mag der Klodeckel ja eine tolle Erfindung gewesen sein, damit die Ratten nicht so schnell in die Wohnung kamen, aber das gilt heute doch nur in den wenigsten Wohnlagen. Gut, man kann sich beim Zähneputzen draufsetzen, und man fällt nicht aus Versehen ins Klo, sondern stößt sich nur den Kopf, falls man mal das Gleichgewicht verliert.

Zweitens: Wozu das Bett machen, wenn man sich eh abends wieder reinlegt?

Drittens: Ja, ich *muss* jedes Mal Werkzeug kaufen, wenn ich im Baumarkt bin. Die wenigsten der so beschafften Teile habe ich noch nie benutzt. Aber es kommt der Tag …!

Viertens gebe ich zu, dass ich hin und wieder Dinge übersehe, die unten auf der Treppe liegen, damit sie der Nächste mit nach oben nimmt, der nach oben geht. Also zum Beispiel ich, wobei ich meist sowieso schon irgendetwas nach oben trage.

Fünftens kann man aus Hygienegründen ein Geschirrtuch verwenden, um Besteck aus dem Spülmaschinenbesteckkasten in die Besteckschublade einzusortieren – wenn man vorher aber keinen Klodeckel angefasst hat, muss man das nicht.

Sechstens bis hundertelftens fällt mir gerade nicht ein, was vielleicht genau das Problem ist. Na gut, eventuell noch … Martina hält mich für einen Besserwisser, was immer noch glorreicher ist, als als Klugscheißer bezeichnet zu werden, weil nach meiner Definition der Besserwisser zumindest ansatzweise über nachweisbare Kenntnisse auf dem ein oder anderen Fachgebiet verfügt. Ich hätte das lieber als Sarkasmus verstanden gewusst, über den sie aber in letzter Zeit nicht mehr lachen konnte, und das ist, salopp gesagt, total Scheiße für eine Beziehung. Lachen sollte man doch zusammen, oder? Aber kann das in der Summe einen Trennungsgrund ergeben, wenn umgekehrt ich ja ebenfalls das ein oder andere ertragen beziehungsweise entfernen muss? Haare mit Schaum aus Abflüssen zu pulen ist nämlich auch nicht so wahnsinnig lecker. Ich habe mich nie darüber beschwert, nur später nachgefragt, ob es jetzt wieder schöner sei, zu duschen, ohne bis zu den Knöcheln im Schaum zu stehen, was Martina leider manchmal als Kritik auffasste. War es gar nicht. Ich mag lange Haare. Wirklich! Zudem bin ich mir unsicher, wer von uns beiden zu seinen Emotionen ein gespannteres

Verhältnis hat: Martina oder vielleicht doch eher ich. Ich hätte mich gefreut, wenn sie mir häufiger einmal gesagt hätte, wie es ihr gerade geht. Gut, ich habe nicht immer gefragt, aber das heißt ja nicht, dass es mich nicht interessiert hat. Warum hat sie nicht einfach mal auf den Tisch gehauen oder mit Tellern nach mir geworfen, wenn sie so unzufrieden war? Selbstverständlich würde auch das Martina nicht zugeben – zumal sie sich sowohl rational als auch emotional als autonomes Selbst mit hoher Interaktionskompetenz und Empathiedichte bezeichnet. Na ja, ich nenn das Egoismus, wenn eine Mutter ihr Kind und eine Frau ihren Mann verlässt.

Was für ein Riesenarsch muss ich sein? Was habe ich getan, oder schlimmer: Was habe ich *nicht* getan, dass ich verlassenswürdig oder beziehungsunwürdig geworden bin? Sachverhalte werden eben intersubjektiv unterschiedlich wahrgenommen – für die einen ist es Klopapier, für die anderen die längste Serviette der Welt.

»Und?«, hakt Bolle nach.

»Du hast selbst gesagt: Erst mal nach Berlin, dann sehen wir weiter.«

»Hatte sich mehr auf den Plan bezogen, der dir noch fehlt.«

»Wenn ich das mal wüsste. Im Prinzip fänd ich es schon schön, wenn die Familie wieder zusammen wäre. Ich versuch mir immer vorzustellen, wie es ist, wenn Julia aus dem Haus ist. Und das Verrückte ist, ich habe keine Ahnung, was Martina und ich dann reden oder miteinander anfangen sollten. Es ging immer um Julia, das Haus und um Martinas Kanzlei, manchmal um meinen Job …«

»Hobbys habt ihr beide nicht so richtig.«

»Kannste so nicht sagen.«

»Okay. Dann korrigier mich!«

»Ähm. Wir haben das Abo fürs Landestheater. Den Garten … ähm …«

»Toll. Alle sechs Wochen Theater ist ja wirklich ein großartiges Hobby.«

»Kunstbanause!«

Bolle zuckt mit den Schultern und lässt sich nicht aus der Ruhe bringen: »Und Rasen mähen und von Rhododendren die schwarz gewordenen Knospen absammeln ist wirklich eine tolle Beschäftigung. Dann zählst du wahrscheinlich das Lesen von naturwissenschaftlichen Zeitschriften auch zu deinen Hobbys?!«

Als ob wir das nicht schon tausendmal diskutiert hätten. »Ich lese Bücher! Müsstest du als Autor doch froh drüber sein«, sage ich, und Bolle weiß genau, dass das meine Das-ist-nicht-hilfreich-Stimme ist. »Im Übrigen: Wir haben beide gute Jobs und ein Kind großgezogen. Was soll also der Hobby-Scheiß?«

Aber ich weiß, dass ich mit dem, was ich da sage, vermutlich unrecht habe und etwas ändern müsste. So oder so. Daher meine Abwehr.

»Schon gut. Hatten wir auch schon so sieben bis hundertmal, das Thema.«

»Richtig!«

»Und willst du Martina nun zurück, auch wenn sie grad auf diesen Biker-Fraggle steht?«

»Scheiße, Dr. Freud! Ich weiß es wirklich nicht. Darüber denke ich schon die ganze Zeit nach. Fruchtfliegen haben es eindeutig besser als Menschen. Zumindest die Männchen. Aber vielleicht ist das ja für die Weibchen auch ganz schön. Weißt du, bei der Paarung wird vom Männchen ein Botenstoff auf das Weibchen übertragen, was zur Folge hat, dass sich das nächste Männchen von ihr fernhält. Hat dieser Dennis irgendwas an der Nase?«

»Das war eigentlich nicht meine Frage«, moderiert Bolle gekonnt.

»Weiß ich!«

»Also?«

»Wenn du wissen willst, ob ich Bock auf eine Frau hab, die jetzt erst mal von einem anderen durchgevögelt wird? Irgendwie nicht! Heißt das nun, ich liebe sie nicht mehr? Habe ich sie überhaupt mal geliebt? Hat sie mich geliebt? Was macht die Frau da?« Ich krieg Kopfkino und kann genau das gerade nicht gebrauchen. Sehe Martinas halb geöffnete Lippen und höre, wie sie stöhnt.

»Nicht schreien!«, sagt Bolle passenderweise. Natürlich zu mir. »Aber die Fragen sind gut. Waren sie übrigens auch schon vor vier Wochen«, kritisiert er mich jetzt. »Schlecht ist allerdings, dass du da weder gedanklich noch emotional weitergekommen bist.«

»Ja, nee. Das ist wirklich eine hilfreiche Erkenntnis. Aber schön, dass du gefragt hast. Frag einfach morgen auf der Rückfahrt noch mal. Vielleicht am Montagabend. Oder nee, besser am Dienstag.« Vielleicht rufe ich dich Montag auch an, wenn es schlimm war. Vielleicht auch nicht. Wir haben jetzt ja anscheinend Geheimnisse. »Noch besser in zwei Jahren!«

Bolle nickt nur und guckt wieder aus dem Fenster, in Gedanken sicher längst ganz woanders.

GRENZERFAHRUNGEN

»Sag mal. Wenn wir schon bei sensiblen Themen sind«, Bolle ist wohl aus seiner fernen Gedankenwelt wieder zurück, »was hat das jetzt eigentlich mit diesem Piercing-Dings auf sich?«

»Stimmt. Sehr sensibel«, sage ich, nehme mein iPhone aus der Seitenablage und reiche es ihm rüber. »Guck's dir an. Überzeug dich selbst. Und das Piercing-Dings heißt übrigens nach wie vor Industrial.«

Bolle nimmt das Telefon und guckt sich die Bilder von Julias Ohren an, in denen jetzt kreuz und quer fünf Zentimeter lange verzierte Metallstäbe stecken. Also in der Ohrmuschel, nicht im Ohr.

»Hm, ach so, *die* Dinger heißen Industrial? Delikatös, Alter!«

»Ja, finster, oder?«

»Ach Max, sei nicht so spießig! In Afrika …«

»Komm mir nicht mit Afrika. Das hat Martina auch immer zu Julia gesagt, wenn die nicht aufessen wollte. Und was macht Julia?

Die sagt zu Martina: ›Gut, Mama. Dann lass uns jetzt den Spinat nach Afrika schicken.‹«

»Renitentes Kind«, lacht Bolle. »Ganz der Vater!«

»Ja nee, ist richtig«, brumme ich zurück. »Wir sind aber nicht in Afrika, und in Detmold gibt es, soweit ich weiß, keine Stammeskultur, die es notwendig macht, dass man sich Gegenstände durch den Körper schießt und dort anschließend aus Dekorationszwecken oder sonstigen Ritennotwendigkeiten belässt.«

»Du bist ein Spießer, Max Schröder.«

»Und du, Klaus Bollmann, hast Verhaltensmuster, die mich immer wieder wundern. Oder erschüttern. Oder beides. Und das nach all den Jahren.«

»Hört, hört.«

Wir sind gerade an Helmstedt vorbei, lassen den ehemaligen Grenzübergang Marienborn rechts unterhalb der A2 liegen, und die grauen Anlagen wecken jede Menge Erinnerungen.

Bolle, der natürlich weiß, dass ich früher mit meiner Familie in den Osterferien immer in die DDR gefahren bin, um Verwandte zu besuchen, hat selbstverständlich einen Uraltwitz parat:

»Und: Wie war die Stimmung so in der DDR?«

»Hielt sich in Grenzen«, gebe ich mechanisch zurück und denke an meine Familie. Die mir bisher auch keine besonders große Hilfe war. Angefangen bei meiner Mutter: Sie ruft alle vier Wochen an und fragt gern mit mütterlich-besorgt-betroffener Stimme, wie es mir geht. Aber ich passe mit meinen beruflichen Rückschlägen und Beziehungsproblemen nicht in die sonst ach so schöne und perfekt zu seiende Schröder-Welt.

Ergo möchte sie auch gar keine ehrliche Antwort hören und freut sich über meine rücksichtsvolle »Toll, Mama! Schön, dass du anrufst!«-Lüge. Es geht doch nichts über einen Sohn, der Verständnis für die Gefühlswelt seiner Mutter aufbringt, die Angst vor der Auseinandersetzung bezüglich seines Befindens und Lebens hat.

Dann mein erfolgreicher großer Bruder: Benedikt, seine tolle Frau und die begabten Kinder spielen sowieso in einer anderen Liga. Mit unzähligen Jugend-forscht- und Jugend-musiziert-Preisen ist das gesamte Treppenhaus ihres Prunkheimes tapeziert. Im Wohnzimmer biegt sich der Flügel unter den Golf-Pokalen. Nicht nur der Kinder. Meine Eltern machen aus ihrem Stolz für ihren tollen Ältesten, die wunderbare Schwiegertochter und die wohlgeratenen Enkel keinen Hehl.

Pauline, meine kleine Schwester, ist das verwöhnte Nesthäkchen. Nach meinem Verständnis müsste sie allerdings mal einen Entzug machen. Bei ihr als Weinkennerin gibt es immer nur »große Jahrgänge«. Ich finde das verlogen und nenne es Sucht. Meine Schwester nennt mich scheinheilig und rät mir regelmäßig, erst mal vor meiner eigenen Tür zu kehren. Sie hat ja gar nicht unrecht, dass es da eine Menge zu kehren gibt. Aber nachdem ihr vorletzter Freund mit ihr Schluss gemacht hat, weil er keine Lust mehr hatte, ihr die Haare beim Kotzen zu halten, hat sie sich einen Bob schneiden lassen. Sehr praktisch. Weniger trinken war keine Alternative.

Wahlweise schweigen sich meine Eltern dazu aus, weil sie es entweder nicht wissen oder nicht sehen wollen. Ich tippe auf beides. Denn auch hier müssten sie sich mit einer Welt auseinandersetzen, die ihnen Angst macht.

Mein Vater hat eh nie verstanden, was eine schöne Frau wie Martina – zudem mit glänzender Karriere – von seinem Durchschnitts-Zweitgeborenen eigentlich wollte.

Dennis hat er ja noch nie gesehen.

In meiner mühsamen Sandwich-Position ohne nennenswerte Aufstiegschancen im Job oder sonstige Lebens-Highlights, dafür mit entfleuchter Gattin und widerspenstiger Tochter, blieb mir als Tiefpunkt des letzten Jahres auch ein Junggesellen-Heiligabend mit Bolle nicht erspart, während Julia bei Martina und Dennis war. Mein vergeblicher Versuch, die ganze Bagage zu uns einzuladen, ist zumindest nicht an Pauline gescheitert. Das Ungemach kam

– nicht völlig unerwartet oder überraschend – von anderer Seite. Meine Mutter meinte nur verständnisvoll: »Ach Junge, mach dir doch keine Mühe mit uns!«, und Benedikt fand (das war wenigstens ehrlich): »Tut mir leid, mein Guter. Aber die Zwillinge sollen für den Moment ein gesundes Bild von Familie behalten. Und wenn dann nur Julia und du da seid …« Eine Gegeneinladung sprach logischerweise keiner aus.

Früher fand ich meine Familie ganz okay. Als Kind findet man ja normal, was man kennt. Insofern frage ich mich schon häufiger mal, ob es nicht schlauer gewesen wäre, einfach im Sandkasten sitzen zu bleiben. So macht es mir schon ein wenig Sorge, wie Julia die beginnenden Rosenkriegswirren erlebt und was das möglicherweise später für Auswirkungen auf ihr Leben und ihre Beziehungsfähigkeit hat oder haben könnte. Ich versuche mein Bestes, auch wenn es nicht ganz viel ist.

Ich fand meine Familie nicht nur okay, ich war sogar ein bisschen stolz darauf. Besonders einmal und besonders auf meinen Vater.

Das fällt mir ein, als wir an Helmstedt vorbei sind und den ehemaligen Grenzübergang Marienborn rechts unterhalb der A2 liegen lassen. Früher sind wir jede Osterferien in die DDR gefahren, um Verwandte zu besuchen. Jedes Mal mit Magendrücken, weil man nie wusste, was am Grenzübergang passierte. Komischerweise hatten wir nie Angst. Aber klar: Unsere Eltern waren ja auch dabei.

Einmal brauchten wir fünf Stunden für den Grenzübertritt. Nachdem die Grenzer unseren gelben VW K70 ausführlich durchsucht hatten – Rückbank ausbauen und so haben sie sich zum Glück gespart, weil alles voll war mit Paulines Windeln –, konnten wir alles wieder einpacken. Anscheinend war genau zu der Zeit Schichtwechsel, und ein anderer Grenzer kam und sagte zu meinem Vater: »Könnte ich die Papiere bitte noch einmal sehen.« Aber statt sie ihm einfach zu geben, hielt er sie in der Hand und antwortete: »Die hat doch eben der andere Beamte schon kontrolliert.« Der Grenzer brauste unvermittelt und völlig gereizt auf und sagte so steif, als hätte er einen Besenstiel verschluckt: »Hier gibt es keine Beamten. Sie befinden sich in einem Arbeiter- und Bauernstaat.«

»Na gut«, sagte mein Vater da, »der andere Bauer hat eben …« Weiter kam er nicht, da hat ihn der Typ schon aus dem Auto gezerrt und in eine Baracke mitgenommen. Ich kann mich nicht erinnern, jemals wieder so eine Angst um meinen Vater gehabt zu haben. Und ich dachte auch, er wäre immer für uns da.

Aber jetzt macht er nur noch, was meine Mutter für richtig hält. Ist ja auch bequemer, so ohne Diskussion. Er mäht nicht einmal mehr den Rasen, wenn er es für richtig hält, sondern nur noch, wenn meine Mutter sowohl Tageszeit als auch Wetterlage des Rasenmähens für angemessen hält. Bei Anrufen gibt er grundsätzlich sofort den Hörer weiter: »Du willst bestimmt mit Mama sprechen.« Inzwischen weiß ich schon überhaupt nicht mehr, wofür er sich eigentlich interessiert. Jedenfalls nicht dafür, wie es mir geht.

Ich habe mir vorgenommen, dass es sich für Julia so nie anfühlen soll!

NIMM 'NE KRONE

»Ich hab Hunger. Ich muss pinkeln.« Das Schöne daran, gut befreundet zu sein, ist, gemeinsam im Auto fahren zu können, ohne reden zu müssen. Gegen peinliches Schweigen anzureden, wenn man sich nicht so gut kennt, ist zumeist wesentlich peinlicher. Wenngleich man sich natürlich auch Sorgen bezüglich Bolles Geistes- und Gemütszustand machen muss, wenn er mal drei Minuten nicht spricht. Er grinst verschlafen. »Aber mir ist nicht kalt! Und ich bin gar nicht mehr so müde.«

Er findet die Anspielung auf quengelnde Kinder lustig. Ich dagegen denke, so was darf man nur sagen, wenn man das selbst erlebt und mit reichlich Nerven bezahlt hat. Darum sollten auch nur Ostfriesen Ostfriesenwitze, Beamte Beamtenwitze und Ingenieure Ingenieurswitze erzählen dürfen. Aber gut – eins habe ich als gesetzlicher Vertreter eines heranwachsenden Staatsbürgers gelernt: Wenn man mal mit der Erziehung nicht weiterweiß, braucht man nur jemanden zu fragen, der keine Kinder hat. Der weiß dann garantiert nicht nur weiter, sondern meist sogar alles besser.

»Burger?«

»Geht immer!«

»Perfektes Timing«, sage ich und nehme die Ausfahrt Wollin. Wir können ja schlecht mit Hunger bei Charly auftauchen. Bolle meint zwar, das sei kein Thema, aber mir wär's unangenehm.

»Ah!« frohlockt Bolle. »Gasthof zur goldenen Krone. Dann wollen wir doch mal schauen, was die dralle Wirtin heute im Kochtopf hat.«

Wenig später stehen wir in Schlange Nr. 2, und vom Tresen trennt uns nur noch eine vierköpfige Familie, die mit Sicherheit nicht zum ersten Mal ein Wompa-Wompa-Menü vernichtet. Der Vater bestellt in einem unglaublichen Sächsisch mit einer unglaublichen Geschwindigkeit eine unglaubliche Menge amerikanischer Lebensart, für die zwei Tabletts kaum ausreichen. Was soll's? Karl May war auch Sachse und hat sich irgendwie mit zumindest so einer Art amerikanischer Lebensweise befasst. Der systemgastronomische Restaurantmitarbeiter auf der anderen Seite des Tresens trägt ein Namensschild, auf dem *Sjúrður Ingmarsson* zu lesen ist, und schwäbelt dazu, was das Zeug hält. Aber Burger bestellen ist ein internationaler Prozess, also werden die zwanzigtausend Kalorien fachgerecht ausgeliefert.

»Das ist das Schöne hier«, raunt mir Bolle zu. »Ein friedliches Miteinander aus allen Fettschichten.«

Eigentlich könnte ich auch Bolle heiraten. Wir denken eh oft dasselbe.

*

»Irgendwie ist das doch sehr ungerecht«, gibt Bolle nachdenklich kauend bekannt, kurz nachdem er sich eine Pommes in den Mund geschoben hat, die so lang ist, dass er sie falten muss, damit sie rein-passt. Wenn die tatsächlich aus einer Kartoffel geschnitten wurde, muss diese fünfzehn Zentimeter lang gewesen sein. Kontrolliert biologischer Anbau ohne Genmanipulation. Was sonst!

Das findet Michael Jackson auch (also sowohl das mit der Unge-rechtigkeit als auch das mit der Genmanipulation und obwohl er tot ist) und ruft von dem Dreimillionenvierhundertzweiundachtzig-Zoll-Monitor gegenüber die Weltbevölkerung dazu auf, die Welt zu heilen und zu einem besseren Ort zu machen. Ich kriege sofort ein schlechtes Gewissen, weil ich Fast Food esse. Aber nur ein bisschen. Wenn man Hunger hat, isst man schließlich keinen Salat, oder?

»Wenn man einen Drachen mehr als hundert Meter hoch steigen lassen will, braucht man eine Erlaubnis«, versuche ich ein alter-natives Gesprächsthema anzuregen, um dem nachfolgenden Mono-log zu entgehen.

»Man darf einfach Tiere großziehen«, ignoriert mich Bolle. »Wenn sie dann groß genug geworden sind, darf man sie schred-dern, das Geschredderte vermanschen und braten und das Ganze zwischen zwei Semmelhälften packen. Und verkaufen.«

»Bist du jetzt ein Hindu und hast Angst um deine Seele, Sahib? Oder um welche Form von Ungerechtigkeit geht es genau?«

Bolle schüttelt den Kopf und beißt dramatisch in seinen Burger, nachdem er mit großer Geste eine Gurkenscheibe aus dem Pamp gezogen hat. »Aber Pflanzen«, kaut er, »Pflanzen darf man nicht einfach anbauen ernten und …« Bolle schluckt runter, holt tief Luft und sagt: »… rauchen!«

»Aha!«, sage ich und tunke eine Pommes in meinen Mayo-Ketchup-Brei. »Der Vergleich hinkt etwas, aber ich bin trotzdem froh, dass da so viele Pommes zum Salz geliefert werden. Sonst wüsste ich echt nicht, wie ich satt werden sollte.«

»Als ob man Kartoffelkraut rauchen würde.«

*

»Nimm 'ne Krone!«

»Ich will aber keine!«, wehrt sich Bolle.

»Du musst 'ne Krone nehmen!«, fordere ich.

»So ein Quatsch«, sagt Bolle, »ich brauche keine, also will ich keine.«

»Aber du hast sie bezahlt«, erkläre ich. »Es wär dämlich, keine zu nehmen.«

»Was soll ich denn damit?«

»Aufsetzen!«

»So ein Blödsinn. Nimm du lieber den Schlüssel mit!«

»Nur weil ich meine Gürteltasche nicht mitnehmen durfte!« Bolle stöhnt. Er hatte gesagt, dass ich auf keinen Fall mit Gürteltasche in Berlin unterwegs sein dürfte. Das ginge gar nicht. Wär ihm voll peinlich, und das könne er auch Charly gegenüber nicht verantworten, mit so jemandem unterwegs sein zu müssen.

Als wir dann diese Art Essen bekamen, hatte ich den Autoschlüssel aufs Tablett gelegt und ihn jetzt beim Einschieben in das Gebrauchte-Tabletts-Rücknahme-System fast vergessen.

»Haben deine Hosentaschen Löcher?«, brummt Bolle etwas unwirsch und: »Wirste schon noch merken!«

KAPITEL 3

»SHE'S LIKE THE WIND THROUGH MY TREE«

PATRICK SWAYZE | STACY WIDELITZ

HERR VON RIBBECK VOL. 2

»Hier wohnt Charly also?«

»Hm. Charly ist umgezogen, seit wir uns das letzte Mal gesehen haben. Und hier war ich auch noch nicht«, sagt Bolle, den Körper leicht nach vorne gebeugt und interessiert in die Gegend guckend. Wir sind gerade in die Luitpoldstraße eingebogen und suchen nach der Nummer siebenundvierzig. Navi hin oder her. Am Ende macht man es ja doch selber.

»Eigenartig!« In meiner Welt befinden sich auf der einen Straßenseite die ungeraden und auf der anderen die geraden Hausnummern. Seriell aufsteigend. Ober absteigend. Je nachdem, von wo man guckt.

Was *meine Welt* angeht, ist es allerdings egal, von wo man guckt: Die ursprüngliche Fassung hat es dahingerafft, was die Frage aufwirft, ob sie wirklich oder nur eine Wunschwelt war, denn die aktuelle Version kommt eher als trojanerverseuchtes Downdate daher.

»Das ist eben interurban unterschiedlich«, kommentiert Bolle verständnisvoll. Hier geht es nummerntechnisch rechts aufwärts

– wir sind schon bei Nummer vierundvierzig in die Straße eingebogen –, und links kommen uns die Nummern Fünf, Sechs und Acht entgegen. In kleinen friesischen Dörfern auf kleinen friesischen Inseln ist es noch schwieriger. Da haben die Hausnummern mit den Straßen gar nichts zu tun, sondern hängen von der Entstehungsreihenfolge ab. Aber Berlin ist Berlin.

»Da vorne ist es!« Bolle zeigt auf eine fünfstöckige Gründerzeitvilla mit weißen klassizistischen Verquaderungen und renaissanceorientierten Stuckarbeiten. Der Straßenzug ist davon geprägt, dass Bombeneinschlagslücken nach dem Zweiten Weltkrieg durch die damals üblichen Bausünden geschlossen wurden. Eintönige Betonplattenstylefronten mit gleichmäßig verteilten quadratischen Fensterlöchern und Balkonverkleidungen aus sonnenverblichenem Eternit. Er guckt auf die Uhr. »Wir sind super durchgekommen. Charly erwartet uns erst so in einer halben Stunde.«

Direkt vor dem Haus findet sich ausreichend Parkraum, sodass ich sogar vorwärts einparken kann. Könnte, denn Bolle brüllt. »Hee, nicht auf dem Gully parken!« Seine Tipps sind manchmal etwas hektisch, aber auf jeden Fall unbezahlbar und unbedingt überlebensnotwendig: »Dann können die Turtles nicht raus und hacken dir wütend mit ihren Katanas in die Reifen!«

»… und mit nur einem Glas Bolle decken Sie Ihren gesamten Tagesbedarf an Bolle!«

Der lampenfiebergepeinigte zukünftige Comic-Bestsellerautor haut giggelnd ein High Five in die Luft, und ich lasse das Triebwerk zur Ruhe kommen. Ungern, wie ich zugeben muss. Denn ich liebe den blubbernden Sound meines Sechszylinders jeden Tag ein bisschen mehr. So muss eine Beziehung ja auch sein. Je besser man sich kennt, desto besser kennt man die Vorzüge (Martinas Charme oder meine Zuverlässigkeit), aber auch die Macken (Martina bestellt sich nur einen Salat, isst dann aber fast mein ganzes Steak auf, oder mein kleines Problem, ohne Einkaufszettel einkaufen zu gehen und dann sechsundfünfzig Prozent zu vergessen) des anderen. Man schätzt sich, kann, nein, will nicht mehr ohne den anderen sein. Bis der andere sich umentscheidet und sich lieber von einem Tätowierer vögeln lässt. »Sie haben Ihr Ziel erreicht«, gibt Bolle übermütig mit näselnder Lautsprecherstimme bekannt und beendet damit dankenswerterweise meinen weiteren, wenn auch diesmal nur kurzen, dennoch depressiven Gedankenausflug.

»Bitte bringen Sie die Sitze in eine aufrechte Position, stecken Sie Ihr Hemd in die Jogginghose und die Jogginghose in die Tennissocken. Wir freuen uns darauf, Sie bald wieder an Bord begrüßen zu dürfen!«

Hinter uns parkt ein aufgemotzter silber-blauer Nissan Skyline à la *Fast and Furious* ein, der mir schon seit mindestens zwei Kilometern auf der Stoßstange geklebt hatte. Unter seinem Heckspoiler könnte eine deutsche Durchschnittsfamilie – also Vater, Mutter und eins Komma drei Kinder – problemlos Schutz vor Regen finden. Der Möchtegern-Vin-Diesel hat sich zwar den Schädel rasiert, auf Rücken, Armen und Schultern aber leider das schwarze Fell vergessen, das wie Rasen zwischen Pflasterfugen aus allen oben liegenden Öffnungen seines quietschgelben Muskelshirts sprießt. Außerdem ist er dick. Falsch, ich untertreibe. Er ist fett, und die geschätzten hundertachtzig Kilo wabbeliges Lebendgewicht verteilt auf maximal eins fünfundsiebzig schwitzen wie verrückt, sodass ich Angst davor habe, dass er die Arme hebt. Vermutlich trieft die Soße dann aus seiner buschigen Achselbehaarung. Ein Muskelshirt heißt Muskelshirt, weil es ein Shirt ist, das den Blick auf die Schultern und Armmuskeln seines Trägers freigibt. Das bedauernswerte Kleidungsstück von Mr Waschbärbauch darf sich also nur misshandeltes T-Shirt ohne Kragen und Ärmel nennen.

»Hehehehehehe!«, wiehert er los und zeigt auf unser Nummernschild. »LIP? Wofür steht'n ditte? Chinesisch für Lest In Peace, wa? Hehehehehehehe!«, brüllt er und findet sich unbeschreiblich komisch. Um meine Felgen fachmännisch betrachten zu können, beugt er sich ein wenig nach vorne und präsentiert oberhalb seines überforderten Hosenbundes ein brutales Maurer-Dekolleté.

Welcome-to-Berlin in seiner feistesten Form.

Ein Blick in Bolles Gesicht lässt mich nichts Gutes ahnen: »Nee, Living in Paradise, Alter!« Er guckt auf Bärlis Nummerschild und lässt sich nicht lumpen: »HVL. Soso, Meister. Hirnie vom Land!«

Hirn ist grundsätzlich nie falsch und zudem seit geraumer Zeit schon absolutes Must-have der Saison! Der Havelländer Tuningspezialist ist aber entweder nicht besonders modebewusst, oder Hirn fällt bei ihm in die Kategorie Nice-to-have. Obwohl … die Sache mit »Lest in Peace« war gar nicht mal so blöd. Allerdings ist er auch lange genug hinter uns hergefahren, um die Ansage ausführlich zwischen seinen Hirnlappen zu ventilieren.

Weil er erst mal nicht so recht weiß, wie er gucken soll, guckt er vorsichtshalber düster. Einundzwanzig – zweiundzwanzig – dreiundzwanzig. Sein Blick hellt sich langsam auf: »Der is alt. Den kenn ick.«

Bolle steht ihm gegenüber, den Kopf in die rechte Hand gestützt: »Faszinierend!«

Mr Moppel hat sich stöhnend wieder erhoben und holt nun tief Luft.

»Ja, dann …«, versuche ich zu vermitteln, weil ich Bolle ohne blaues Auge zu seinem Präsentationstermin schicken will. »Ähm, schönen Tag noch. Wir müssen dann mal.«

»Hehehehehe!« Herrn von Ribbecks behaarter Stallbursche hat sich wieder gefangen. »Denn jeht ma, ihr zwee Schwuchteln, wenn ihr müsst. Jeht zusam uffn Pott. Aba nich danebenpinkeln, wa? Schön nah ran, wa? Der is kürzer, alsa denkt, hehehehehe!«

Nun hat er schon so eine soziale Ader, herumirrenden Kalorien ein Zuhause zu geben, warum ist er da nicht auch zu uns ein bisschen nett? Egal! Danke für die liebe Begrüßung der beiden Landeier in Berlin. Sind wir schon auf YouTube oder noch bei *Verstehen Sie Spaß*?

Bolle holt tief Luft, und dem entschlossenen Zug um seine Mundwinkel kann ich entnehmen, dass er etwas nicht gerade Deeskalierendes denkt. Bevor er das in die Welt entlässt und die Welt in Form eines dicken wütenden Mannes uns das übel nehmen könnte, ziehe ich ihn vorsorglich so gut es geht außer Reichweite, was ihn jedoch nicht daran hindert, »Kauf dir mal 'nen Ganzkörperspiegel!« auszuatmen.

ÜBERRASCHUNGSEIER

Wir gehen zum Eingang der Gründerzeitvilla hinüber und schauen auf die Klingelschilder. Ich habe eben noch die Tasche mit den Geschenken für Charly aus dem Kofferraum geholt. Eine von diesen edlen Papp-Klapp-Mode-Parfümerie-Taschen mit dicken Kordelgriffen, die wir nach dem Einkauf immer nehmen mussten, weil Martina sich weigerte, einen Rucksack mit in die Stadt zu nehmen.

Meine Überlegung war, dass wir uns ja schlecht bei Charly für eine Nacht einmieten und nichts mitbringen können. Egal, was Bolle und Charly für eine Verbindung haben – *ich* musste auf jeden Fall was besorgen. Nur was? Sonst hat Martina immer kreative Ideen gehabt, was wir den Menschen aufdrängen könnten, wenn wir irgendwohin gehen wollten.

Bolles Antwort auf die Frage, ob Charly nun lieber Bier oder Wein oder Whiskey trinkt oder ob er sonst eine Idee hat, beantwortete er lakonisch mit: »Weiß nicht. Wir haben irgendwie immer alles getrunken. Aber echt, wir müssen nix mitbringen. Charly ist cool. Alles gut, Alter.« Martina hat absolut ein Händchen für Mitbringsel – zu wirklich jeder Einladung stromerte sie erst stundenlang durch die Geschäfte, und am Ende passte irgend so ein in durchsichtige Rauschefolie und mit tausend bunten Bändern verziert verhülltes Nippes-Deko-Ding in der Einpackendphase kaum in den Kofferraum unseres Kombis.

Ich bin da eher schlicht. Also hab ich zwanzig verschiedene Haribo-Tüten, meinen Lieblings-Pinot-Grigio und einen vernünftigen Rioja gekauft. Ergänzt hab ich das dann noch mit zehn Überraschungseiern, die ich in eine alte Bio-Eier-aus-Freilandhaltung-Verpackung gestopft habe. Insgesamt vielleicht nur so mittelkreativ, aber besser als nichts. Komisch eigentlich. Enten legen ihre Eier ohne großes Brimbamborium und gut. Jedes Huhn gackert wie verrückt, wenn es fertig gelegt hat. Dann kommen die Eier in die Kiste, und es gibt keine Küken, sondern Rührei. So ungerecht ist die Welt – der Pfosten Thorsten Wagner hat ohne Leistung, aber mit Rumkrakeelerei eine Beförderung gekriegt.

»Hier!«, meint Bolle und drückt auf die Klingel neben einem Schild, auf dem in ordentlichen Computer-Buchstaben *C. Hardenberg* steht. Darunter ist mit etwas krakeliger Kugelschreiberschrift *E. Kallen* vermerkt.

Wir treten höflich einen Schritt zurück und warten.

Warten.

Warten noch etwas.

»Hm«, macht Bolle und klingelt noch einmal.

Kurz danach geht die schwere Tür auf, und eine junge Frau erscheint im Rahmen. Ihr schlanker Körper wird weitgehend von einem schwarzen Seidenkleid mit Spaghetti-Trägern verhüllt, das viel von ihren festen, wohlgeformten Oberarmen zeigt. Ich tippe auf Turnerin oder Schwimmerin. Sie hat ein schmales Gesicht, große grüne Augen und einen knallig rot geschminkten Schmollmund. Dazu passen gut die weißblonden Glamour-Wellen à la Marilyn, allerdings hatte Norma Jean blaue Augen. Ich spüre ein wenig Durchzug in meiner eustachischen Röhre und klappe schnell die Kinnlade wieder hoch. Hammerfrau! Vielleicht ein bisschen overstyled für den frühen Samstagnachmittag, aber wer weiß, was für ein gesellschaftliches Event …

»Hallo?«, sagt sie da fragend mit einem Reibeisenbass, der den Juroren diverser Castingshows erst kalte Schauer über den Rücken schicken und anschließend ein Buzzer-Konzert entlocken würde. Ich zucke zusammen, blinzele, gucke mich in ihren Zügen fest und konstatiere: Ich habe mich in der Eindeutigkeit der Geschlechterzuordnung drastisch geirrt. Oder wie Sherlock Holmes zu sagen pflegt: Nichts ist trügerischer als eine offenkundige Tatsache.

Bolle hingegen zeigt sich von der Situation völlig unbeeindruckt: »Hi! Das hier ist Max«, deutet er auf mich, »und ich bin Klaus. Wir möchten zu Charly?«

Seit wann stellt Bolle sich privat mit »Klaus« vor?

»Ach so? Davon weiß ich leider gar nichts. Aber sei's drum. Kommt doch bitte rein.« Der Bass präsentiert einen leicht schwäbischen Zungenschlag, und ich vermute, dass es sich wohl um »E. Kallen« handeln müsse und somit um den Mitbewohner oder was auch immer von Charly. Er – oder sagt man sie? – stelzt auf hochhackigen Sandalen mit hauchdünnen Riemchen hauseinwärts, während ich leicht belämmert hinterherdackle – beschämt hoffend, dass mein kleingeistiger Fauxpas unentdeckt bleiben möge. Plötzlich bleibt er oder sie ruckartig stehen, dreht sich mit großartiger Geste um und hält uns eine elegant nach unten abgewickelte rechte Hand hin: »Ach übrigens, ich bin Edward.« Fast hätte es einen Auffahrunfall gegeben, weil sich meine Pupillen noch nicht von Sonnenlicht auf Hausflurdämmerung umgewöhnt hatten.

Also darf ich erst mal »er« denken. Wir geben brav Pfötchen, gehen an einer Reihe schäbiger Briefkästen vorbei durch einen modrig-kühlen dunklen Flur, in dem hoch oben eine einzige Glühbirne funzelt. Durch eine weitere Haustür gelangen wir in einen vollständig und mehrstöckig umbauten Innenhof mit zwei majestätischen Kastanien, deren Füße von vermoostem ausgewachsenen Rasen umgeben sind. Drei Fünfjährige hocken in einem Sandkasten und streiten sich – zwei gegen einen.

Drei sind immer einer zu viel.

Über wackelige Waschbetonplatten balancieren wir bis Tür Nr. 3, zu der wir über drei schiefe ausgetretene Stufen hinaufsteigen. Jetzt wundert es mich auch nicht, dass es ein wenig gedauert hat, bis Edward an der Tür war. Gegensprechanlagen sind schon tolle Erfindungen, aber wahrscheinlich kann man froh sein, dass der Klingeldraht schon quer durch die Gebäudeansammlung funktioniert. Was mich allerdings wundert beziehungsweise mir allergrößten Respekt abnötigt, ist, dass er sich mit seinen Schlappen weder auf dem Hin- noch Rückweg die Hacken gebrochen hat. Sich sogar elegant bewegt. Für einen Mann … aber das sollte ich wohl auch wieder besser nicht denken.

Nun beginnt der Aufstieg. Über knarzende Holztrittstufen erreichen wir endlich eine offene Wohnungstür im ersten Stock.

Dort lehnt eine attraktive Frau im Türrahmen, brünett, in Arbeitsklamotten. Sie schaut uns mit gerunzelter Stirn entgegen und sagt streng mit erhobenem Zeigefinger: »Nun, Klaus Günther. Zweimal klingeln, wie ungeduldig du doch bist.«

Es schallt zwar ein warmer Alt durchs Treppenhaus, aber noch mal falle ich nicht darauf herein. Nach Edward, RuPaul und Conchita Wurst sind meine Sinne jetzt geschärft. Hat mir Bolle Charlys Existenz verschwiegen, weil er dachte, ich wäre homophob? Darüber müssen wir bei Gelegenheit mal ein ernstes Wörtchen reden.

Bolle räuspert sich, um seine Stimmlage eine halbe Oktave tiefer zu legen: »Ach, Charlotte, wie groß du geworden bist!« Geht auf den Typen zu – bei dem es sich nun offensichtlich um Charly handelt – und kneift ihm leicht in die Wange.

»Ja, nicht wahr. Und selbst?«

»Muss ja«, antwortet Bolle mit aufgesetzter Leichenbittermiene. »Was machen die Kinder?«

»Ach, frag nicht.«

»Wem sagst du das? Richte bitte liebe Grüße aus, ja?«

»Sicher. Also, dann …«

»Ja, mach's gut, nä? Ich will dann auch ma da durch«, sagt Bolle, dreht sich um und geht die ersten zwei Stufen wieder hinunter.

Charly dreht sich ebenfalls um und geht in die Wohnung zurück.

»Was war das denn?« Ich blicke leicht irritiert zu Edward rüber, der ebenso zurückschaut.

Bolle kommt deutlich amüsiert die Treppe wieder hochgelaufen, Charly hat sich ebenfalls umgedreht und geht ihm fröhlich lachend entgegen.

Das Lachen irritiert mich noch mehr, denn es ist ein überaus bezauberndes Lachen, es klingt sehr weiblich und schön und … Hallo? Ist mir mit meiner Frau auch gleich meine sexuelle Orientierung abhandengekommen?

Charly umarmt Bolle stürmisch und gibt ihm links und rechts seiner Ohren deutlich hörbare Luftküsse.

»Hey, Charly! Schön, dich zu sehen!« Bolle steht standhaft in dem Begrüßungssturm, der ihn fast umweht.

»Klausi, Mann. Das ist ja klasse, dass das endlich mal geklappt hat. Wir haben uns ja ewig nicht gesehen. Schön, dass ihr hier seid!«

Klausi? Bolle hat sich einen Teletubby-Mutanten-Spitznamen eingefangen?

»Und du musst Max sein«, sagt Charly unbefangen, gibt mir die verkleckste Hand und zieht mich gleichzeitig zu sich runter, um mir einen Kuss neben die Wange zu hauchen.

Er riecht nach einer Mischung aus Verdünnungsmittel und ein bisschen Schweiß. Darüber schwebt ein leichter Hauch von Parfüm. Vanille. Kann mich nicht daran erinnern, dass ich je einen verschwitzten Mann so gut riechen konnte.

Gleich umarmen entspricht nicht so ganz meinem Begrüßungs-ritual-Verständnis unter Fremden, also gebe ich ihm mit der Linken einen kräftigen Schlag gegen seinen rechten Oberarm, der sich nicht besonders robust anfühlt. »Du bist also der Kumpel von, ähm, Klaus. Danke für deine Gastfreundschaft. Und«, setze ich jovial nach, »kommt ›Charly‹ von ›Carl‹ oder ›Carlos‹, oder wie ist das?«

Ich erinnere mich an das »C« auf dem Klingelschild und lächle fröhlich-schlau in die Runde.

Allerdings lächelt keiner zurück. Bolle schaut betreten zur Seite und Charly wechselt mit Edward bedeutungsschwere Blicke.

Die Zeit dehnt sich, und es bohrt sich eine üble Vermutung zunächst in meine hintersten Gehirnwindungen, schraubt sich nach vorne und hämmert von innen migränemäßig gegen die Stirn. Lilo Wanders, hilf! Mir ist der Überblick abhandengekommen!

»Nee, Max.« Bolle guckt wieder, allerdings etwas mitleidig und peinlich berührt. Er hat die ehrenwerte Aufgabe übernommen, mir einen Rettungsring in den Fettnapf-Ozean zu werfen. »›Charly‹ kommt durchaus von ›Charlotte‹, also ist *sie* schon … ähm … im Unterschied zu uns anderen hier …«

Ach. Du. Scheiße! Oder kurz: ADS – wobei es hier so wenig Aufmerksamkeitsdefizite gibt wie fliegende Pinguine.

Charly ist eine Frau!

Und. Ich. Bin. Ein. Voll-i-di-ot.

Das fasse ich jetzt ja nicht. Ich hätte mal richtig hingucken sollen. Natürlich bin ich irgendwie davon ausgegangen, dass Charly ein alter Kumpel von Bolle ist. Dann die Sache mit Edward. ADS zum Quadrat.

Aber: CHARLY. IST. EINE. FRAU!

Und was für eine. Ihre braune glänzende Mähne hat sie wirr hochgesteckt, wahrscheinlich damit ihr beim Arbeiten die Haare nicht ins Gesicht oder über die Arme fallen. Die ehemals orangefarbene Latzhose ist über und über mit Farbresten und anderen Materialen beschmiert, die sie sicher für ihre Kunstwerke benötigt. Darunter blitzt nur ein weißes Bustier hervor.

Das ist einfach nur sexy. Wenngleich sie im kleinen Schwarzen mit Rotwein oder Champagner in der Hand ebenfalls sehr sexy wäre. Oder mit Gummistiefeln im Schlamm. Also immer, sozusagen.

Augenblicklich bin ich froh, ausnahmsweise auf Bolle gehört zu haben. Keine Chinos, sondern Jeans. Hemd über der Hose und

nicht reingesteckt. Keine Sandalen, sondern Sneaker. Keine Gürteltasche. Was mir heute Morgen noch albern vorkam, fühlt sich jetzt
absolut richtig an.

Warum hat Bolle das mit keinem Wort erwähnt? Er hat so viel
von Berlin erzählt … was ist denn da gelaufen?

Mein bester Freund hat nie etwas ausgelassen. Egal ob es sich
um einen One-Night-Stand oder um eine Dreimonatsbeziehung
gehandelt hat. Er hat sie mir vorgestellt oder nicht. Aber erzählt hat
er. Von schrillen Parfüms, schrägen Wohnungseinrichtungen oder
unrasierten Intimbereichen. Alles. Nur von Charly nicht!

Ist Charly dann vielleicht der Liebeskummergrund?

Max, hör auf, krummes Zeug zu denken, und rede endlich! Entschuldige dich! Aber schleunigst!

»Oh Mann. Also Frau. Ich meine, ähm …« Immer tiefer rein.
Immer tiefer rein. Ich lächele schief, und hoffentlich ist mein Gesichtsausdruck so zerknirscht, wie er in diesem Moment sein sollte:
»Also, das tut mir echt so wahnsinnig leid. Ähm, irgendwie … na
ja … ich weiß auch nicht …« Wenn ich mich noch mehr entschuldige, verhalte ich mich Edward gegenüber wieder falsch, der Bolles
Unterschiedsrede sowieso schon mit einem Stirnrunzeln kommentiert hatte. Was für ein mieses Dilemma.

»Du bist ja ein Charmeur.« Sie guckt mich kritisch an, und ich
würde den Blick auf der Verarschen-kann-ich-mich-alleine-aber-
was-soll's-Skala direkt auf zehn verorten.

»Also …«, fange ich an, aber Charly schüttelt energisch den Kopf.

»Ist mir zwar noch nie passiert, dass mich jemand für einen Kerl
hält, aber es gibt ja immer Dinge, die man im Leben zum ersten
Mal erlebt.«

Dann lacht sie mich aus hellblauen Augen an. Vermutlich aber
hauptsächlich aus. Auf jeden Fall deutlich amüsiert und ein bisschen mitleidig. So richtig böse sieht es wenigstens nicht aus.

Und schon wieder dieses Lachen. Silberhell und klar wie eine
einladende, harmonisch tönende Kirchenglocke, die an einem klir-

renden Winterabend durch den Schnee zum kerzenbeschienenen Weihnachtsgottesdienst ruft. Gibt es etwas Wärmeres? Schöneres?

Und diese Augen!! Wundervoll lachende Augen. Bei ihrer Haarfarbe und ihrem Teint hätte ich braune oder grüne Augen erwartet. Aber Charlys Augen sind von einem strahlenden Meerblau, das die Blicke in sich hineinzuziehen scheint. Und ich versinke. Unmittelbar und sofort. Wie ein Turmspringer in die funkelnden Wellen des Pazifik vor Acapulco eintaucht, verliere ich mich in ihrem Blick. Trotz der eben noch so megapeinlichen Situation. Wenn Frau so schöne Augen hat, dass Mann nicht als Erstes auf ihre Brüste starrt ...

Sie hat eine etwas zu breite Nase über den perfekt geschwungenen Lippen, aber das erzeugt erst diese unglaubliche Spannung, die eine Frau zu einer wahren Schönheit macht.

»Ja, da hast du recht«, sage ich, reiße meinen Blick von ihren Augen los und blicke in die Runde. »Wenngleich man manchmal auf eine solche Erfahrung gut verzichten kann. Tut mir echt total leid!«

Mehr kann ich allerdings grad nicht sagen, weil meine Pheromone ein völlig unkontrolliertes Laberkonzert angestimmt haben.

Ich wusste gar nicht, dass Anne Hathaway eine große Schwester hat. Du gehörst doch auf die Titelseite der *Vogue*. – Das habe ich jetzt aber hoffentlich nur gedacht und nicht gesagt. Blödere Sprüche kann man ja wirklich nicht machen.

Außer dem Rauschen des Blutes in meinem Kopf fehlt mir die komplette Tonspur. Alles außerhalb meiner Wahrnehmung bewegt sich in Zeitlupe. Zu allem Überfluss fängt jetzt auch noch Bryan Adams an, den Robin-Hood-Titelsong (*Everything I Do) I Do it For You* zu röhren. Totaler Blödsinn, denke ich. Der Song wurde nur im Abspann gespielt, niemals im Film selbst. Und der Film, der hier gerade startet, ist mir selbst etwas unheimlich.

Dann ist Charly die Frau, die Bolle so toll fand? Das muss er mir auf jeden Fall gleich noch sagen und nicht erst auf der Rückfahrt.

»So, ihr Süßen.« Edward hat mit großer Erbarmungsgeste die Arme ausgebreitet. »Dann kommt doch mal rein.«

Ich stehe immer noch doof da, mit meiner Geschenketasche vollgepackt mit Süßigkeiten und Wein, von denen ich dachte, so ein Kumpel von Bolle fände so was komisch. Nun ist der Kumpel von Bolle eine Frau. Aber was soll's?

Auf dem Weg in die Wohnung strecke ich Charly ein wenig hilflos die Geschenke hin: »Ich hab eine Kleinigkeit mitgebracht. Vielleicht kannst du das ja für irgendwas verwenden.«

»Du bist ja süß, Schätzchen«, sagt Charly in einem Ton, der mich vermuten lässt, dass sie mich alles findet, vermutlich nur nicht süß. Bolle hält den Kopf erst kurz schief und schüttelt ihn dann verständnislos. Mir hat's vor Peinlichkeit schon wieder die Sprache verschlagen, aber Charly macht weiter: »Du hast Geschenke mitgebracht. Total lieb von dir.« Sie schaut in die Tüte: »Das ist ja eine famose Idee. Vielen lieben Dank!«

»Ja, Max ist total süß«, bestätigt Bolle süffisant und unterbricht meinen merkwürdig glückseligen Moment. »Und so romantisch. Typisch unser Max!« Charly lacht ihr wunderbar helles Charly-Lachen, und ich fühle mich als »unser Max« sofort wie das dümmliche Kind von den beiden.

»Du bist süß« hat schon über dreißig Jahre niemand mehr zu mir gesagt. Sofern ich aber die damaligen pubertären Willst-du-mit-mir-gehen-Strukturen richtig in Erinnerung habe, bedeutete es lediglich »Du bist witzig und okay, aber deine Zunge kommt niemals in meinen Mund, also geh mir nicht länger auf die Eierstöcke!«

Todesurteil, sozusagen.

EINE LIEGENDE UND EINE STEHENDE SCHÖNE

Charly ist erst mal unter die Dusche gegangen und hat Bolle und mich mit zwei riesigen Kaffeebechern in der Küche der Beletage zurückgelassen. Eine pompöse Stuckkante unterstützt die royale Wirkung des sicherlich mindestens vier Meter hohen Raumes. Durch die geöffneten großen Fenster hat man einen tollen Blick in die Bäume und die gegenüberliegenden Wohnungen. Vögel singen, und unten im Hinterhof spielen beziehungsweise streiten immer noch die Kinder. Ein Fenster wird geöffnet und eine Mutter ruft den Kindern zu, sie sollten sich nicht streiten. Es wird kurz etwas ruhiger, und als sie das Fenster schließt, geht es wieder los. Samstagmittägliche Idylle!

Hier in der Küche sieht es mehr nach einem Atelier aus, in das sich einige Utensilien zur Nahrungsmittelzubereitung verirrt haben. Aus einem angerosteten Eimer rechts neben der Tür hängen ein alter Farblappen und der Geruch nach Farbe und Verdünner in der Luft, der vom Kaffeeduft allerdings kaum übertüncht werden kann. Ich bin mit meinem Becher in der Hand aufgestanden und schlendere langsam an den Wänden entlang. Sie hängen voll mit verschiedenfarbigen Gemälden, aus denen Gegenstände herauswachsen – sieht nach Öl aus mit, na ja, Gegenständen, aber ich hab halt keine Ahnung – und gerahmten Schwarz-Weiß-Fotografien – sieht nach berühmten Künstlern und Ausstellungen aus, aber ich hab halt keine Ahnung!

Jetzt ist die Gelegenheit günstig, denke ich. Bolle schlürft Kaffee, und ich gucke unbefangen Bilder an: »War das eigentlich Charly, die du …?«

Falsch gedacht. Keine günstige Gelegenheit, denn in diesem Moment kommt Edward rückwärts und in gebückter Haltung in Sicht. Er versucht, einen riesigen Karton über die breite Holzschwelle in die Küche zu zerren. Der Karton wehrt sich noch kurz vor der Schwelle, was seinem Beförderer ein »Jetzt mach aber mal hin, du blöde Schachtel!« entlockt. Mit einem plötzlichen Ruck kapituliert die Kiste und katapultiert sich und Edward mit dessen eigenem Schwung in den Raum.

»So«, lächelt er in unsere Richtung, richtet sich die Haare und streicht das Kleid in Form. Dann hockt er sich elegant zwischen Karton und Lappeneimer und brüllt unvermittelt Richtung Türöffnung los: »Ist das Kunst, oder kann das weg, Süße?«

Durch das geöffnete Fenster dringt Vogelgezwitscher, und irgendwo in der Wohnung ist ein leises Wasserrauschen zu hören. Charly unter der Dusche. Millionen zarte, perfekt auf vierzig Grad temperierte Wassertröpfchen, die sanft aus der Duschbrause perlen und sich ihren Weg … Huch. Max, mach mal dein Kopfkino aus!

Hinten im Flur geht eine Tür, und feuchte Barfüße bewegen sich auf uns zu. Die Barfüße gehören zu Charly, die nun zur Tür hereingetapst kommt. Sie hat sich ein weißes Handtuch umgebunden und trocknet sich mit einem zweiten die Haare, wobei das umgebundene nur noch bis zur Hälfte ihrer wundervoll geformten Oberschenkel reicht. Mir bleibt schon wieder die Luft weg.

Edward hockt immer noch vor der Kiste und guckt zu ihr hoch; Ich vermute, er kann unter das Handtuch gucken. Wenn sich seine sexuelle Orientierung allerdings so darstellt, wie ich naheliegenderweise vermute, interessiert ihn das, was er sieht, nicht so besonders.

»Geht's euch gut?«, will Charly zunächst wissen, als sie in den Raum kommt. Bolle schenkt sie ein Lächeln, das nicht so ganz ihre Augen erreicht, und ich kriege eine hochgezogene rechte Braue ab. Sie wird doch nicht nachtragend sein. Entweder freut sie sich doch nicht ganz so euphorisch, Bolle wiederzusehen, oder sie ist halt leicht angenervt, dass sie mich den Nachmittag an den Hacken hat.

Ich nicke vorsichtshalber ziemlich eifrig, weil ich noch nicht so genau weiß, ob und wie ich den Fauxpas von vorhin glattbügeln kann, und kriege ob ihrer überbordenden Präsenz dann doch nur ein »Hm, danke« heraus. Bolle nickt und sagt anerkennend: »Der Kaffee ist echt klasse, danke. Was ist denn in der Kiste?«

Charlys braune Mähne ist immer noch feucht und steht vom Trockenrubbeln wirr vom Kopf ab. Sieht toll aus. Dazu macht das umgebundene Badehandtuch ein atemberaubendes Dekolleté. Diese Frau ist ein Wunder. Sie steht völlig locker da, mit nichts an als dem Handtuch, halb nass, ungekämmt, ungehemmt, ungeküsst wahrscheinlich nicht … ich kann mich nicht erinnern, jemals eine Frau mit mehr Ausstrahlung und Sex-Appeal erlebt zu haben.

»Charlottchen? Süße? Was ist denn nun?«, fragt Edward mit leicht ungeduldigem Unterton in Charlys Richtung.

Charly verdreht genervt die Augen: »Das weiß ich auch nicht durch die Wand, mein Lieber. Musste schon mal zeigen.« Und ergänzt an uns gerichtet, während sie sich einmal mit ausgebreiteten Armen im Kreis dreht, dass die Handtuchzipfel flattern: »Edward versucht hin und wieder, Ordnung in mein kreatives Chaos zu bringen, na ja …«

»›Versucht‹ ist ein wahres Wort.« Edward zerrt erst mit spitzen Fingern ein dickes Knäuel mit farbgetränkten Lappen aus der Kiste, die um irgendetwas herumgewickelt waren, hält sie Charly hin, lässt sie wieder fallen und wuchtet anschließend ein verdrehtes Irgendetwas aus Metall hoch.

Das stimmt, »versucht« ist auch in meinen Augen ein wahres Wort. Und »kreatives Chaos« ist eine mehr als schmeichelhafte Umgebungsumschreibung. Also, ich finde es schon irgendwie gemütlich hier und speziell und sehr interessant. Aber dieser Charly-Style, es ist eben auch, na ja, ziemlich voll.

»Metall kann weg«, sagt Charly.

Edward zieht zweifelnd die rechte Augenbraue hoch, brummt »Na gut« und lässt auch das Metallteil wieder in der Kiste verschwinden.

Jetzt grinst Charly breit: »Nee, war Spaß! Also: Wickle die Lappen wieder um die *Liegende Schöne* und dann legst du bitte alles wieder zurück, ja?« Wow, sie kann Ironisch und hat Sarkasmusschilder für Notfälle! Ist *die* toll! Mein Zwerchfell hört nicht auf zu flattern.

»Und jetzt«, sagt sie schon halb im Flur auf dem Weg zurück ins Bad »lasst ihr mich mal für drei Minuten in Ruhe den Lidstrich nachziehen, ja?«

Was ist das nur für ein ständiges Gezwirbel und Gezwacke und Geflatter rund um mein Zwerchfell?

Warum zieht mein Herz so? Ich werd doch nicht etwa krank.

Und mein Kopf. Mein armer Kopf. Der ist so verwirrt. Wo sind all die logischen Gedanken hin? Da ist plötzlich nur noch dieses eine Gesicht, dieser eine Mund, diese einen Augen …

Fühlt sich so Liebe auf den ersten Blick an?

Ich werd bekloppt.

Hallo! Ich bin fünfundvierzig. Nicht fünfzehn!

MADAME SEESTERN

Mal gucken, wie lange in Charlys Welt drei Minuten dauern. Bei Martina … Scheiße, jetzt ist aber mal endgültig Schluss mit dem ewigen Martina-Geheul! Basta! Ende! Finito! Feierabend!

Und von diesem unrealistischen Charly-Schwärm-Trip muss ich auch dringend wieder runterkommen. Mensch Max, jetzt reiß dich aber mal zusammen!

Der Blick geht nach vorne. Richtung Montagabend und weiter darüber hinaus. Martina ist weg. Das heißt nicht, dass unsere Familie keine Chance mehr hat, aber ich muss jetzt meine eigenen Pläne machen und Entscheidungen treffen. Dabei wird Julia natürlich einbezogen, aber mit Martina kann ich wohl im Moment nicht unbedingt rechnen. Das neue Auto ist vielleicht ein richtiger – wenn auch unbedeutender materieller – Schritt in diese Richtung. Nicht unbedingt eine bewusste Entscheidung diesbezüglich, aber im Nachhinein fühlt sich das als erstes Statement doch ganz gut an.

»Und?«, fragt Bolle gedehnt. »Was machst du so?«

Edward lässt nun höflich Ordnungsfimmel Ordnungsfimmel sein, die Kiste mit den Sachen stehen, wo sie grad steht, erhebt sich und geht zu einem der Küchenschränke: »Möchte auch einer einen grünen Tee?«

Bolle und ich schütteln synchron den Kopf. Mit Kaffee fühlen wir uns gut bedient, und auch wenn ich weiß, wie gesund grüner Tee ist, weiß ich ebenfalls, wie er schmeckt, und das ist mal definitiv nicht mein Thema.

»Okay«, sagt Edward und beginnt mit der Zubereitung. »Ich bin von Haus aus Schauspieler, wisst ihr?«

Bevor Bolle »Nee, wissen wir nicht, darum habe ich ja gefragt« auf Edwards eher rhetorische Frage antworten kann, sage ich schnell (wohl wissend, dass rhetorische Fragen eher selten beantwortet werden, was ja in der Natur der Sache liegt): »Aha, was spielst du denn so? Kino, Fernsehen, Theater? Kennt man was?«

Der Schauspieler erhöht den Spannungsbogen, indem er mit der Erklärung erst fortfährt, als er Wasser aufgesetzt, eine entsprechende Menge Blätter in einen Teebeutel gefüllt und diesen in einen großen Becher gehängt hat.

»Kennt ihr die Reklame, wo am Samstagmorgen die gut aussehenden jungen Eltern nach Hause kommen, ins Sofa sinken, und dann kommen noch die zwei hübschen Kinder und das Hündchen angelaufen, insgesamt so 'ne fröhliche helle sonnige Stimmung …?«

»Sichi«, gibt sich Bolle werbekundig. »Joghurt, nä?« Und fragt zum Glück nicht, welche Rolle Edward im Spot gespielt hat. Je länger ich das beobachte, umso mehr finde ich, dass ihm das Kleid ausgesprochen gut steht.

»Neiiiiiin!« Edward holt tief Luft: »Familienglück mit Easy-Click. Das Wohlfühl-Laminat!«, rezitiert er theatralisch und steht verrenkt da, wie das Hermannsdenkmal mit Hexenschuss. Das Kleid ist ihm etwas verrutscht und hat kurzfristig den Blick auf die rechte gepiercte Brustwarze freigegeben. Was finden die Menschen eigentlich daran, sich Metallgegenstände durch alle möglichen Körperteile bohren zu lassen?

»Und davon kannst du leben?«, will ich wissen. Bolle kommentiert meine Frage mit einem Kopfschütteln, er findet die Frage sicher spießig. Meine Einstellung zu Piercings sowieso.

Edward scheint da schmerzfrei, auch was sein Outfit angeht. Immerhin rückt er sich jetzt das Kleid wieder zurecht: »Na, es geht so. Ich arbeite auch noch als Fremdenführer. In der Summe ist es okay.« Er wendet sich wieder seinem Tee zu und macht den ersten Aufguss.

»Man kann dich buchen?« Die Frage klingt laut ausgesprochen wesentlich blöder, als sie gedacht war.

Und so interpretiert sie Edward wohl auch etwas zu zweideutig und schüttelt entrüstet den Kopf: »Kennt ihr Hop-on-Hop-off-Touren?«

»Nö!«, sage ich.

»Klar!« Bolle nickt bestätigend, mit einem genervt gespielten Gesichtsausdruck, der »Selbstverständlich! Wer nicht?« bedeutet. »Was verdient man denn da so?«

»Was ist das denn?«, will ich wissen.

Edward guckt irritiert. »Sagt mal, quatscht ihr zwei Schnuckels eigentlich immer gleichzeitig los wie eine gespaltene Persönlichkeit in zwei Körpern?«

Bolle und ich schütteln synchron mit dem Kopf und nehmen beide einen Schluck Kaffee. Spiegelbildlich, weil Bolle Linkshänder ist und ich Rechtshänder. Das hat Edwards Argument wirklich völlig entkräftet. Wenn ich nun irgendetwas wirklich nicht bin, dann ist das schnuckelig, und soweit mich meine Wahrnehmung nicht täuscht zwar eine Persönlichkeit, aber nicht gespalten. Na ja, zumindest gehe ich davon aus, dass jeder so verschiedene Stimmen im Kopf hat.

Wir müssen alle lachen, Edward schüttet den ersten Aufguss weg und setzt den zweiten an.

»Erstens«, sagt Klausi Neunmalklug immer noch leicht grenz-debil kichernd, »heißt das dissoziative Identitätsstörung. Zweitens findet die in einem Körper statt. Und drittens …«

»Schon gut, schon gut. Was hast du denn genommen?«

»Drittens«, lässt sich Bolle wie üblich nicht irritieren, »sind wir nur Kumpels.«

Edward hält den Kopf schief. »Schon klar. Hetero-Jungs müssen immer drauf bestehen, dass sie hetero sind!«

Bolle und ich versuchen, nicht synchron zu nicken, was gepflegt in die Hose geht. Bolle sagt noch »So was von …«

»Na egal«, macht Edward grinsend weiter. »Passt mal auf!!«

»Ich passe ständig auf, sonst hätte ich viel mehr Kinder«, murmelt Bolle. Edward nickt wissend. Ich schüttele den Kopf.

»Also: Hop-on-Hop-off-Touren sind Stadtrundfahrten. Da kaufst du dir ein Ticket für 'nen ganzen Tag, und dann kannst du bei der einen Sehenswürdigkeit einsteigen, kriegst unterwegs was erzählt, und bei der nächsten Sehenswürdigkeit steigst du wieder aus und kannst so lange rumlaufen und gucken und knipsen, wie du willst.«

»Und du machst den Sprecher?«, frage ich ihn laut und mich still, was er wohl für Kleidung dabei trägt.

»Live und in Farbe!«

»Und er ist schon so ein kleines Highlight, denn er macht das nicht als Edward Kallen.« Charlys drei Minuten sind um und damit die kurze Verschnaufpause visueller Reizattacken auf mein limbisches System ebenfalls. Sie ist immer noch barfuß, trägt eine knallenge schwarze Jeans, darüber ein weißes Top mit Spaghetti-Trägern und dazu eine Wahnsinnshalskette, die ich vom Stil irgendwo zwischen Cleopatra und Nofretete verorten würde. Einfach umwerfend.

Unsere Aufmerksamkeit hat sie so oder so. »Er macht die Touren als Madame Seestern!«, lacht Charly, und ich bin überrascht, dass mir diesmal während des Ganzkörperscans nicht die Tonspur abhandengekommen ist. »In einer, na ja, soften Variante. Darf ich das so sagen?«, fragt sie in Edwards Richtung, der einen Schluck Tee nimmt und milde lächelnd den Kopf wiegt.

»Nice!«, sagt Bolle und nickt Charly zu.

»Thanks«, antwortet sie keck und macht irgendetwas mit ihren Haaren. Ich kann jetzt schlecht nichts sagen und krächze: »Bezaubernd!«

Charly findet das zwar »Süß!«, sieht mich aber zweifelnd an. Sie scheint sich noch nicht sicher zu sein, ob sie mich nach meinem Eingangs-Ausrutscher eher in der Abteilung ignoranter Macho-Arsch oder doch nur schlicht als lobotomierten Trottel einsortieren soll. Beide Sichtweisen sind mir ähnlich willkommen wie ein Igel in der Kondomfabrik. Warum denke ich gerade jetzt an Kondome? Egal. Erst einmal hoffe ich nur, dass sich die Kommunikationsqualität im Laufe des Tages dahin gehend ändert, dass weitere »Süß!«-Kommentare unnötig werden.

Bolle schüttelt in meine Richtung den Kopf und rettet mir meinen, indem er einigermaßen sachlich fragt: »Madame Seestern?«

Das wäre unter anderem auch meine Frage gewesen.

Edward verlässt kommentarlos, aber stolz erhobenen Hauptes die Küche, holt etwas aus dem Flur und übergibt exaltiert – dennoch gelingt ihm eine leicht bescheidene Attitüde – jeweils Bolle und mir eine Postkarte. Darauf ist er mit einer lachsroten Haarpracht zu sehen, die in einen rosa Seestern übergeht, der einen Durchmesser von circa einem Meter haben dürfte. Dazu trägt er ein grünschuppiges enges Kleid, das Style-technisch an eine Mischung aus Arielle, der Meerjungfrau und Davy Jones aus *Fluch der Karibik* erinnert.

Mit einem Wort: »Spektakulär!«, und das sage ich auch anerkennend. Edward lässt sich anschließend nicht lange bitten, von seinen Engagements als Dragqueen zu erzählen und seiner Perspektive, dies zukünftig hauptberuflich machen zu können. Wenn ich Charlys eingeworfene Kommentare richtig deute, stehen seine Chancen mehr als gut, da er reichlich Aufträge hat, Tendenz steigend.

»Aber du kommst nicht aus Berlin, oder?«, will ich noch wissen.
Edward lächelt. »Trotz Schauspielschule hört man es leider noch ein
bisschen. Aber das ist inzwischen eines meiner Markenzeichen –
also versuche ich gar nicht mehr, es abzulegen. Du hast recht, ich
komme aus Nürtingen.«

»Aber du warst nicht in derselben Gemeinde Messdiener wie
Harald Schmidt?« Bolle kann es nicht lassen.

Edward lacht: »Doch, war ich.«

Was würde ich machen, wenn ich einen Sohn hätte, der so wäre
wie Edward? Wäre ich irritiert? – Ja, wäre ich wohl. Aber ich könnte
auch sehr stolz auf ihn sein. Ich würde ihn gern nach seinem Verhältnis zu seinen Eltern fragen, aber so gut kennen wir uns nun
doch nicht.

Ganz gleich, warum Julia sich piercen lässt. Sie will Facetten des
Lebens ausprobieren, sich von anderen abgrenzen oder dazugehö-
ren, sich selbst etwas beweisen, vielleicht auch mich ein bisschen
ärgern. Sie möchte damit irgendwie ihre Persönlichkeit unterstreichen – ich sollte es mögen, weil ich sie mag. Nicht weil ich ein
Laissez-faire-Vater bin, sondern einer, der seine Tochter liebt und
in dem unterstützt und fördert, was sie tut. Und wenn sie eine Erfahrung macht, die sie hinterher bereut, ist es auch gut. Das gehört
zum Erwachsenwerden wohl dazu.

WIE SIEHST DU DENN AUS?

»Und ihr so?«, fragt Edward höflich zurück und guckt mich an.

»Ich bin Ingenieur.«

»Aha«, sagt Edward, »und was machst du da?«

Tja, was mache ich da? Wie erklärt ein Ingenieur einer Dragqueen, einem Freigeist, einem Schauspieler, was er macht?

»Ich arbeite als Projektmanager«, versuche ich es halt, wie es ist, und ernte dafür sowohl von Charly als auch von Edward desorientierte Blicke.

»Aha!«, meint Edward wieder. »Das sagt mir leider gar nichts.« Und das macht ihm offensichtlich auch gar nichts, denn er flattert weiter zu Bolle: »Und du?«

»Ich mach Bilder für Grundschulbücher«, sagt dieser und bekommt ein verständnisvolles »Kenn ich« von Edward.

Charly guckt ehrlich interessiert zu mir: »Sagt mir auch nichts. Erklärst du's uns?«

»Nicht verzagen, Bolle fragen«, mischt sich dieser auch schon ein. »Wenn du wissen willst, was einen Ingenieur zum Ingenieur macht ...« Bolle guckt in seine Kaffeetasse: »Ein Optimist sagt: Die Tasse ist halb voll. Ein Pessimist sagt: ...« Bolle guckt auffordernd in die Runde.

»... Das Glas ist halb leer«, ergänzt Edward brav, auch wenn's um Tassen geht.

»Genau!«, sagt Bolle. »Und der Ingenieur sagt: Die Tasse ist doppelt so groß, wie sie sein müsste.«

»Liebend gern!«, sage ich Richtung Charly und kann an Bolles dümmlichem Grinsen ablesen, dass mein Sprachzentrum und dessen Wortwahlstruktur immer noch ein wenig verwirrt ist. Konzentration!

»Wir beliefern verschiedene Autohersteller. Also zum Beispiel VW oder Mercedes.« Ich wär ein schlechter Agent, wenn ich, ohne dass mir jemand Schmerzen bereitet und nur in Gegenwart einer bezaubernden Göttin, schon Betriebsgeheimnisse ausplaudere.

»Das darfst du doch gar nicht erzählen, oder?«, fragt Bolle dann auch prompt. Charly zieht die Augenbrauen hoch, sagt aber nichts. Ich schüttele abwehrend den Kopf.

»Ist kein Geheimnis!«, lüge ich drauflos und winke ab. »Wenn die Presse also mal wieder ein tolles Fahrwerk oder eine effektive

Abgasanlage lobt, hat das auch immer mit uns zu tun, weil wir in Absprache mit dem Hersteller die Teile entwickeln und liefern.«

»Und was machst du dabei?«

»Ich muss mich drum kümmern, dass alles zur rechten Zeit am richtigen Ort ist und wenn es geht auch in brauchbarer Qualität.«

»Klingt leicht«, findet Edward, legt den Kopf schief und meint dann zu mir: »Du siehst aus wie Jan Josef Liefers!«

»Interessanter Gedankensprung«, kommentiert Bolle.

»So, findest du?« Ein bisschen Zweifel habe ich da schon. »Einen von uns hast du dann aber beleidigt.«

Bolle zweifelt auch. »Unser Max! Jan Josef Liefers!« Er lacht laut los.

»Ich bin nicht *unser Max*!«, sage ich bockig und frage mich, wie es wohl ist, in dem wuseligen Berlin per Bus mit Edward und fünfzig aufgeregten Touristen unterwegs zu sein.

Edward nickt ernst. Charly erklärt mütterlich: »Er sucht immer einen Vergleich mit einem berühmten Schauspieler. So merkt er sich normale Menschen.«

»Was sind denn normale Menschen?«

»Keine Schauspieler«, sagt Charly, korrigiert sich aber sofort. »Beziehungsweise darstellenden Künstler, um den Bogen etwas weiter zu spannen!« Und offensichtlich auch um Edwards sonstige Tätigkeitsfelder herum.

»Und wer bin ich?«, fragt Bolle.

Edward setzt einen Was-für-eine-dämliche-Frage-Blick auf: »Na, Til Schweiger …«, Kunstpause, »… nur eben ohne Muskeln. Hast du keinen Spiegel zu Hause?«

Zack, kommt der Ganzkörperspiegel-Bumerang zurück, den Bolle vorhin in Richtung HVL-Moppel losgeworfen hatte.

Charly und ich lachen gleichzeitig, während Bolle etwas pikiert guckt.

»Aber er kann sprechen«, glucke ich.

»Na geht so«, meint Charly und schaut mich an. War das ein verschwörerischer Blick? Steige ich langsam in ihrer Gunst ein wenig?

»Und ich?«, wendet sich Charly keck an mich. »Wie sehe ich aus?«

Boing! Topfschlagen im Minenfeld. Jetzt nur nichts vermasseln.

»Du siehst aus wie du, und das ist einfach nur wunderschön«, hauche ich, und Bolle fällt vor Lachen fast vom Stuhl.

»Na, wenn du willst, kannst du ja doch charmant sein«, sagt Charly und lächelt mich sanft an. Das Lächeln habe ich noch nie bei ihr gesehen, und mir wird ganz schwummerig.

»Na los, sag schon«, poltert Bolle.

Charly zuckt die Schultern, und ich sage: »Anne Hathaway.« Wie ich dereinst schon dachte.

Charly, Bolle und Edward legen synchron die Köpfe schief.

»Also, ähm, nicht Shakespeares Frau«, stammele ich. »Die schöne Schauspielerin, also, aber, ich meine, Charly ist viel schöner …« Wie kann man eine Situation nur so dermaßen verkacken?

»Wow!«, sagt Charly nur, und Bolle fällt Bolle-untypisch nur aus Höflichkeit nicht vor Lachen vom Stuhl.

CIAO, BOLLE!

»Vortrefflich!«, kommentiert Charly höflich Bolles viertelstündiges Referat über den vor ihm liegenden Präsentationstermin und die Bedeutung der Veröffentlichung seines Werkes als Bereicherung für die Menschheit im Allgemeinen, aber auch als Bestätigung für ihn als Künstler im Besonderen. Der Vortrag war recht ausführlich geraten – an der Grenze zu nervtötend.

Bolle guckt in seinen leeren Kaffeebecher, anschließend stolz in die Runde und steht auf. »So, ich muss dann auch mal!«

Edward nickt ob Bolles Aussage verständnisvoll und gibt die Information preis: »Flur runter, zweite Tür rechts.«

Was ist denn hier los? Nicht jeder, der irgendetwas muss, muss doch müssen, also im uriniertechnischen Sinne.

»Willst du ein Fahrrad nehmen, oder wie kommst du hin?«, bietet Charly ihm an.

»Das wär natürlich delikatös!«

»Kein Problem. Die Mädchen sind ja nicht da.«

»Damenfahrräder sind sowieso viel sicherer. Da kann man im Notfall schneller absteigen, ohne sich gleich wehzutun.«

Charly schüttelt den Kopf. »Oh nein. Du musst schon mit einem High-End-Mountainbike vorliebnehmen.« Sie guckt kurz zu mir rüber: »Du übrigens auch nachher, wenn du magst.« Bevor ich nicken kann, macht sie schon in Richtung Bolle weiter: »Weißt ja, wie ihr Vater ist – wenn's um Geld geht, lässt er sich nicht lumpen.«

Wer sind die Mädchen? Und wo ist der wohlhabende Vater? Vor allem wer? Für Bolle scheint das keine Frage zu sein. Er hat hier drei Semester aufbau-studiert und kennt sich gut aus. Sowohl was die städtischen Gegebenheiten angeht, als auch die ein oder andere Personalfrage im Leben der zauberhaften Charlotte Hardenberg. Zudem hat Bolles »Ich bin am Wochenende in Berlin, Studienfreunde besuchen« auf einmal eine ganz andere Dimension bekommen.

Mir schwant schon dunkel, um welche es sich handeln könnte, Genaueres muss ich allerdings noch rausfinden. Einerseits habe ich jetzt schon irgendwie verstanden, warum es nie so recht passte, ihn hier zu besuchen. Andererseits hat er mich mitgenommen, damit ich auf andere Gedanken komme. Der Tag heute überrascht mit der Erkenntnis, dass Freunde also nicht nur wie Kartoffeln sind, sondern auch ein bisschen wie geologische Forschungen: Man trifft immer wieder auf Schichten, die man noch nicht kannte.

»Tjoa!« Bolle nickt wissend und ein bisschen nachdenklich. »Okay, Max. Dann gib mir mal die Schlüssel, damit ich meine Sachen aus dem Auto holen kann.«

Edward guckt auf den Tisch, wo ich meine Schlüssel abgelegt habe, starrt erst auf den Schlüsselanhänger, dann zu mir: »Du hast einen Porsche?«

»Ja«, antwortet Bolle flott an meiner statt. »Aber nur einen ohne richtiges Dach.« Bolle macht mit der rechten Hand eine wegwerfende Bewegung. »Und der hat vorn *und* hinten einen Kofferraum. Das muss man sich mal vorstellen.«

Edward guckt komisch, stellt sich dabei was auch immer vor, fragt aber nicht weiter nach.

Ich schüttele den Kopf: »Ich komm grad mit runter.« Fehlt grad noch, dass Bolle irgendwas mit dem Auto anstellt. Er schaut mich wie ein Kind an, dem jemand die Schokolade weggenommen hat. Wahrscheinlich hat er auf fünf Minuten alleine mit Charly spekuliert.

Sorry, alter Freund. Auto geht in diesem Fall mal vor. Gesteinsschicht hin oder her.

»Fein!«, flötet Charly fröhlich. »Dann kommt mal mit.«

KAPITEL 4

»JUST GIVE ME A REASON«

PINK | JEFF BHASKER | NATE RUESS

KUNST

Jetzt fühle ich mich doch etwas komisch, so ohne den davonradelnden Bolle. Und allein mit Charly. Eine Mischung aus Heimweh und emotionaler Verwirrung.

Wenn nämlich ein Junge mit einem Mädchen alleine ist, das er nicht oder besser *noch* nicht kennt, dafür aber schon auf eine Art gut findet, die über gut finden hinausgeht, das Mädchen davon allerdings nichts weiß und auch nicht wissen soll, weil das einfach überhaupt nicht in den Kontext passt und der Junge sich zudem vorher komisch benommen hat, tja, dann kann es schon mal sein, dass der Junge sich leicht verstört und mit einem merkwürdig trockenen Mund fragt, wie er sich verhalten und was er sagen soll.

Wir schauen Bolle noch kurz hinterher, dann ist er auch schon an der nächsten Kreuzung abgebogen.

»Hey, Charly!«, brüllt es in dem Moment aus dem gegenüberliegenden Haus, und meine Herzkurve piept wieder.

»Wat?«, brüllt Charly zurück.

»Siehst ma voll dufte aus, wa?«

Charly schüttelt den Kopf. Eine wundervolle, geradezu hinreißende Bewegung. »Yo Pelze, mach man nich so'n Bohei!«

»Kommste hoch? 'ne Molle zischen?«

»Nee, lass ma. Hab Besuch. Siehste doch!«

»Wat. Die zwee Fatzkes?« Er brummt noch so was wie »Jeschmadder« und eine Menge Dinge, die ich zwar höre, aber nicht verstehe. War auch sicherlich nicht viel Nettes dabei, so wie wir ihn kennengelernt haben.

»Puh!«, sage ich vorsichtig. »Der schon wieder!«, während oben auf dem Balkon ein Kronkorken ploppt.

»Ah, den Kollegen Pelzig habt ihr schon kennengelernt!«

»Pelzig ist gut.« Ich hoffe, es kommt so verschmitzt, wie es sein sollte.

Charly grinst wissend.

»Nee, der sieht nicht nur so aus. Der heißt auch tatsächlich so: Sascha Pelzig.«

»Und er findet dich gut«, stelle ich fest.

»Ja«, kichert Charly. »Könnte schon sein, dass er ein bisschen verliebt ist. Auf seine Weise.«

»Schräge Weise?«

»Etwas nervig, auf der Schwelle zu penetrant«, nickt Charly und geht Richtung Haustür.

»Wer will's ihm verdenken?«, fragt irgend so ein dämlicher Idiot, der Besitz von meinem Sprachzentrum ergriffen hat. Zum Glück kann ich mich vorzeitig stoppen, bevor ich mich verplappere und so einen kranken Scheiß erzähle wie: Jeder Mann, der dich sieht oder kennenlernt und nicht blind ist oder doof, oder beides beziehungsweise beides nicht, wird sich über kurz oder lang wohl in dich verlieben oder wenigstens die Gunst der Stunde nutzen, sofern sie sich bietet, um hin und wieder in deiner Nähe weilen zu dürfen! Hab ich doch nicht gesagt, oder?

Auf dem Weg zurück in die Wohnung haben wir noch kein weiteres Wort gewechselt. Mir fällt einfach kein Gesprächsthema ein. Na, das kann ja ein lustiger Nachmittag werden. Und dann muss ich auch noch hinter Charly her die Treppe hochgehen. Jeans mit

Stretchanteil sind wirklich nichts für schwache Nerven. Also, fokussiere ich den abgeblätterten Handlauf, der vermutlich genauso klebrig ist, wie er aussieht.

Entspann dich, Max. Vielleicht hat sie ja nichts gemerkt. Nein, so doof ist sie nun auch wieder nicht. Tiiiiiieeeef durchatmen. Wir sind groß, und verliebte Schwärmereien sind was für Teenager und wir gucken auch nicht knackigen Jeans-Popos hinterher. Mann, Mann, Mann. In unserem Alter sind wir vernünftig und weise und verheiratet, aber verlassen und benehmen uns nicht daneben.

Kurzfristig hilft mir Edward aus meiner Verlegenheit, indem er hektisch in der Wohnung hin und her läuft.

»Wann musst du da sein?«, will Charly wissen.

»Viertel vor.«

»Viertel vor was?«

»Na, Viertel vor vier.«

»Es ist Viertel vor vier.«

»Ja, was glaubst du wohl, warum ich so hektisch bin.«

Charly schüttelt verständnislos den Kopf in meine Richtung: »Er geht immer erst los, wenn er schon längst da sein müsste.«

»Ich dachte, du wärst so ordentlich«, wage ich einen Kommentar – wenig hilfreich, immerhin spreche ich wieder –, aber da ist er schon zur Tür hinaus.

Charly guckt zu mir, ich gucke zu ihr, und die drei Sekunden Schweigen lösen absolutes Aquaplaning unter meinen Achseln aus.

»Hop on, Hop off?«, krächze ich.

Dann räuspere ich mich. So geht das hier nicht. Jetzt wird sich mal ein bisschen konzentriert.

Charly verzieht das Gesicht: »Er wird wohl wieder mal als Letzter in den Bus steigen.«

Ich räuspere mich noch einmal, weil mir die letzten zwei Sekunden schon wieder wie eine Million Jahre vorkamen. So Max, jetzt wirst du mal locker und sprichst ganz normal mit der netten Frau.

»Und du hast echt jetzt Zeit für mich?«

Wie hat Bolle das gemacht?

»Ja klar. Wozu hast du Lust?« Sie mustert mich leicht skeptisch.

»Ich würde gerne was von dir sehen.«

»Tadaaaaaaa!«, macht Charly, breitet die Arme aus und wackelt mit der Hüfte. Ich muss lachen. Die tollsten Frauen sind immer auch ein bisschen verrückt und zappelig.

Und haben eigentlich nicht unbedingt etwas mit mir zu tun. Zumindest nicht freiwillig. Aber das ist ja hier nicht anders.

»Ähm, ich meinte Kunst …«, sagt der komische Typ mit meiner Stimme.

»Ich *bin* Kunst.«

»Unbestritten!«

»Na los, komm mit!«

Ich verkneife mir im letzten Moment ein peinliches »Supergerne!« und schlafwandle hinter Charly her den Flur hinunter. Wir passieren die »zweite Tür rechts«, von der ich nach dem riesigen Kaffeebecher (Kaffee wirkt bei mir so ähnlich wie Bier) in absehbarer Zeit mal Gebrauch machen muss. Also, nicht von der Tür … ach, egal.

Oh Mann. Der Duft dieser Frau benebelt mir die Sinne. Wie der wohl heißt?

Wir gehen zu dem Zimmer am Ende des Flures. Der Raum ist nicht nur wie die anderen Zimmer der Wohnung über vier Meter hoch. Es gibt einen Durchbruch nach oben. Von der Straße sah die Beletage nicht so aus, als käme da noch was.

»Wow!« Was erstens Charlys Wort ist und zweitens völlig untertrieben. Das riesige Gebilde ist fast raumhoch und hat sicher eine Grundfläche von drei mal drei Metern. Das Zimmer wird fast vollständig mit dem Kunstwerk und Leitern und kleinen Gerüsteinheiten ausgefüllt.

»Das ist mein Atelier.«

»Raum« oder »Zimmer« wären auch eine massive Untertreibung.

»Wow!«, sage ich redundanztechnisch noch einmal. »Das ist ja … ähm …«

Charly lächelt stolz, nickt und vervollständigt meinen wenig eloquenten Satzanfang: »… groß!«

Das Kunstwerk ist nicht nur ein Kunstwerk, das ist ein richtiges Opus und sieht aus wie ein riesiger aufgeschnittener Fußball, nur dass die Waben nicht fünf-, sondern dreieckig sind. Aus der Außenhaut wachsen verschieden große Eimer, auf denen jeweils *iMer* steht und deren Henkel so nach außen abstehen, dass es aussieht, als würden die daran befestigten Schaufensterpuppenarme die Eimer halten.

»Ähm … Wow!« Mir fällt leider immer noch nichts Schlaues ein.

»Es heißt *kosmische Bremse* oder *Newton lügt*. Ich weiß noch nicht. Obwohl ich mich bald entscheiden muss, weil in drei Wochen die Ausstellungseröffnung ist.«

»Toll! Wirklich wirklich sehr sehr toll.« Irgendwo in diesem Gehirn müssten sich doch Superlative verstecken, die etwas geistreicher sind. Oder unpeinlicher Text. Kurz warten. Mir schießt nur »un-fucking-fassbar« durch den Kopf, was passend wäre, aber von dem mir nicht einfallen will, ob ein irischer oder finnischer Gesangs-Castingshow-Coach das Urheberrecht auf die interkulturelle Wortkreation hält. Komplettausfall. So ein Mist.

»Was würdest du denn machen?«

Charly schaut mir tief in meine glasigen Augen – klingt wie eine ehrliche Frage.

Sie will deine Meinung, Max.

»Sieht aus wie 'ne geodätische Kuppel.« Solch hilfreiche Ansagen kommen zustande, wenn man sein Sprachzentrum in Richtung Artikulationsunfähigkeit – durch emotionale Trivialstrukturen beeinträchtigt – auf Autopilot agieren lässt.

»Ja«, stimmt Charly wundersamerweise zu und tanzt mit ausgebreiteten Armen begeistert um ihr Werk herum, »und genau so funktioniert es auch, sonst könnte ich es hier ja gar nicht auf- und abbauen.«

Sie stutzt kurz und schaut mich an: »Du kennst Buckminster Fuller?«

»Ich bin Ingenieur.« Kurz. Knapp. Eitel. »Also, zwar kein Bau-ingenieur, aber … egal. Jedenfalls: Ich würde, ähm, also mir gefallen beide Titel gut. Ich weiß ja nicht, wie das bei Kunst so ist. Aber Kunst ist ja Kunst, und kann man da nicht einfach beide nehmen? Ich finde nämlich, dass beides zusammen schön klingt.« Ich halte Daumen und Zeigefinger beider Hände im Neunziggradwinkel so übereinander, dass ein Rechteck entsteht: »Also: Kosmische Bremse oder Newton lügt. Für mich wär's rund.« Glückwunsch: ein längerer Satz, der sogar einigermaßen Sinn ergibt.

Charly hat den Kopf auf die Seite gelegt, die Hände auf die Hüf-ten gestemmt und guckt mich kritisch an: »Meinst du?«

Ich überlege kurz noch einmal, ob der Satz wirklich sinnvoll war und das auch bei nüchterner Betrachtung meine Meinung wäre. »Jaaa«, nicke ich, »kann ich mir gut vorstellen.«

»Okayyyyyyy!« Charly nickt auch, und ich versuche, nicht auf ihr Dekolleté zu starren.

»Und wo sind deine anderen Objekte?«

Au weia. Mein Gesicht kriegt Hitze und fühlt sich an, als würden alle LEDs flächig rot – ich habe nämlich doch ein ganz klein wenig geluschert.

»Schon im Lager meiner Galerie.« Charly tut so, als wäre die Frage so eindeutig gewesen, wie sie ursprünglich werden sollte, und als habe sie meinen Blick nicht bemerkt.

Von Martina weiß ich allerdings: Frauen merken *immer*, wenn man ihnen dahin guckt, wo man nicht hingucken soll. Auch von hinten. Oder mit Sonnenbrille. Die Diskussion, wie das bei de-kolletierten oder schulterfreien Oberteilen und knallengen Röcken oder Hosen ohne Hingucken gehen soll, brauchen wir jetzt nicht zu führen.

Charly verschränkt die Arme, allerdings unter der Brust, was die vermutlich intendierte körpersprachliche Aussage konterkariert, da sich die Aussicht nicht wirklich verschlechtert.

»Du hast eine Galerie?«

»Nein.« Sie lacht und lässt die Arme wieder locker. »Die Galerie, bei der ich unter Vertrag bin und die mich ausstellen und hoffentlich auch etwas davon verkaufen werden.«

»Sieht teuer aus.«

»Oh ja, aber vor allem sind viele so groß.«

»Man braucht also reiche Kunden mit großen Häusern.«

»Gut kombiniert, Sherlock!«

Wir grinsen uns an. Hat sie mir vergeben?

»Merci, Hercule!«

»Nicht schlecht.«

»Bien au contraire!«, sage ich mit einer tiefen Verbeugung, ohne Charly zu nahe zu treten oder etwas anderes anzurempeln. Es wird!

NA, DANN LOS

Eine Stunde später parken wir die Räder vor einer Pizzeria in der Rosenthaler Straße. Es riecht nach Pizza und Salami und Oregano, aber Charly sei Dank muss ich nicht kotzen. Die olfaktorische Attacke meines limbischen Systems lässt kurzzeitig Trennungsassoziationen aufblitzen, wird allerdings von positivem Gegenwartserleben übertönt. Ich weiß jetzt, dass Charly heute »The One« aufgetragen hat. Kurz bevor wir losgefahren sind, habe ich hinter der »zweiten Tür rechts« Coffee-out absolviert und mich abschließend durch die Flacon-Sammlung geschnüffelt.

Ja, ich habe vorher Hände gewaschen. Und nein, ich kannte kein einziges Parfüm, aber das heißt bei mir nichts – die Douglas-Kundenkarte ist mit Martina ausgezogen. Die anschließende Fahrt mit dem Rad durch Berlin habe ich genossen. Na gut, anfangs noch nicht, weil ich dachte, ich müsste was sagen und mit Charly reden, aber dann wurde ich ruhiger und konnte die Fahrt, ihre atemberaubende Rückenansicht und den sanften Vanilleduft genießen.

Von Charly kam dann nur hin und wieder ein Hinweis darauf, wo wir grad waren. Einiges erkannte ich ja auch selbst, aber dadurch, dass wir auf dem Rad unterwegs waren und nicht mit dem Auto oder der U-Bahn, erlebte ich alles mal ganz anders als sonst. Auf dem Fahrrad fühlt man sich außerdem nicht als Tourist, sondern eher selbstverständlich dazugehörend und einheimisch. Schönes Gefühl.

Ein bisschen getrübt wird dieses Gefühl im Moment allerdings dadurch, dass ich mich frage, ob wohl mein Auto zu ist. Normalerweise gehe ich ja immer noch zwei- bis viermal um mein Auto herum, wenn ich irgendwo parke und prüfe, ob auch abgeschlossen ist. Das hatte ich vorhin auch gemacht, nachdem ich Bolle seine Unterlagen aus dem Kofferraum gegeben habe. Kurz vor dem Wegfahren hätte ich gern schon noch mal nachgeguckt. Aber erstens wollte ich vor Charly nicht paranoid wirken, und zweitens, na ja, zweitens muss ich zugeben, dass ich so von Charlys Gegenwart in Anspruch genommen war, dass ich es schlicht vergessen habe. Mist zum Quadrat! Die Alarmanlage funktioniert ja nur, wenn er abgeschlossen ist.

»Stimmt was nicht?« Charly ist meine nachdenkliche Miene wohl nicht entgangen.

»Nee nee«, sage ich schnell, weil ich nicht als jemand dastehen will, der sich Sorgen um sein Auto macht. Das wär schon sehr spießig. »Alles bestens!«

Sie guckt ungläubig. »Sag schon.«

»Ach, nichts Wichtiges.« Ich winde mich. »Ähm, ich hab nur überlegt, ob ich wohl das Auto abgeschlossen habe.«

»Vorhin? Als wir mit Klausi unten waren? Ja, klar!« Jetzt lächelt sie. Ein geduldiges Lächeln mit ein bisschen Mitleid in den Mundwinkeln. »Und du bist auch noch zwei mal drumrum gegangen und hast an den Griffen geprüft, ob es auch wirklich zu ist.«

»Du hältst mich für einen Spießer«, sage ich niedergeschlagen. Andererseits. Wenn mir das Wohlergehen meines Autos so am

Herzen liegt, bin ich wohl einer. Und das Wohlergehen meines besten Freundes? Frauentechnisch, oder genauer Charly-technisch gesehen? Ist das jetzt schlimm, dass ich es schön mit ihr finde? Ich meine, Bolle wollte doch, dass ich mitkomme. Und hat den Nachmittag mit Charly eingefädelt. Zudem hat er seinen Claim nicht abgesteckt, aber das kann natürlich auch damit zusammenhängen, dass einerseits seine Gefühle für Charly nur einseitiger Natur waren oder vielleicht noch ein bisschen sind und er andererseits auch nicht davon ausgeht, dass ich mich direkt aus Herzschmerzgeheule emotional irgendwo anders engagiere. Was ich ja nicht wirklich tue. Ob ich Charly einfach frage, was zwischen den beiden war?

»Na ja«, sagt sie, hält den Kopf ein bisschen schief und mich wohl wirklich für einen Spießer. Wenn ich sie jetzt auch noch nach Bolle frage, mache ich uns als beste Freunde ziemlich lächerlich. »Los komm. Jetzt erst mal einen chilligen Kaffee, oder willst du zurück und nachschauen?«

»Ach was, auf keinen Fall«, winke ich großzügig ab. Glatte Lüge. »Du hast ja gesehen, dass abgeschlossen ist. Also ist alles gut.« Ich hasse mich selbst für meine Kontrollsucht und starre kurz der Straßenbahn nach, die quietschend um die Kurve gekommen ist.

Wir gehen über die Schienen und in den breiten Durchgang mit der Hausnummer 40/41. »Die Hackeschen Höfe stehen schon seit 1977 unter Denkmalschutz«, plaudert Charly munter, so als hätte es meinen Kontrollfreakausfall gar nicht gegeben, »aber erst 1997 war die Renovierung annähernd abgeschlossen. Du weißt ja, wie das ist. Renovierungen sind nie wirklich fertig. Nimm zum Beispiel den Eiffelturm. Warst du in letzter Zeit in Paris? Ist man oben mit Streichen fertig, fängt man unten wieder an.«

Ich muss mich noch etwas an die Großstadt gewöhnen – hier gibt es Bekleidungsgeschäfte mit Namen wie »Who Killed Bambi?« oder »Quasi moda«. Was habe ich doch für eine bezaubernde und unkonventionelle Reiseleiterin, die ich genau in diesem Moment leicht anrempele, obwohl ja eigentlich genug Platz zum Gehen da ist, ohne sich anstoßen zu müssen.

»Entschuldigung!«, sage ich.

»Wofür?«, fragt Charly.

»Der Eiffelturm schwankt unter Sonneneinwirkung achtzehn Zentimeter in der Spitze. Wir schwanken auch ein bisschen beim Gehen. Wegen der Statik. Du weißt schon.«

»Ja, weiß ich. Süße Ausrede, Max«, lacht Charly und hakt sich einfach bei mir ein. Hat das Schwanken also gar nichts mit Statik, sondern mit Anziehung zu tun? Auch wenn sie schon wieder »süß« gesagt hat. Wenn sie das noch fünfmal macht, muss ich ihr sagen, dass ich eigentlich nichts Süßes mache und schon gar nicht süß gefunden werden möchte. Oder zehnmal. Oder morgen.

Sie hat anscheinend nicht gemerkt, dass ich die eigentliche Frage nicht beantwortet habe. Ist jetzt aber auch nicht der richtige Moment, von Paris an warmen Oktobertagen zu schwärmen. Rotwein und Käse in den Tuilerien. Sonnenuntergang auf Montmartre mit Blick auf die Stadt von den Stufen der Sacré-Cœur aus. Vermisst Martina das gar nicht? Wieso habe ich jetzt romantische Gedanken?

Wir gehen weiter, und sie ist immer noch eingehakt. Und weil sie so zappelt beim Gehen, spüre ich ziemlich viel von ihr. Gerade war da etwas Weiches. War das ihr Busen? Ich spüre den Busen einer anderen Frau. Bin ich jetzt ein Schwein? Wir gehen hier doch nur freundschaftlich lang. Jetzt mal ein bisschen Konzentration, bitte!

Sie ist immer noch eingehakt.

Immer noch.

Immer noch.

Immer noch.

Immer noch.

»Wollen wir hier …?«, fragt Charly und zeigt auf eine Ansammlung von Korbstühlen, die um kleine Bistrotischchen stehen und von einer großen Platane beschirmt werden.

Jetzt nicht mehr.

Schade. Aber die Stelle, wo sie untergehakt war, ist immer noch warm, und ich würde zu gern an meinem Ärmel schnuppern, ob es da nach ihr riecht.

»Äh, ja. Sieht gut aus.«

✳

»Hi John!«, brüllt am Nachbartisch plötzlich der Typ mit dem blau-weiß-gestreiften Button-Down-Hemd und Hosenträgern in Gordon-Gecko-Manier in sein Smartphone. »Wie war Shanghai?«

Mittlerweile hat jeder von uns eine große Cappuccino-Tasse vor sich, und Charly grinst mir verschwörerisch zu, die Augen in Richtung Brülltelefonierer verdreht: »Wenigstens hat er seinen rosa Poloshirtkragen nicht hochgeklappt!« Guuuuuuuuuut! Auf solche Poser steht die Traumfrau mit dem kleinen Hauch Milchschaum auf der Oberlippe vermutlich also eher nicht so. Bes-tens!

»Du sollst keine Vorurteile haben!«, antworte ich in streng tadelndem Ton. Charly lacht ihr helles Lachen, das mich schier um den Verstand bringt, weil sie dabei immer den Kopf zurückwirft und ich irgendwie das Bedürfnis habe, sie auf den Hals zu küssen.

Oder den Schaum weg!

Was uns erneut zu der Frage führt: Ich bin doch nicht dabei, mich zu verlieben?

Na ja …

Einerseits …

Andererseits …

Obwohl …

Schlussendlich …

Es könnte aber auch sein …

Hm.

Hm.

Hm.

Hm.

Ein klares: Ähm, nöö. Ich bin nicht *dabei*, mich zu verlieben.
Ich *bin* längst verliebt.

Oh-ha!

Das kommt jetzt aber eher unpassend und ungelegen und überhaupt. Und erlaubt ist es unter Abwägung unterschiedlichster Aspekte wohl auch eher nicht.

»Vorurteile sind gar nicht so schlimm«, behauptet Charly. »Sie machen das Leben viel leichter, weil man nicht ständig über alles nachdenken und die Dinge neu einsortieren muss.«

»Wow! Genial!«, brüllt der Bilderbuch-Yuppie am Nachbartisch. Ich dachte immer, so Typen gäb es nur in Witzen oder im Fernsehen. Zurückgegelte schwarze Haare, eine monstermäßige Uhr am Handgelenk und einen fetten Siegelring am linken Ringfinger.

Schwupps. Einsortiert. Sorry, Meister. Ich hab eine Schublade für dich. Und die ist in meiner Personenkommode relativ weit unten.

»Freut mich mega, dass der Launch so dermaßen viel Demand generiert hat. Andererseits – unser Brand hat extremst Credibility …« Er nippt an seinem Glas, das mit einem Schirmchen verziert ist. »London?«, fährt er fort. »Yes, London war sehr gut. Ich bin total committed! … Paris, nein Paris geht gar nicht. … Warum? Na, hör mal. Les Français sind nicht besonders Buzzword-affin! Und das …«, Mr Ich–bin–der–König–der–Welt–und-ich-weiß-das-auch wedelt Lagerfeld-like, aber unbehandschuht mit der Hand, ohne dabei – immerhin dafür hat er meinen Respekt – seinen stylishen Cocktail umzuraken, »… das geht ja wirklich gar nicht. …«

Noch so ein Anglizismen liebender Turboblender wie Dr. Weißhaupt.

»Aha!« Charly grient, was das Zeug hält!

»Mexiko fehlt einfach die Accessibility«, findet der König der Madison Avenue.

»Finde ich nicht«, sagt Charly. »Wahrscheinlich hat er entweder das falsche Produkt oder die falsche Markteintrittsstrategie.« Sie lacht. Ein ironisches Lachen. Ein wissendes. Oder irgendwas von beidem.

Gordon Gekko hat unsere Aufmerksamkeit bemerkt, aber leider als Interesse missinterpretiert: Er beugt sich vor und reicht uns mit einem Versicherungsmaklerlächeln seine Visitenkarte: »Falls ihr diesbezüglich mal Bedarf habt!« Bezüglich was?

Jerome Ferdinand Lorenz
Business Coaching & International
Communications Management
VicePresidentArtDirector

Aha!

»Ja, nee, super! Danke. Du!« antwortet Charly und schafft es dabei, exakt so zu klingen, wie Anke Engelke als Ricky.

Ich lehne mich entspannt zurück. Das erste Mal seit unserer Ankunft in Berlin beziehungsweise seit ich Charly des männlichen Geschlechts bezichtigt hatte. »Mein Name ist Honk. Voll Honk«, versuche ich eine näselnde Tierfilmkommentatorenstimme à la Bernhard Grzimek. »Der Voll-Honk gehört nach neuesten paläontologischen Erkenntnissen zur Familie der Primaten und tritt allein oder in Rudeln auf. Vergleichbares dominantes Erbgut wurde zudem häufig bei verwandten Gattungen wie dem Voll-Pfosten, dem Voll-Horst oder der Voll-Trunkenheit gefunden. Was jedoch nicht signifikant für die Fol-ienkartoffel gilt, obwohl sie über denselben IQ verfügt. Der natürliche Lebensraum ...«

Charly lacht. Ziemlich laut sogar. Sie fing schon beim zweiten Satz an zu glucksen, schielte immer wieder zum selbst ernannten König der Madison Avenue hinüber, aber nun hat es sie völlig erwischt. Entweder sie ist höflich, oder sie mag meinen Humor.

»Deine Freundin hat ja Humor«, kommentiert der Ausgelachte selbstbewusst mit einem leichten Anflug von Kritik. Auch von den anderen Tischen gibt es irritierte Blicke.

»Sie ist nicht …«, fange ich an, woraufhin Charly hustend den Kopf schüttelt. Na gut, da hat sie recht. Das geht ihn überhaupt nichts an: »Ja, ist sie nicht besonders bezaubernd, wenn sie lacht?!«

»Dankeschön«, sagt Charly, nimmt einen Schluck aus ihrer Tasse und schaut mich über den Rand mit einem Blick aus großen Augen an, der mich schon wieder komplett aus den Puschen schießt.

Um meine Verlegenheit zu überspielen, nehme ich auch einen Schluck, aber die Tasse ist längst leer. Eben war ich doch noch so entspannt. Was ist denn nun schon wieder los?

Zum Glück – zumindest unter Ablenkungsgesichtspunkten – passieren nun zwei Dinge gleichzeitig: Erstens springt der hyperaktive Jungmanager wie von einem pamplonischen Stier angepikst auf, brüllt dabei ununterbrochen so laut in sein Telekommunikationsgerät, dass er in den meisten Teilen Deutschlands auch ohne Sendemasten oder in Funklöchern gehört werden kann, stopft mit der freien Hand dekadent einen Zwanziger *in* das noch halb volle Cocktail-Glas und verschwindet hektisch im nächsten Hofeingang. Ein Aufatmen geht durch die anwesende Café-Besuch-Gemeinde.

Zweitens fängt schräg gegenüber unter einem Baum ein kleines Mädchen herzerweichend an zu weinen. Sie ist offensichtlich in Hundekacke getreten, und ihre Mutter versucht vergebens, die stinkend klebrige Masse an ein paar traurigen Grashalmen abzuwischen, die es irgendwie geschafft hatten, zwischen den Pflastersteinen emporzuwachsen. Sie scheitert, lässt beide Schuhe einfach stehen, nimmt frustriert das weinende Kind auf den Arm und zieht von dannen, die Lippen zu einer geraden Linie zusammengepresst.

Alle Café-Besucher haben wie paralysiert das Geschehen verfolgt, ohne allerdings zu helfen. Ich hab auch so schnell den Hintern nicht hochgekriegt, und Charly guckt mich kritisch und ernst an.

Ich müsste was machen.

Sie guckt.

Ich müsste was machen.

Sie guckt.

Immer noch.

Immer noch.

Immer noch.

Immer noch.

Endlich macht's Click, und ich springe auf.

»Halt! Warten Sie!« Ich laufe los. »Hallo! Warten Sie bitte!«

Die Frau mit dem Kind hat meine Rufe zunächst nicht auf sich bezogen, dreht sich nun aber um. Sie hat einen leicht panischen Gesichtsausdruck, weil sie anscheinend überlegt, ob sie mich kennt, ob sie vor mir als tendenzieller Bedrohung weglaufen soll – was angesichts ihrer Tochter auf dem Arm nicht einfach wäre –, oder ob die Situation, also ich, doch eher als unterdurchschnittlich gefährlich einzuschätzen wäre.

Sie entscheidet sich für C.

»Wir kriegen das hin«, sage ich und stehe ein bisschen hilflos vor ihr.

»Ach so?« Ihr verkniffener Mund bewegt sich kaum. »Woll'n Sie was von mir?«

Puh! Ich will ihr helfen, oder besser: Ich muss, weil ich sollte, wegen Charly, sonst wär ich nicht zwingend aufgestanden, um mich um hundekackeverseuchte Kinderschuhe anderer Leute zu kümmern, und die Mutter ranzt mich an.

»Ja, also. Ähm, nein. Ich meine, es ist wegen dem Schuh. Wir kriegen das hin.«

»Wie das denn?«

Ein älteres Ehepaar ist stehen geblieben und schielt mich kritisch an. Er: vermutlich pensionierter Deutsch- oder Geschichtslehrer mit weißem Vollbart, Karohemd und abgetragener Cordhose. Sie: politisch korrektes Eine-Welt-Laden-Outfit mit weiter Leinenhose und weiß-blau gestreiftem Shirt ohne BH drunter, dafür mit Bibliothekarinnen-Halbbrille am Band. »Lassen Sie doch die junge Frau in Frieden. Sie sehen doch, dass sie mit der Kleinen beschäftigt ist.«

Und nein, ich bin kein schizophrener Serienmörder mit bipolarer Störung! Keiner von uns beiden!

Ich konzentriere mich auf die junge Mutter: »Ich nehme jetzt einfach den Schuh und wasche ihn auf der Toilette im Café ab, okay?« Ich kenne Charly erst drei Stunden, und schon macht sie mich zu einem besseren Menschen. Faszinierend!

»Ach so, echt?« Mama entspannt sich etwas. »Das würden Sie machen?«

»Natürlich!«, nicke ich, drehe mich motiviert um und kriege in dem Moment die Handtasche von der zivilcouragierten Eine-Welt-Dame in den Rücken. Aus den Augenwinkeln hatte ich noch gesehen, dass sie sich wie ein Hammerwerfer einmal um sich selbst dreht, und das hat sich definitiv gelohnt: Ich stolpere vorwärts und ernte den ein oder anderen kritischen Blick. Der Effet resultiert aus recht hohem Gewicht, und das führe ich auf eine Literflasche und einen dicken Kunstreiseführer zurück – würde zu der Frau und der Aufprallwucht zumindest passen.

Auf die Auseinandersetzung habe ich jedoch keine Lust, ignoriere die zeternde Frau und meine angeschlagenen Lendenwirbel und überlasse Mama die Erklärung. Also gehe ich ohne ein weiteres Wort zum Baum, nehme den erbarmungswürdig exkrementierten Kinderschuh und ziehe mich auf die Herrentoilette zurück. Auf dem Weg dorthin hat mir eine heiter entspannt und freundlich lächelnde Charly hinterhergesehen. Nein, ich brauche kein Mitleid, es tut nur ein ganz bisschen weh. Ich verstehe nun viel besser, warum Superhelden immer nachts unterwegs sind: Handtaschenschwingende Rentnerinnen sind dann entweder schon zu Hause oder werden gerettet und sind dann dankbar.

*

»Du hast da was«, sagt Charly mit einer komischen Stimme. Endlich sitze ich wieder bei ihr, nachdem ich tausend Liter Wasser, den

Inhalt eines kompletten Seifenspenders und fünf Klopapierrollen für die Reinigung des Kinderschuhs verwendet habe. Schlussendlich hat die Mutter recht behalten – die Ökobilanz des stehen gelassenen Schuhs schlägt die des Reinigungsprozesses sehr deutlich.

»Wo?«

»Da und da.« Charly zeigt auf meine Stirn und meine Schulter.

Ich fahre mir mit der Hand über die Stirn, gucke auf meine linke Schulter und dann in meine rechte Handfläche.

»Scheiße!«

»Sagt man nicht.« Charly kichert. »Aber gut erkannt. Vielleicht gehst du noch mal …«

FAMILIENBANDE

»Erzählst du mir was von dem Vater deiner Mädchen?«

Die Hundekacke an Stirn und Hand konnte ich erfolgreich entfernen, im Hemd ist leider ein hellbraun verwaschener Fleck zurückgeblieben, der durch die Reiberei beim Auswaschversuch entstanden ist. Feinster Batik-Style. Die feuchte Stelle ist kühl auf der Haut, aber es wird mit der Zeit schon trocknen. Ob's aufhört zu stinken …?

Meine linke Hüfte knirscht jetzt etwas beim Gehen – ich nehme an, die Handtaschen-Keule hat mein Kreuzbein erwischt. Aber mein Osteopath freut sich ja auch, wenn er mich mal wieder sieht und ich so zu seinem Lebensunterhalt beitragen darf. Sei's drum: Als Belohnung für meine »beschissene« Heldentat steht ein frischer Cappuccino vor mir.

Charly hatte mir vorhin schon die Zimmer ihrer Töchter gezeigt, wo Bolle und ich dann später unsere Nachtstatt aufschlagen sollen, und damit die Frage beantwortet, wer »die Mädchen« sind. Die Zwillinge Mia Sofie und Mia Marit sind neunzehn Jahre alt und haben zum letzten Wintersemester in Berlin angefangen zu studieren. Charly erzählte mir, dass sie demnächst in eine WG ziehen wollen.

»Dieses Wochenende besuchen sie eine Freundin in Hamburg, die letztes Jahr extra für eine Ausbildung dorthin gezogen ist.« Charly setzte sich ans Fußende des Bettes und strich plötzlich völlig gedankenversunken über die Tagesdecke. »Komisch. Eben waren sie noch so klein, und du warst froh, wenn du mal eine Minute für dich alleine hattest. Oder genervt, weil sie wieder nicht gelernt hatten oder sich das dreckige Geschirr in ihrem Zimmer stapelte. Hattest Angst, weil sie nicht zur vereinbarten Zeit zu Hause waren und natürlich nur die Mailbox ranging. Und jetzt …« Sie schaute mit einem sinnierend-melancholischen Blick durch mich hindurch.

Ich stand verlegen im Türrahmen und … klingt jetzt vielleicht ein bisschen komisch …, aber ich freute mich. Ich freute mich darüber, dass ich gerade eine andere Charly sah als die fröhliche, aufgedrehte, umhertanzende »Süß!«-Charly. Eine Mutter, die ihre Kinder liebt und immer lieben wird, weil das nicht anders sein kann. Die sich Sorgen um sie macht, auch wenn oder gerade weil sie aus dem Haus sind. Die nicht mehr kontrollieren kann, was sie gerne kontrollieren würde. Die weiß, dass sie schweren Herzens loslassen muss, weil das zum Leben dazugehört.

Gleichzeitig wurde ich sehr traurig, weil mir die Situation vor Augen führte, dass ich genau dies Gefühl bei meinen Eltern immer vermisst hatte: nicht nur Paulines Alkoholsucht und meinen Eheproblemen gegenüber. Es gehörte nicht viel Mut dazu, auch Super-Bruder-Benedikts Familien- und Verhaltensstrukturen in gewisser Weise vorsichtig als dysfunktional zu bezeichnen. Aber wenn Eltern noch nicht einmal die vordergründigen Probleme ihrer Kinder empathisch begleiteten oder wenigstens mitlitten, dann fehlte doch irgendwie etwas.

Und Martina? Wie konnte eine Mutter ihr Kind verlassen? Natürlich gingen wahrscheinlich fünfzig Prozent auf mein Konto, auch wenn mir noch nicht ganz klar war, um welche Fehler es sich im

Einzelnen handelte. Am Ende war es sowieso die Summe der Dinge. Aber sie konnte doch nicht gehen, ohne mit uns gesprochen zu haben. Ohne etwas versucht zu haben.

Keine Ahnung, wie es mit Julia weitergehen würde. Ob sie bei mir bleiben würde, zu Martina ginge, wann sie sich dann etwas Eigenes suchte. Früher oder später würde es so weit sein. Ich hoffte, später. So richtig vorstellen konnte ich mir das alles sowieso noch nicht.

Und wer weiß, welch tolle Pläne Martina mir am Montag so um die Ohren hauen würde.

Wie sich bei dem sich anschließenden Gespräch herausstellte, musste ich gar nicht viel von meiner misslichen Situation erzählen. Bolle sei Dank war Charly bereits bestens über Martina, Dennis und sonstige Unzulänglichkeiten meines Lebens informiert.

Ist sie jetzt aus Mitleid mit mir unterwegs? Betreutes Berlin erkunden. Das hat Bolle wirklich klasse hingekriegt.

»Bruce Beresford der Dritte.« Charly sagt das mit einem großen Ausrufezeichen, das über dem Tisch hängen bleibt. Ein Hauch Bitterkeit schwingt in ihrer Stimme mit und erreicht auch ihre Augen, um die die kleinen Fältchen etwas tiefer werden. Da hab ich wohl schon wieder einen Bauchklatscher gelandet.

»Ich muss zugeben, dass da leider gar nichts bei mir klingelt. Ich kenne nämlich nur *Shrek der Dritte* oder *Stirb langsam 4.0*.«

Charly lacht etwas gekünstelt und versucht, mit der Handbewegung die Traurigkeit wegzuwischen. »Da liegst du sogar ziemlich gut. Bruce hat eine Produktionsfirma in Hollywood.«

Jetzt hab ich ein Benchmarking-Problem.

»Und, ähm – müsste mir der Name was sagen?«

»Nein, es sei denn, du bist jemand, der sich den gesamten Abspann anguckt und anschließend keinen Namen mehr vergisst.«

»Ich bin in der Tat jemand, der bis zum Schluss sitzen bleibt. Ich mag es, wenn das Licht langsam angegangen ist, die Musik noch zu genießen, zu schauen, wie die Leute aufstehen … Aber so leid es mir tut; die dritte Generation derer zu Beresford sagt mir trotzdem nichts.«

»Nicht schlimm«, sagt Charly mit einer Stimme, die das genaue Gegenteil ahnen lässt.

Es ist nicht ungefährlich, aber ich tue es trotzdem. »Und …«, ich räuspere mich, quasi als Ähm-Ersatz, »… wie ist das jetzt so … mit euch?«

Charly winkt ab: »Schon lange vorbei. Wir waren auch nie verheiratet. L. A. New York. Prag. Tausend Drehorte. Noch mehr junge Schauspielerinnen. Egal. Ab und zu schaut er mal rein. Bringt ein überdimensioniertes Geschenk oder einen crazy Scheck vorbei. Dann hören wir wieder ewig nichts von ihm. Er ist nicht Teil unseres, wir sind nicht Teil seines Lebens. Ich glaube, er ist jetzt schon zum dritten Mal geschieden. Ohne ihn bin ich besser dran.«

»Vermissen deine Töchter ihn nicht?«

»Wie kann man etwas vermissen, was man nie gekannt oder geliebt hat?«

»Hm.« Da bin ich ratlos. Ohnehin hatte sie das wohl eher als rhetorische Frage gemeint. Andererseits könnte ich mir vorstellen, dass man an beiden Elternteilen interessiert ist, auch wenn es vielleicht schmerzhaft ist. Diese Diskussion möchte ich jetzt aber lieber nicht führen.

»Im Übrigen sind Künstlerbeziehungen sowieso nicht für immer gedacht.«

Mir fallen Christo und Jean-Claude als Gegenbeispiel ein, aber den Fettnapf schenke ich mir ausnahmsweise. Außerdem ist Jean-Claude schon tot und … egal.

»Tja, weiß nicht. Tut mir trotzdem leid.« Ach Max, was Besseres fällt dir nicht ein? Männern, denen ständig alles leidtut, wird nachgesagt, dass sie Weicheier sind.

»Muss es nicht. Ist ja keiner tot.« Charly versucht ein Lächeln, das einigermaßen gelingt. »Und wie ist es bei dir?«, will sie von der gegenüberliegenden Seite des kleinen Bistrotisches wissen. Schönes

Ablenkungsmanöver. Ich lasse mich trotzdem darauf ein: »Nein, natürlich ist keiner tot. Aber zu Anfang tut das schon ziemlich weh. Vor allem, weil sie nicht mit mir spricht und ich mich alleine durch den Scherbenhaufen wühlen muss. Irgendwie hatten wir ein tolles Leben, und alles lief viel besser, als ich mir das jemals erträumt hatte. Na gut, ich hätte ganz gern noch ein zweites Kind gehabt, aber das vertrug sich mit Martinas Plänen nicht.« Ich mache eine melancholische Pause, die Charly gleich nutzt.

»Vielleicht hattest *du* ja ein schönes Leben und nicht *ihr*. Vielleicht habt ihr das mit dem zweiten Kind nicht zu Ende besprochen, wie das jobmäßig zu organisieren wäre.«

»So war das nicht.« Ich setze mich gerade hin. Atme heftig ein. Will alles erklären, merke aber in diesem Moment, dass ich Tatsachen schon wieder an meine Sichtweise anpasse. Nicht umgekehrt. Also, genau das, was Sherlock Holmes immer an schlechten Ermittlern kritisiert.

»Nein?« Charly hat die Augenbrauen hochgezogen.

»Na, vielleicht ein bisschen.«

Sie sagt nichts. Schaut mich nur an.

»Okay. Ich habe sie vielleicht ein klein wenig aus dem Blick verloren.« Was deutlich untertrieben ist, da ich überhaupt nicht sagen kann, was Martina in der letzten Zeit bewegte und antrieb. Ich habe so oft darüber nachgedacht, mit Bolle gesprochen, und eine einzige Masterfrage von Charly lässt vieles klarer werden.

Sie nickt meine Selbsterkenntnis ab. »Was machst du, wenn du mit einer Frau an der Kinokasse wartest?«

Sie hat nicht *deiner Frau* gesagt. Sehr tiefsinnig. Trotzdem ist es irgendwie eine komische Frage.

»Ja, gute Frage. Was machen wir? Warten eben.«

»Aber beim Warten? Warten ist ja keine Tätigkeit an sich. Was macht ihr dabei?«

Alter Schwede. Wenn ich mit Charly zusammen wär, wäre ja wohl die ganze Zeit Knutschen angesagt. Also wenigstens würde ich das wollen. Aber das war Martina immer peinlich. Was ziemlich komisch ist, wenn man drüber nachdenkt. Oder auch gerade nicht, wenn man davon ausgeht, dass man gern mit jemandem knutscht, den man liebt, was im Umkehrschluss eben nur eins bedeuten kann. Vielleicht hätte sie sich aber auch gewünscht, dass ich etwas energischer, männlicher mit mehr Initiative gewesen wäre.

»Wir würden uns unterhalten.«

»Wie romantisch.« Frisch geerntete Ironie, an leichter Sarkasmus-Vinaigrette.

Ich zucke mit den Schultern: »Na ja, romantisch ist schon irgendwie ein bisschen anders.«

Sie nickt: »Los, sag es.«

Boah, was will sie hören? Ich kann doch jetzt schlecht sagen, was ich denke. Da muss mir … ich könnte doch …

»Woran man sieht, dass Spießerbeziehungen auch nicht unbedingt besser halten.« Kliff vorläufig umschifft. Obwohl, schon wieder das Spießerthema …

»Hältst du dich für einen Spießer?«

Tja, vielleicht doch aufgelaufen. Ich zucke mit den Schultern. Gucke an mir runter und bin Bolle für seine Typberatung dankbar: In diesem Moment wären mir Sandalen oder Slipper wirklich sehr unangenehm gewesen. Auch wenn's ja nur eine Äußerlichkeit ist.

»Hm, das weiß ich auch nicht. Wahrscheinlich ist das eine Einstellungsfrage. Oder hängt von der Definition ab. Ich finde es spießig, wenn man von der Meinung anderer abhängig ist, engstirnig und intolerant denkt …« Warum toleriert Bolle meine Sandalen nicht? Ist ja auch irgendwie engstirnig. Und was toleriere ich nicht?

Charly hat den Kopf schief gelegt und hört mir zu.

»… andererseits, wenn ich so von jemand anderem denke, hab ich ihn ja auch wieder in einer Schublade und übersehe vielleicht eine seiner Facetten … jedenfalls, vielleicht ist es ja Erfolg versprechender, wenn man auf den ersten Blick nicht so gut zusammenpasst.«

Sie nickt: »Man sucht doch in dem anderen immer, was man in sich selbst vermisst. Und egal ob Spießer- oder Künstlerbeziehungen – es geht immer darum, den anderen wahrzunehmen und wertzuschätzen.« Wieder der bittere Zug um ihre Mundwinkel.

»Ja, wenn man das erlebt, fühlt man sich geliebt und muss nicht außerhalb der Beziehung suchen. Darum ist der zweite Versuch statistisch gesehen wohl noch weniger erfolgreich als der erste.« Was rede ich denn da?

»Auf die Treue!«, sagt Charly, hebt ihre Tasse und schaut mir in die Augen. Sehr ernst.

»Auf die Treue!« sage ich, stoße schwungvoll an und schaue zurück.

Kann den Blick nicht abwenden.

Mein Herz explodiert.

Mein Hirn kocht.

Meine Haut kribbelt.

Mein Magen fährt Riesenrad.

Dann muss ich husten, und Charly nimmt einen Schluck. Meine Tasse ist leer – wie mein Kopf. Nur ein bisschen Schaum auf dem Grund.

DEM DEUTSCHEN VOLKE

Die untergehende Maisonne taucht das architektonische Durcheinander aus italienischer Hochrenaissance, Neobarock und modernem Was-auch-immer der steinernen Außenhaut des Reichstags in zärtliches Dunkelorange, das in krassem Gegensatz zu den nun dunkelblau erscheinenden Fensterzeilen steht. Kitsch pur.

Charly und ich sitzen auf dem Rasen davor, essen Antipasti und Pizza, die leichte Transportschäden aufweist, mit der Hand und genießen dazu einen Bordeaux von der Familie Rothschild, die so dermaßen viel davon produziert, dass sie ihn gar nicht alleine austrinken kann und deshalb wohl ein paar Flaschen davon verkaufen muss.

Große und kleine Familien picknicken, Jugendliche machen Frisbee-Kunststücke, und Touristen mit Knipskisten, High-End-Spiegelreflexkameras und Tablet-PCs wuseln geschäftig hin und her, auf der Suche nach dem besten Standort für ein perfektes Reichstagsfoto.

Merkwürdig. Seit Martinas Auszug habe ich mich in fast jeder Lebenssituation gefragt, wie es wohl wäre, das jetzt mit ihr zu erleben. Heute fühlt es sich zum ersten Mal anders an. Freier. Trotzdem mit einem Hauch schlechten Gewissens. So wie damals, als ich von zu Hause ausgezogen war und mich im Studium erst einmal umgewöhnen musste, weil ich so lange unterwegs sein konnte wie ich wollte, ohne meinen Eltern über den Grund meiner Abwesenheit oder den Zeitpunkt der Rückkehr Rechenschaft ablegen zu müssen.

»Hast du Hunger?«, hat mich Charly vor einer knappen Stunde gefragt, als wir die Räder aufschlossen. Das kam nicht ungelegen, denn seit dem letzten Burger war eine gefühlte Ewigkeit mit vielen Erlebnissen pro Zeiteinheit vergangen.

»Ja, und ich möchte dich gern zum Essen einladen!« Ich habe mich natürlich nicht getraut, danach zu fragen, wie sich die Beziehung zu Bolle aus ihrer Sicht darstellt, und auf ihn mussten wir wohl nicht unbedingt warten. Der würde sich schon irgendwann melden, und dann konnte er notfalls immer noch nachkommen, irgendwo eine berühmte Berliner Currywurst verdrücken oder Sushi-to-go genießen.

»So war das jetzt nicht gemeint.«

»Von mir schon!«, hatte ich Charly sanft angelächelt. Zumindest sollte es sanft aussehen, es könnte aber auch sein, dass es einfach nur grenzdebil ausfiel.

Seit ich Charly das erste Mal sah, wollte ich mit ihr essen gehen. Das Problem war jetzt nur: *Wo?* Sie war kreativ. Fürsorglich.

Warmherzig. Womöglich sehr romantisch. Also fiel eine angesagte Sushi-Bar völlig aus, und auch irgendein Protz-Nobel-Restaurant kam nicht infrage. Das wär zu plump. Mit Geld hatte das gar nichts zu tun, ist ja wohl klar! Außerdem war ich ja fremd in Berlin, und sie müsste sagen, wo wir hingehen könnten. Und mit dem Handy irgendwas googeln ging ja auch schlecht.

Dilemma. Dilemma. Dilemma.

Ich holte tief Luft: »Wie wäre es denn, wenn wir uns was vom Italiener holen ...« Charlys Augenbrauen schnellten nach oben, und ich wusste nicht, ob sie Sorge hatte, dass ich geizig war oder ein Fast-Food-Junkie oder schlimmstenfalls beides. Aber sie ließ mich ausreden. »... und dann den Sonnenuntergang vor dem Reichstag genießen?«

Charly guckte mich mit weit aufgerissenen Augen ungläubig an. Also gut. Etwas Langweiligeres konnte man einer Berlinerin kaum vorschlagen. Martina hätte das auch hochgradig bekloppt gefunden, mindestens aber einfallslos.

Also brauchte ich einen Plan B.

Mist.

Beziehungsweise: gut.

Also. Doch das Handy rausholen und schnellstens was Edles finden. Allerdings war ich wie erstarrt, weil Charly mich mit ihren strahlenden großen Augen so fokussierte, dass ich mich nicht mehr bewegen konnte.

»Das klingt sehr gut. Ich hatte schon befürchtet, du würdest mich jetzt mit einem dekadenten Essen beeindrucken wollen.« Woher wusste sie, was in mir vorgeht? »Aber *die* Idee gefällt mir!«

Entweder konnte sie lügen, ohne mit der Wimper zu zucken, oder es war ihr ernst. Ach so, Höflichkeit konnte es natürlich auch sein. Oder Ironie. Aber ich entdeckte keine Anzeichen – weder für das eine noch für das andere.

Allerdings hatte ich ein halbes Jahr mit einer Frau zusammengewohnt, die mich nach Strich und Faden betrog und ergo belog oder umgekehrt, und somit gelte ich wahrlich nicht als *der* Lügendetektorspezialist.

Charly guckte mich aber so dermaßen offen und fröhlich an, dass ich nicht anders konnte, als ihr einfach zu glauben, dass sie tatsächlich meinte, was sie sagte. War das der Moment, in dem ich wieder anfangen sollte, dem Leben eine Chance zu geben?

Also fuhren wir über die Museumsinsel, an der Neuen Wache vorbei und dann Unter den Linden hoch bis zum Vapiano, wo wir uns mit allerlei Leckereien eindeckten. Wenn man Hunger hat, kauft man ja tendenziell etwas zu viel ein, aber es sollte ja schön werden.

Anschließend radelten wir durchs Brandenburger Tor mit dem Ziel: Reichstag. Dazu mussten wir nur noch die Markierung überqueren, wo einst die Mauer verlief, erst über die Ebertstraße und dann den Simsonweg nehmen bis rüber zum Platz der Republik.

Ich war ein Stückchen hinter Charly. Sie hatte mich nicht direkt abgehängt, umkurvte aber Einzeltouristen oder ganze Gruppen etwas gekonnter als ich. Das hat wohl eine Menge mit Erfahrung zu tun. Sie erwischte die Grünphase auch noch voll, während ich hinter vier Jugendlichen festgesteckt hatte. Als ich am Fußgängerüberweg ankam, hatte die Ampel gerade auf Rot geschaltet, aber ich war im Antritt und wusste nicht, ob ich anhalten sollte oder nicht. Also, ich wusste es schon, denn bei Rot fährt man ja nicht. Aber mein Körper bewegte sich noch, und bis das Signal *Anhalten!* kam, war ich schon mitten auf der Straße. Mitten auf der Straße anhalten ist auch nur so eine mittelschlaue Idee, also schickte mein verwirrtes Hirn ein neues Signal: Weiterfahren!

Zu spät. Aus dem Augenwinkel hatte ich die Busfront noch auftauchen sehen. Der Fahrer war zwar langsamer geworden, aber sicherlich davon ausgegangen, dass ich weiterfahre und keine Kunstradeinlage mitten auf der Straße gebe. Es machte: *Klock!* oder so, und dann lag ich mitten im dicken B auf der Straße und starrte auf das B im Nummernschild.

Jetzt ist bestimmt die Pizza Matsche. Gut, dass Charly den Wein hat. Ob meine Haftpflicht mögliche Schäden am Mountainbike bezahlt, das der Tochter einer Freundin eines Freundes gehört und das deswegen Macken hat, weil ich bei Rot über die Ampel gefahren bin? Interessante Überlegungen, wenn man bedachte, dass ich fast gestorben wäre. Dabei sollte man sich doch vom Licht am Ende des Tunnels fernhalten, es könnten schließlich Busscheinwerfer sein.

Ich bin doch nicht gestorben, oder?

Nein! Von so einem kleinen Rempler starb man nicht. Auch ich nicht. Ich starrte den Busfahrer an. Der Busfahrer starrte mich an. Über der Reling des offenen Doppeldeckers tauchte ein entsetztes Gesicht auf, das mir entfernt bekannt vorkam.

Irgendwann ging die Tonspur wieder an, und ich hörte Hupen und Rufen, und dann tauchte Charly in meinem Gesichtsfeld auf, die mich mit Fragen bombardierte und an mir herumtastete: »Tut dir was weh? Bleib liegen! Kannst du aufstehen?« Was denn nun?

Jemand rief: »Der Idiot ist bei Rot gefahren!« Ein anderer: »Busfahrer sind doof!«, »Macht die Straße frei« und so weiter. Jedenfalls insgesamt eine ausgewogene Mischung.

Tja, Autofahrer wie ich hassen Fahrradfahrer wie mich.

Das mir bekannte Gesicht gehörte Charlys Mitbewohner und Hop-on-Hop-off-Guide Edward, dem ich samt seiner nun aufgescheuchten Touristenschar und Enrique, dem Busfahrer, zwanzig Meter vor der Haltestelle einen ungeplanten Halt aufgezwungen hatte. Auf den ersten Blick hatte das Rad keinen Schaden genommen, was man von meiner rechten Kniescheibe, Hüfte und dem Ellenbogen nicht sagen konnte. Hose und Hemd waren noch einigermaßen salonfähig. Wenn man nicht so genau hinsah.

Ja, okay. Es tat so richtig scheiße weh!

Die Touris waren sich unsicher, ob sie als Erstes ein Foto von mir halb unter dem Bus oder dem Brandenburger Tor twittern sollten – ich denke, die meisten entschieden sich für genau diese Reihenfolge. Einer lud noch ein YouTube-Video hoch, der seine Kamera sowieso anhatte und beim Crash einfach weiterlaufen ließ. Jetzt – eine gute halbe Stunde später – steht der Clip schon bei tausend Klicks und dreiundsiebzig hämischen Kommentaren.

Enrique gehörte definitiv zu der Sorte Mann, in deren Gegenwart sich mein Selbstbewusstsein unmittelbar auf minus zehn einpendelte. Nicht nur, weil ich mich gerade in peinlicher Pose vor seinen Bus geworfen hatte. Durchtrainiert mit breiten Schultern und einem kantig-attraktiven Gesicht wie ein Unterwäschemodel. Da wir ja vorhin schon geklärt hatten, dass Vorurteile nur dazu dienen, das Leben ein bisschen einfacher zu machen, ging ich einfach mal davon aus, dass er die ein oder andere Bustour an dem ein oder anderen Abend mit der ein oder anderen Touristin beschloss. Ein Latin Lover wie aus dem Bilderbuch. Charly belehrte mich später allerdings, dass er überhaupt kein Spanier war, sondern als Heinrich Müller geboren wurde, was er jedoch nicht ertragen konnte, weil es nun mal so gar nicht mit seinem Aussehen und noch viel weniger seinem Selbstverständnis korrelierte. Ich fand das Müller-Heißen nicht so besonders schlimm, schließlich heiße ich Schröder, was Charly nur trocken mit »Kannste nix machen, nä?« kommentierte. Konnte man schon, war mir nur immer zu umständlich gewesen. Charly hingegen hieß Charlotte von Hardenberg. Klasse Name. Wenn wir heiraten, nehme ich einfach ihren Namen an. Maximilian von Hardenberg. Nicht schlecht!

Ich schüttelte mich kurz und erwachte aus dem wirren Tagtraum.

Edward ging es anscheinend nicht anders, denn er tänzelte die ganze Zeit um Enrique herum und bettelte um Beachtung. Damit war er nicht alleine, denn die Touristinnen fragten lieber Enrique als Edward touristische Fragen, obwohl ja letztlich Letzterer – zumindest mal so rein jobtechnisch betrachtet – primär dafür zuständig gewesen wäre.

Welchem Geschlecht Enrique nun schlussendlich zugewandt war, konnte Charly auch nicht sagen. Edward wirkte auf jeden Fall unglücklich verliebt.

Wir überließen die beiden ihrem Bus, ihren Tändeleien, den Touristinnen, deren eifersüchtigen Ehemännern und Freunden sowie ihrem gemeinsamen Schicksal und fuhren dem Reichstag, unserem Picknick und der untergehenden Sonne entgegen.

Das mit der untergehenden Sonne stimmte nur so halb, denn erstens fuhren wir in nordwestlicher Richtung, und zweitens verläuft der Simsonweg unter Bäumen. Aber es klingt gut, oder? Nach einer Mischung von Lucky Luke und Rosamunde Pilcher.

Ich hatte in einem Shop mit Touristennepp (in so ein Geschäft hätten mich früher ja keine zehn Pferde gekriegt) noch ein überteuertes Badetuch mit »I ♥ Berlin!« gekauft, damit ich es gentlemanlike unter Charly ausbreiten und sie so vor Grasflecken bewahren konnte.

Zugegeben, ich passte auch mit drauf. Was aber noch viel besser war: Ich konnte etwas mit nach Hause nehmen, was mit Charlys bezauberndem Körper in Berührung gekommen war.

Ich verspürte eine merkwürdige Leichtigkeit, die wie ein Wunder die schwermütige Traurigkeit der letzten Monate von mir nahm.

*

»Erzähl mir von dem peinlichsten Ereignis in deinem Leben!«

Charly hat sich auf die Seite gedreht, den Kopf auf den rechten Arm gestützt. Ich spüre ihren interessierten Blick, während ich noch mit den Armen unter dem Kopf in den Abendhimmel starre und das flirrende Leben um uns her genieße. Charly hat mich verzaubert: Ich bin gleichzeitig aufgeregt und entspannt in ihrer Nähe. Mal abgesehen von den Rücken- und Knieschmerzen. Meinen aufgeschürften Handballen müsste ich eigentlich desinfizieren, da ich mich an die letzte Tetanus-Impfung leider nicht erinnern kann.

»Peinlicher als die Aktion eben?« Ein bisschen Zeit muss ich jetzt gewinnen, denn ich will jetzt auf keinen Fall mein klassisches Martina-ist-weg-Geheul anstimmen. Heute nicht. Und in Charlys

Gegenwart schon gar nicht. Das Thema »Gescheiterte Karrierepläne« wäre wohl auch etwas zu trivial.

»Das war höchstens eine Fünf oder Sechs. Ich will eine Neun oder Zehn hören.«

»Oh Mann …«

Ich winde mich. Es riecht nach Gras und einsetzender Abendkühle, ein bisschen nach Pizza und Wein, aber vor allem nach Charly. Alles fühlt sich behaglich an. Warme Rottöne wechseln sich mit langen dunklen Schatten ab, die die Sonne in das heruntergetretene Gras zeichnet.

Dünne Jungs mit nacktem Oberkörper und Mädels mit schlabbrigen Jogginghosen haben Slacklines zwischen ein paar Bäumen gespannt, die den Platz der Republik am südlichen Rand begrenzen.

Ausgelassene, entspannte und glückliche Stimmung. Also genau der richtige Moment für Steven Tyler von Aerosmith, der mir »I don't want to miss a thing« in den Kopf schreit. Zärtlicher macht er's halt auch bei Balladen nicht. Die Szene in *Armageddon* war auch orange, aber mein Armageddon ist erst übermorgen und wird wohl eher grau-blau werden, während sich meine Hüfte und mein Knie in feinstem Grün-Blau färben werden.

»Na gut.« Aus der Nummer komme ich wohl nicht raus. »Allerdings muss ich zugeben, dass die Auswahl relativ groß ist.« Da war zum Beispiel die Geschichte kurz nach meiner Führerscheinprüfung, als ich meinen Kumpel Freddy in seinem fast neuen Golf zu einer Party fuhr, weil er saufen wollte, und ich mich beim Ausparken an einer Hauswand so dermaßen festfuhr, dass der gesamte Kotflügel zerschrammt war.

Charly kichert aufmunternd. »Eine Zehn«, skandiert sie. »Ich will eine Zehn.«

Also dann: »Ich hab die Geburt von Julia verpasst!«

»Du hast was?«

Ich atme schwer aus. »Sie kam drei Wochen zu früh, und ich hatte ein Vorstellungsgespräch.«

Charly guckt mich komisch an. »Da bist du in guter Gesellschaft. Bruce war auch nicht da. Aber er war ja sowieso nur selten da.«

Ich finde die Gesellschaft von Bruce nicht nur nicht gut, sondern richtig schlecht, aber ich hab das mit der Geburt wirklich verkackt. Man könnte ja ahnen, dass eine Geburt nicht zwingend am errechneten Termin stattfindet und Vorstellungsgespräche in vierhundert Kilometer entfernten Orten, die zudem eine Rückfahrt auf der A7 nach sich ziehen, zumindest als problematisch einordnen.

»Hast du den Job bekommen?«, fragt Charly mit spitzer Stimme.

Ich schüttele den Kopf. »Nein, meine Schwiegermutter rief an, als ich im Vorzimmer des Personalleiters saß. Da bin ich dann sofort losgefahren. Aber als ich ankam, war Julia schon da. Martina war wütend und erschöpft. Meine Schwiegermutter war wütend. Und die Hebamme, Schwester Donata – und ja, sie war genauso, wie sie hieß –, war auch wütend. Allerdings nicht so wütend, dass sie mir nicht umgehend die Aufgabe zugewiesen hätte, mit dieser komischen Geflügelschere die Nabelschnur durchzuschneiden. Meine Schwiegermutter zeterte, dass ich das nicht verdient hätte, aber Donata war sehr durchsetzungsstark, wofür ich ihr heute noch dankbar bin.«

Charly guckt nur.

»Ja, also. Ich hab das dann noch einigermaßen hingekriegt, aber das viele Blut unter Martina, das komische Geräusch und dieses knorpelige Gefühl beim Nabelschnur durchschneiden ...«

Sie kneift ein Auge zu und schaut mich mit schief gelegtem Kopf an.

»... jedenfalls: als ich vom Gezeter meiner Schwiegermutter wieder wach wurde, lag ich auf dem Nachbarbett und Julia gemütlich eingewickelt auf Martinas Bauch. Donata schickte meine Schwiegermutter nach Hause, die damit natürlich nicht ansatzweise einverstanden war. Aber es war genau richtig. Ich bin ein totaler Hebammen-Fan seitdem.«

Charly nickt. Ihr rechter Mundwickel zuckt. Vielleicht ist ihr das doch etwas zu Mainstream, wenn der Mann bei der Geburt umkippt.

Und ich denke daran, dass ich Julia zwar wunderschön fand, allerdings zugeben muss, dass ich mir Babys bis dahin etwas weniger verschmiert und etwas weniger faltig vorgestellt hatte.

»Ich dachte«, fahre ich fort, weil Charly immer noch nichts sagte, »dass damit das Schlimmste überstanden war. Das stellte sich natürlich als ziemlich großer Irrtum heraus.«

»Ja«, sagt Charly nur, nimmt einen Schluck Wein und legt sich auch auf den Rücken. Wir starren beide in den Himmel.

Verwirrenderweise ist das Nebeneinandergeliege und -geschweige nicht ansatzweise unangenehm. Verrückt!

Irgendwann setzt sie sich in den Schneidersitz auf und grinst mich schelmisch an: »Das lasse ich dann mal als Neun-Komma-fünf durchgehen.«

»Was?«, gebe ich mich entrüstet, richte mich auf und schubse sie ins Gras.

»Und bei dir?«

»So ähnlich!«

»Du bist zur Geburt deiner Töchter zu spät gekommen?«

»Doofmann!«

»Wenn du meinst.«

»Und wie. Also: Kurz nachdem ich in die Schule gekommen war, so mit sieben, hat meine Mutter für mich die Hauptrolle als Biene Maja ergattert. Sie war ziemlich streng. Also musste ich mich darüber freuen und mindestens so stolz sein wie sie. Na ja …

»Und das wird eine Neun-Komma-fünf?« Da hab ich nun doch so meine Zweifel. Und nach »So ähnlich« klingt das auch nicht unbedingt.

»Wart's ab.«

»Bin ganz Ohr!«

»Jedenfalls hat Mutter …«

»Du sagst ›Mutter‹ zu deiner Mutter?«

Charly nickt energisch: »Jetzt lass mich doch mal ausreden.« Ich nicke ebenfalls, aber nicht energisch, sondern verständnisvoll, und versuche, ein reumütiges Gesicht dazu zu machen, was bei Charly einen Lachanfall auslöst.

»Also«, hebt sie wieder an und betont extra das nächste Wort, »*Mutter* hat mir ein Kostüm aus gelbem und schwarzem Nickistoff genäht, und natürlich Flügel für hinten und Fühler auf den Kopf. Das volle Programm. Ich hab meine Rolle gelernt, und die Aufführung hat wundervoll geklappt. Anschließend kamen Hunderttausend Eltern und Großeltern und haben mich gelobt und mir über den Bauch gestreichelt und gesagt: ›Tolles Kostüm. So ein schöner runder Bienenbauch. Das habt ihr ja toll mit Watte ausgestopft!‹«

Sie macht eine kurze Pause und ich ahne, dass irgendetwas mit der Watte nicht stimmt. Entscheide mich für goldenes Schweigen.

»Mein großer Bruder stand daneben und verkündete lautstark: ›Das ist doch keine Watte. Das ist ihr Bauch!‹«

»Oh nein!« Gehässige große Brüder können so anstrengend sein!

»Oh doch. Ich war früher nämlich …«

Ich schüttele den Kopf und unterbreche sie: »Du hast bestimmt schon immer großartig ausgesehen …« Das meine ich ernst, aber auch wenn es sich um ein Kindheitstrauma handelt, mehr als eine Sieben-Komma-neun kann ich ihr unmöglich geben, was ich jedoch genauso unmöglich sagen kann.

»Ho! Ho! Ho! Baby. Hast ja mal'n scharfet Fahrjestell«, werde ich unterbrochen. Den beiden – und das ist jetzt wirklich nicht übertrieben – gewaltigen Typen mit ausgewachsenen Fu-Manchu-Bärten, die im Wiegeschritt über den Rasen getrottet kamen, habe ich zuvor gar keine Beachtung geschenkt. Ausgerechnet bei uns sind sie wankend stehen geblieben und dünsten jede Menge Alkohol und Nikotin aus. Das riecht man sogar an der frischen Luft. Sie tragen dicke Bikerstiefel und Jeansjacken ohne Ärmel, aus denen beim Weihnachtsmann unbekleidete, dafür gewaltig fette Oberarme lugen. Den Nichtsprecher schätze ich auf Max zum Quadrat. Ein menschgewordener Pitbull. Sie halten lässig Bierflaschen in den Händen.

»Wat hängste mit so'ner Lusche ab. Komma lieba mit uns. Dann kannste ma richtige Kerls erleben.« Der Weihnachtsmann lacht, boxt Pitbull derb, sodass der neben Charly ins Gras kippt und lallt: »Jenau, coole Ansprache, Alda.« Seine Bierflasche kullert ins Gras.

Eigentlich habe ich mir heute schon ausreichend Lädierungen zugezogen, und jede einzelne Stelle tut weh. Ich kann keine weiteren gebrauchen. Und ja: Angst habe ich dazu auch noch und so was von überhaupt keine Lust, mich jetzt mit diesen Idioten auseinanderzusetzen. Aber was soll's?

Ich stehe also so energisch auf, wie es mir möglich ist, atme tief durch und hoffe, dass niemand sieht, wie mein linkes (bis hierhin noch intaktes) Knie vibriert. Meine Nerven nerven!

Der gute Jason Statham versucht immer, mit markigen Sprüchen seine Gegner vor sich selbst zu schützen. Das hab ich zwar schon vor einiger Zeit im Kino gelernt, es aber leider in der Zwischenzeit unterlassen, eine vernünftige Martial-Arts-Ausbildung für Situationen wie diese hier zu absolvieren.

Aber meinen Lieblingssatz aus *Homefront* – die Tankstellenszene – kriege ich auf die Reihe: »Jungs.« Ich muss mich kurz räuspern und setze immerhin ein halbe Oktave tiefer nach: »Jungs!« Das war schon besser. »Egal, was ihr denkt, überdenkt es noch einmal.«

Weihnachtsmann guckt glasig durch mich hindurch. Der liegende Pitbull versucht noch, Charly anzugrapschen, fängt sich eine von ihr, und Weihnachtsmann lallt: »Nix füa unjut, Froinde. Allet kiki, oda?«

Langsam wird es ungemütlich. Wie werden wir die jetzt wieder los? Ich nehme all meinen Mut zusammen, straffe meine Brust und sage so energisch wie möglich: »Guten Tag und guten Weg!«, und meine markigen Worte haben eine ungeahnt durchschlagende Wirkung. Wie auf Kommando stehen beide auf und trollen sich. Wow.

Ich bin ein wenig überrascht, aber auch ein wenig stolz auf meinen Erfolg und schaue Charly Beifall heischend an.

»Puh!« Ich streiche mir mit einer Na-wie-hab-ich-das-gemacht-Geste über den Kopf und komme mir ziemlich männlich vor. Charly lächelt mich an. Nein. Nicht ganz. Sie lächelt an mir vorbei.

»Alles in Ordnung hier bei Ihnen?«

Ich drehe mich erschrocken um. Keine zwei Meter von uns entfernt stehen zwei nachtblau gewandete Streifenpolizisten.

»Officers! Guten Abend.« Ich gucke zu viele amerikanische Serien und Filme und muss jetzt wieder aus dem Statham- in den Max-Mode wechseln. »Ja, ähm, hier ist alles so weit okay.«

Die beiden haben bei »Officers« synchron die Augenbrauen hochgezogen. Der eine schaut bedeutungsvoll zwischen der Weinflasche und den Fahrrädern hin und her, die neben uns im Gras liegen: »Sie sollten heute aber auch nicht mehr fahren.«

Dann tippen beide kurz an die Schirme ihrer Mützen. »Dann noch einen schönen Abend!«

»Danke, Ihnen auch.«

Sie umrunden uns und gehen zügig hinter Weihnachtsmann und Pitbull her.

Super. Ich hab eine Zehn geschossen!

Ich sinke zu der völlig entspannten und breit grinsenden Charly auf die Decke.

Ihr Handy summt, und sie nimmt das Gespräch an: »Hey. Na du … Gut so weit, und wie war's bei dir? … Hm … Hm … Ah, okay, kannste ja nachher noch mal genauer erzählen … Ja, gut denke ich … Klar ist er bei mir, wir sind hier noch vorm Reichstag … Wann? … Halb elf Strandbar ist gut … Aufm Rasen, ja, irgendwie so … Wir finden uns … Ja, fein, bis nachher!« Sie guckt mich kurz an: »Klausi!«

Ich nicke. Bolle is back. Oh Mann. Den hatte ich ja total vergessen. Muss ich mich jetzt ein bisschen schämen? Zudem weiß ich immer noch nicht, wie das mit ihm und Charly eigentlich war.

Jedenfalls nicht so, wie er wollte, nehme ich an. Aber was ist mit Charly? Wie steht sie zu ihm? Das macht irgendwie so einen … na ja … eher freundschaftlichen Eindruck. Also von ihrer Seite.

»Und?«

Charly hat schon einen Plan: »Was hältst du davon, wenn wir jetzt noch unseren Wein austrinken und dann zu meiner Galerie fahren? Da könnte ich dir dann, also sozusagen exklusiv, noch ein paar meiner Stücke zeigen. Aber nur wenn du magst.«

»Es wäre mir eine große Ehre, und ich fänd das absolut wunderbar. Aber nur, wenn es keine Umstände macht.«

»Natürlich macht das Umstände.« Charly lacht. Jetzt schubst sie mich ins Gras. »Aber das mach ich gern. Ich muss jetzt nur grad noch einmal telefonieren.«

Tja, für wen macht sie es gern? Für Bolle? Oder für mich? Oder weil sie einfach total nett ist? Und ich hab das hier so was von vergeigt. Vielleicht ist es auch ganz gut, wenn ich mal wieder runterkomme. Bevor ich mich noch verrenne … Sortier lieber erst mal dein Leben, bevor du so einem Hirngespinnst nachhängst, Max Schröder. Deine Frau hat dich verlassen, deine Tochter verachtet dich, sogar dein Chef nimmt dich nicht ernst, und du willst wirklich bei so einer Frau Chancen haben?

Charly ist aufgestanden und telefoniert mit dem Rücken zu mir mit ihrem Galeristen. Ihre Rückenansicht ist atemberaubend. Aber das geht mich ja nun nichts mehr an.

»So, alles klar!« Charly setzt sich wieder neben mich. »Veronica ruft ihren Assistenten an, der schließt uns auf, und dann kannst du in Ruhe gucken.«

»Toll. Danke schön. Ich fühle mich total geehrt!« Dazu bin ich aufgestanden und habe mich verbeugt.

»Das ist schön, aber jetzt bist du dran.«

Ich versteh sie schon wieder nicht. Alter Schwede, die Frau überfordert mich nun doch langsam etwas. »Ähm …«

»Na, mit dem Stellen einer zentralen Frage zum Leben.«

Ich muss kurz grübeln. Los, Thalamus, schick 'ne schlaue Info.

»Was ist für dich das größte Mysterium?«

»Dass sich Männer und Frauen, wenn sie sich nicht kennen, mit komischen Fragen überhäufen!« Charly lacht laut los, und ich gucke sicherlich etwas belämmert. »Und für dich?«, stellt sie gleich die Gegenfrage.

»Dass die Menschen nichts hinterfragen.«

»Zum Beispiel?«

»Als wir früher diesen Riesenklotz von Schwarz-Weiß-Röhrenfernseher hatten, war es ja durchaus noch vorstellbar, dass der ein oder andere kleinwüchsige Nachrichtensprecher oder die Maus oder ein Mini-Commander-Spock wirklich darin wohnte. Aber so ein Flachbildfernseher, wie passen die da alle rein?«

Charly nickt ernst, also rede ich weiter: »Wie ist das mit deinen Töchtern? Wundern die sich, dass sie auf ihren Smartphones Videos sehen können, man einfach durch die Luft mit Menschen spricht, die tausend Kilometer weit weg sind? Nein! … Genauso wenig verwunderlich ist es dann, dass man das dreckige Geschirr einfach nur *vor* die Spülmaschine stellen und alles am nächsten Tag wieder sauber aus dem Schrank nehmen kann.«

Endlich fangen Charlys Mundwinkel an, sich zu bewegen.

»Thema Geodreiecke. Wieso muss ich immer Geodreiecke nachkaufen. Irgendwo muss doch irgendjemand sein, der stapelweise Geodreiecke hat. Oder Frauenzeitschriften: Warum steht auf der einen Seite *Nimm dich an und werde glücklich, wie du bist* und zwei Seiten später *7 Kilo in 6 Tagen abnehmen*. Und dann das Institut für deutsche Sprache – kannst du mir verraten, warum das ausgerechnet in Mannheim ist?«

Charly lacht: »Du bist echt merkwürdig.«

Und dann stupst sie mich schon wieder.

Ich stupse zurück: »Ja, das kann ich leider nicht ganz ausschließen.«

QUANTENPHYSIK

Charly, Bolle und ich hocken auf der abschüssigen Wiese der *Strandbar Mitte* an der Spree und gucken von hinten auf das Bode-Museum. Interessantes Schattenspiel. Die Räder parken auf der Monbijoubrücke, wo sich vorhin Bolle zu uns gesellt hat.

Jetzt hängt jeder seinen Gedanken nach. Um uns herum lachende trinkende Menschen, die sich vom Leben erzählen beziehungsweise sich gegenseitig mit Lebensweisheiten beeindrucken wollen.

Ich habe es dann doch nicht mehr übers Herz gebracht, Charly nach ihrer Beziehung zu Bolle zu fragen. War mir etwas zu peinlich. Sie weiß ja, dass Bolle und ich gut befreundet sind. Ich werd das schon noch rauskriegen, und wenn sich herausstellt, dass Charly die Frau ist, die Bolle das Herz gebrochen hat, dann höre ich sofort auf, mich weiter zu verlieben. Versprochen. Das macht man schließlich nicht.

Der Abstecher in die Galerie »EigenArt« war sehr schön. Ein tolles Ambiente, in dem Charlys Objekte super zur Geltung kamen. Ich freu mich sehr für sie. Ein bisschen hatte ich mich festgeguckt, und mir gefiel auch die schon fast intime Atmosphäre. Allein mit Charly und ihren Objekten in einem minimalistisch ausgeleuchteten Raum hatte schon fast etwas Sakrales, nach dem Trubel, dem Lärm der Stadt und all den Menschen.

Das Raumgefühl war geprägt durch rohe Backsteinwände, von denen grob der Putz heruntergeschlagen worden war, und wuchtige T-Träger ersetzten die ein oder andere Wand, um Raum für auszustellende Kunst zu schaffen. Manche Bilder hingen an den Wänden, manche zwischen den Trägern frei im Raum. Kürzere T-Träger dienten als Säulen, auf denen kleinere Objekte platziert waren. Und Charly Riesenplastiken konnte man wahrhaftig dazwischen erleben. Alles war in blaues Licht getaucht.

Unpassenderweise musste ich an Rambo denken, als wir den Raum betraten. Und sagte das unpassenderweise auch: »Ich sehe blaues Licht.«

»Und was macht es?« Diese Frau war ein absoluter Traum. Na gut, sie war cineastisch liiert gewesen, was aber nicht bedeutete, dass sie jeden Filmzitatblödsinn mitmachen musste. Schon gar nicht im Angesicht ihrer eigenen Kunst.

»Es leuchtet blau.«

»Verstehe!«

Wir schauten uns an.

Ernst.

Sehr ernst.

Immer noch.

Immer noch.

Immer noch.

Immer noch.

Ich verlor und verzog als Erster den Mund zu einem breiten Grinsen. Aus Charlys Augen sprühte Lachen. Das war der Moment, in dem ich sie gern küssen wollte. Was ich weder tat noch versuchte. Im Gegenteil. Ich konzentrierte mich auf ein Bild, das überraschenderweise leicht impressionistisch daherkam.

Irgendwie verloren wir durch das Geplänkel ein wenig die Zeit, sodass wir Bolle anrufen mussten, wegen einer kleinen Verspätung. Das fand er nicht so lustig und begrüßte uns dann mit einem süffisanten »Na, ihr komischen Kinder!« sowie einer kurzen Vorwurfstirade über das Zuspätkommen. Schließlich wollte er uns so schnell wie möglich von seinem Nachmittag berichten.

Was er dann auch sehr detailliert tat: Bolle erzählte uns begeistert und ein wenig atemlos von seinem Meeting mit Verleger und Lektorin, mit denen er noch essen war, die sagten, dass sie seine Ideen und bisherige Umsetzung großartig fänden und sich bis Ende nächster Woche endgültig entscheiden wollten. Seinem Atem nach zu urteilen hatte er sich die Wartezeit mit Biertrinken vertrieben. Hohe Schlagzahl pro Zeiteinheit. Darin war er ja bekanntlich gut.

*

Nun sitzen wir hier und schweigen für einen kurzen Moment, nuckeln an unseren Bieren und lassen Bolles ausführliche Erzählung sacken.

In der Strandbar wird Tango gespielt, und auf der Tanzfläche verleihen Paare ihrem horizontalen Verlangen kurzfristig noch einen vertikalen Ausdruck. Besonders die Blonde mit dem Hammer-Dekolleté legt höchst rhythmische Hüftbewegungen hin, hui. Auch auf zwanzig Meter Entfernung sieht das ziemlich grandios aus. Um mal in der Diktion von Edward zu sprechen: Salma Hayek in Blond, nur ein bisschen größer. Ihr Körper scheint ein bisschen unschlüssig zu sein, ob er in dem hautengen dunkelroten Kleid mit nur einem Träger über der rechten Schulter schon drin ist oder doch lieber heraus möchte. Der Schlitz reicht von der Hüfte bis zum Knöchel und verstärkt den Eindruck noch.

Ihr Typ hat einen hellen Anzug und einen ebenso hellen Sommerhut im Stil der goldenen Zwanziger.

»Ich hab mal Schrödingers Katze recherchiert«, bricht Bolle nun doch unser Schweigen. Er hat wahrscheinlich nicht ganz unrecht, wir müssten mal ins Leben zurückkehren.

»Und?«, frage ich.

»Wer ist Schrödinger«, Charly guckt mich an, »du vielleicht?« Sie lacht und bufft mich ein bisschen. Vorhin, als wir alleine waren, gefiel mir das noch, jetzt fühlt es sich plötzlich komisch an.

»Nein, ich heiße doch Schröder. Und ich glaub, mit Nachnamen anreden ist eher so ein pubertäres Phänomen …«

»Na dann, wenn ihr meint, ihr seid da raus.« Sie guckt mit zusammengekniffenen Augen Richtung Tanzfläche, taxiert den Typ mit dem Hut und nimmt noch einen ordentlichen Schluck Bier. Dann rülpst sie vorsichtig hinter vorgehaltener Hand. Um sie selbst zu zitieren: süß. »Jedenfalls, Schröder, das ist ja auch nicht grad ein total geistreicher Name.«

Das hatte sie mich auch vorhin schon spüren lassen.

Sehr charmant, denke ich und sage: »Sehr charmant!«

»Delikatös, um genau zu sein«, sagt Bolle.

»So gesehen würde ich auch lieber ›von Hardenberg‹ heißen.« Uups. Das habe ich wirklich gesagt, werde aber dankenswerterweise dezent ignoriert.

Bolle beugt sich vor und schimpft mit dem Zeigefinger.

Charly wendet sich ihm zu. Weil sie zwischen uns sitzt, hat die Bewegung zur Folge, dass sie sich von mir abwendet. Das ist *immer* doof, wenn sich zwei Jungs um ein Mädchen bemühen. Das sollten wir nicht tun. »Und warum erzählst du nun dem Schröder was über Schrödingers Katze?«

»Frag besser nicht …« Ich winke ab.

»Also, pass auf«, sagt Bolle zu Charly. »Das war so: Ich hab Max gefragt, was passiert, wenn man ein Marmeladenbrot vom Tisch schmeißt.«

»Das ist irgendwie alt«, findet Charly, und mir ist Déjà-vu-mäßig zumute.

»Sehr alt«, bestätige ich, aber Bolle lässt sich wiederum nicht beirren.

»Jaja, schon klar«, gibt Bolle zu. »Und dann kamen wir halt zu der Stelle, wo ich Max gefragt habe, was passiert, wenn man das Marmeladebrot der Katze auf den Rücken bindet und die Katze dann …«

»Immer noch aaaaaaaaaaalt und saulangweilig«, sagt Charly ungeduldig.

»Aber nicht Max' Antwort«, sagt Bolle ein wenig stolz.

»Lass hören.« Sie ist jetzt wirklich interessiert. An Bolle, an mir oder an der Aussage? Lass es, Max. Du kannst nur verlieren!

»Max hat gesagt, dass sich das Universum faltet und die Katze auf den Pfoten landet und gleichzeitig das Marmeladebrot auch auf der Erde klebt.«

»Das weißt du noch?«, frage ich erstaunt.

»Warum nicht?«, tut Bolle überrascht.

»Na ja …«

»Ein Hektoliter Bier?« fragt Charly.

Ich nicke.

»Geht's euch noch gut?«, will Bolle wissen.

»Tjoaaaaaaaa«, sagen Charly und ich im Chor, nicken im Duett und lachen gleichzeitig los. Fühlt sich gut an. Vertraut irgendwie. Trotzdem ein bisschen falsch. Falls es so was gibt.

Bolle schüttelt pseudobeleidigt den Kopf. »Ihr tut ja grad so, als hätte ich ein Alkoholproblem.«

»Nee, der Alkohol hat eher ein Bolle-Problem«, sage ich und Charly und ich müssen schon wieder lachen. Und ich nehme mir vor, so etwas nicht wieder zu tun. Das geht Bolle gegenüber nicht. Wie tief stecke ich da jetzt schon drin? Zu tief! Scheiße!

Bolle schüttelt den Kopf.

»Und Schrödingers Katze?«, hakt sie jetzt nach.

»Ist ein physikalisches Experiment aus der Quantenphysik und in derselben Quatschdimension zu Hause wie das gefaltete Universum von Max.«

»Dich nehme ich jedenfalls nicht mit in meiner Zeitmaschine«, sage ich betont beleidigt und bringe damit Charly schon wieder zum Lachen. Hatte ich nicht gerade gesagt, ich wollte das nicht mehr?

»Jaja, winkt Bolle ab. Und von deinem Unsichtbarkeitspulver krieg ich auch nix ab.«

»Quantenphysik ist immer gut«, sagt Charly.

»Immer!«, nickt Bolle überzeugt. »Ohne Quantenphysik würden die Menschen immer noch glauben, Meerjungfrauen seien schöne liebe Wesen.«

»Und was ist nun mit der Katze?« Charly hat Bolles Einstieg nicht vergessen.

»Erwin Schrödinger war ein Physiker und die Sache mit der Katze ein reines Gedankenexperiment.« So weit, so gut, jetzt muss ich mich zusammenreißen, damit die Erklärung nicht in Klugscheißerei endet.

»Ach Max«, unterbricht Bolle.

»Nein, nein, nein. Ich will das hören«, sagt Charly, und es ist wohl besser, auf sie zu hören.

»Also, die Idee ist folgende. Man nimmt eine lebendige Katze und sperrt sie in eine Stahlkammer. Zusammen mit der Katze kommt außerdem ein sogenanntes Geigersches Zählrohr hinein, in das eine kleine Menge radioaktives Material eingefüllt wurde. Jetzt kann es sein, dass innerhalb einer Stunde eines der enthaltenen Atome zerfällt oder eben auch nicht. Zerfällt es, wird über einen, ähm, na ja, ziemlich fiesen Mechanismus ein Gefäß mit Blausäure zerstört, der die Katze tötet.«

»Bäh, wie gemein«, findet Charly.

Ich nicke. »Der Punkt ist nun der, dass man erst weiß, ob ein Atom zerfallen, also die Katze tot ist, wenn man die Kammer öffnet. Solange die Kammer geschlossen ist, kann die Katze also entweder tot oder lebendig sein. Gleichzeitig.«

»Die Erklärung mit dem gefalteten Universum fand ich lustiger. Apropos: Die nächste Runde geht auf mich.« Charly steht auf und schnappt sich unsere leeren Flaschen.

Bolle und ich versuchen noch zu widersprechen, aber sie meint, im Zuge der Gleichberechtigung dürfe sie ja wohl wenigstens mal drei Bier bezahlen.

Plötzlich fühlt es sich komisch an, mit Bolle allein zu sein.

»Ich finde das wirklich toll, mit dem Verlag«, sage ich etwas holprig.

»Und ich finde das wirklich scheiße, mit dir und Charly!«

»Mir und Charly?«

»Ich hab sie zuerst gesehen, du Arsch.« Bolle zischt das nur.

»Jetzt mal langsam. Da verstehst du aber irgendetwas ganz falsch.«

»Wohl kaum. Glaubst du, ich merke nicht, wie du mit ihr flirtest.«

»Ich wusste nicht, dass ihr zusammen seid.«

»Sind wir auch nicht. Du gibst also zu, dass du geflirtet hast?«

»Quatsch. Im Übrigen hättest du wirklich vorher mal ...«

»Was ist denn hier für 'ne komische Stimmung?« Charly ist schon wieder da, verteilt die Bierflaschen, und wir stoßen an.

»Nee, alles gut, echt!«, lüge ich und gucke zu ihr hoch.

»Total delikatös«, lügt Bolle und guckt geradeaus.

»Na dann ...« Charly setzt sich wieder.

Bolle schweigt.

Ich schweige.

Charly schweigt mit.

Wir schweigen alle.

Die Zeit dehnt sich höchst unangenehm.

Ich räuspere mich, die beiden schauen zu mir rüber, aber mir fällt doch nichts ein.

Also schweigen wir weiter und starren Löcher in die massiven Mauern des Bode-Museums. Was steht eigentlich auf Mittäterschaft bei einem Kunstraub?

»Was wollen wir denn noch so machen?«, will Charly irgendwann wissen.

Eigentlich bin ich saumüde, und heute ist schon so viel passiert, ich muss keine Blausäure mehr atmen.

Stattdessen sage ich: »Magst du tanzen?« Ich deute mit dem Kopf unten auf die Tanzfläche. Die Frage ist schon sehr nah an Blausäureatmen, denn ich kann nur ein ganz bisschen Cha-Cha-Cha und auch das ist im Kurz-vor-der-Hochzeit-Auffrischungstanzkurs gewesen. Vor sechzehn Komma fünf Jahren. Und Bolle versucht, in seinem Hirn Laserstrahlen zu produzieren, mit denen er mich durch die Augen töten kann.

Charly schüttelt den Kopf: »Nach Tango ist mir heut überhaupt nicht, aber total lieb, dass du gefragt hast. Ein andermal, ja?«

Ein andermal? Ein andermal? Und schon ist das Ziehen in Herz und Bauch zurück. Ach, Blödsinn, das hat sie nur so gesagt. Und da ich jetzt sicher weiß, dass Bolle bezüglich Charly Ambitionen hat, drücke ich die Gefühle weg.

Das kann Bolle nicht auf sich sitzen lassen: »Club?«

»Klingt gut.« Charlys Augen leuchten begeistert, und ihre Stimme ist fröhlich auffordernd. *Sie* hat wahrscheinlich große Lust.

Es ist mittlerweile kurz vor zwölf, und ich bin ehrlich gesagt zu müde für eine weitere Location (so spät gehe ich auch am Wochenende so gut wie nie ins Bett), aber diese Ehrlichkeit verkneife ich mir lieber. Ein Espresso oder eine Cola werden es gleich richten müssen.

»Auf jeden Fall!«, gebe ich an.

»Cool, Alter!« Für Bolle steht das ja eh außer Frage. Er legt Charly einen Arm um die Schultern. »Berghain?«

»Ja, klar!«, lacht Charly. »Berghain, was sonst?«

»Ham die denn schon offen?«

Was heißt denn »schon«? Egal. Richten wir also unseren Biorhythmus zugrunde. Da muss ich jetzt wohl mit.

Charly guckt auf die Uhr. »Wie immer: eine Minute vor zwölf. Dann ist zwar noch nicht so richtig was los, aber heute legt ein guter Freund von mir auf. Das ist doch superfein.«

Klar. Charly hat viele gute Freunde. Maler, Schauspieler, Musiker, DJs … Bolle. Ein Ingenieur hat ihr da sicher gerade noch in der Sammlung gefehlt.

»Kennst du immer noch …?«

»Natürlich, kenn ich immer noch, Matze! Aber der ist da schon lange nicht mehr an der Tür …«

Ich verstehe vor lauter Insidergequatsche nur Bahnhof. Außerdem versetzt mir das vertraute Rumgeblödel der beiden einen kleinen Stich. Ja, ich weiß. Die kennen sich aus dem Studium. Aber wenn sie »nur Freunde« gewesen wären, hätte mir Bolle ja auch schon vorher mal was erzählen können. Fakt ist: Nun ist Bolle dran.

»… Jetzt sind meist Rasim oder Nico da. Aber die gehen auch klar.«

Ich strecke den Arm nach oben, wie in der Schule: »Ähm?«

»Sorry, Schatz«, sagt Charly übermütig und stürzt mich damit einmal mehr in verwirrte Verwirrtheit. In meiner Welt benutzt man

»Schatz« für seinen Schatz. Entweder bin ich jetzt Charlys Schatz, oder in ihrer Welt ist das eher so ein allgemeingültiger Ausdruck. Ich tippe also, dass es B sein muss. »Wirst du gleich merken.«

Charly erzählt von DJs, die dort auflegen und mit denen sie schon Vernissagen gemacht hat. Bolle nickt wissend und sieht unheimlich cool aus in seinem schwarzen Anzug, dem weißen Hemd und dem bunten Schal. Ihm ist viel zu warm, und er schwitzt, aber er sieht gut aus.

Charly ist wunderschön, wirkt schon fast entspannt und hat Ahnung von der Musik- und Clubszene.

Ich stehe bräsig daneben und verstehe nur Bahnhof. Plus minus ein paar Jahre sind wir schließlich alle irgendwie ähnlich alt. Und wenn ich auch weiß, dass Sting eigentlich Gordon Sumner heißt oder Jeff Pocaro von Toto tot ist – so ab Mitte der Neunzigerjahre hab ich irgendwie den Anschluss und Überblick verloren. Ferner ist zu konstatieren, dass meine Gelenke schmerzen und mein Hemd nicht mehr ganz taufrisch ist. Ach ja, Hundekacke hört nicht wirklich auf zu stinken, wenn man sie nur notdürftig auswäscht.

»Stehen siebzehn Blondinen vor einer Disco.« Bolle ist nicht zu übertreffen.

»Du darfst eigentlich gar nicht mehr fahren bei deinem Pegel.« Den Hinweis bin ich ihm schuldig. Natürlich ignoriert er ihn.

Ich stelle mir vor, dass Charly ein Max- und ein Bolle-Konto hat, auf dem Plus- und Minuspunkte eingetragen werden. Was ich mir nicht vorstellen kann, ist, was als Pluspunkt und was als Minuspunkt zählen könnte, vermute allerdings, dass sich meine Waage deutlich gen Minus neigt. Max, tickst du noch richtig? Was sind das für bekloppte Gedanken?

»Sagt der Türsteher: ›Warum wartet ihr denn? Wollt ihr nicht reinkommen?‹ Antwortet eine Blondine: ›Wir warten noch auf eine Freundin. Schließlich müssen wir doch achtzehn sein, um reinzudürfen.‹«

DER GYNÄKOLOGISCHE FREUND

»Charly!«, ruft jemand und kommt auf uns zu. Wir hatten uns gerade auf den Weg zu unseren Fahrrädern gemacht.

»Hey, Gerry!«, ruft Charly zurück.

Der Typ geht zu Charly, nimmt sie in die Arme, fasst ihr an den Po und küsst sie auf den Mund. Also eigentlich küsst er sie nicht auf den Mund, er schiebt eher seine Zunge in ihren. Was ist denn das für ein Begrüßungszeremoniell?

Da bemerke ich: Das ist der Tänzer mit dem Hut und der blonden Salma. Sieht ein bisschen aus wie Hugh Jackman. War ja klar.

»Max, Klausi …« Charly dreht sich uns zu, während der Schönling immer noch die Hand um ihre Taille gelegt hat. »Das ist Gerold. Mein Freund.«

»Dein Freund?« Bolle guckt wie vom Blitz getroffen.

Sie hat 'nen Freund. Natürlich hat sie einen Freund. Wer ist auch so doof und denkt, eine Frau wie Charly wäre Single. Nur verheiratete verlassene Männer können so vollidiotisch sein. Dass es Bolle als erfahrenen Gigolo trifft, beruhigt auch nicht wirklich. Jedenfalls gehöre ich wohl selbst zu der Gattung der Voll-Horste. Also, Voll-Max in diesem Fall. Voll Scheiße.

»Gerold Nital«, sagt der Typ fröhlich und streckt uns die Hand entgegen. So glasig wie der aussieht, hat er heute deutlich mehr getankt, als sein Gehirn verträgt.

»Hi! Max!«, begrüße ich mich heute zum wiederholten Mal selbst. Ein bisschen kratzig. Dann fange ich mich.

»Klaus!«, sagt Bolle und guckt immer noch belämmert. Ich habe schon seit hundert Jahren nicht mehr gehört, dass sich Klaus Bollmann als Klaus vorgestellt hat. Diese Klausi-Nummer ist ja schon lächerlich genug. Muss ein Berlin-Phänomen sein.

»Hahaha. Max und Klaus. Ich finde ja, Namen mit nur einer Silbe sind keine Namen, sondern eher Geräusche. Hahahahaha-hahahaha!« So charmanten Small Talk, wie der absondert, hat er heute einen kleinen Alk-See inhaliert und sieht aus gutem Grund glasig aus.

»Du heißt G. Nital?«, frage ich im Gegenzug. »Wahrscheinlich bist du Gynäkologe? Kennt ihr Peter Immel? Aus *Der kleine Bruder* von Sven Regener. Spielt ja auch in Berlin. Wisst ihr bestimmt. Total bekloppt, hab ich gedacht, als ich das gelesen habe. Aber lustig. Dass ein Autor sich so was Doofes traut. Und jetzt heißt du wirklich so. Aber so ist das wohl immer. Das tatsächliche Leben ist immer noch ein bisschen merkwürdiger als ein ausgedachtes.«

Bolle hatte mich zwischendurch schon verschiedentlich geboxt, um meine Rutschpartie auf der Fettnapfpiste des tatsächlichen Lebens auf unter fünfzehn Stundenkilometer zu drosseln. Leider erfolglos. Eifersuchtsgeladener Small Talk ist voll mein Ding. Was ist bloß in mich gefahren?

»Sehr lustig, ähm. Max. ›Max‹ stimmt doch?! Das ist ja wirklich ein *ganz* neuer Witz.« sagt Gerold.

»Na jedenfalls …«, versucht Charly zu entschärfen.

»Ja echt mal«, sagt Bolle. Ausgerechnet der. Nur weil ich ausnahmsweise seine Rolle übernommen hab. Er guckt Gerold ironisch-mitleidig an: »Das musst du Armer dir bestimmt oft anhören.«

Gerold schüttelt den Kopf. »Nur wenn ich mit unreifen Idioten zusammen bin.«

Huh, Hochwürden sind empfindlich.

»Unterschiedliche Menschen finden eben unterschiedliche Dinge lustig«, springt Bolle mir nun doch bei. »Aber wir nehmen ja auch unterschiedliche Medikamente.«

»Gerry, lass das doch bitte.« Charly schaut ihn unglücklich an. Und ich bin daran schuld.

»Okay, okay. Hast recht. Lassen wir das. Und – are you lucky?«, fragt Gerold nun jovial in die Runde, als sei vorher nichts gewesen.

Und schon wieder ein Denglisch-Spezialist.

Anscheinend hab ich auch so geguckt, denn Charly erklärt: »Er ist oft für Ärzte ohne Grenzen unterwegs.« Na super, ein Gutmensch. Dagegen kommt man nicht an. Ich war auch schon in Peking, Vancouver und Boston. So what? Muss ich deswegen ständig »Ähm, wie sagt man in Deutsch?« fragen? Vorhin hat sie sich noch über Jerome Ferdinand Dingenskirchen lustig gemacht. Und jetzt?

»Nee«, sagt Bolle energisch. »Max und ich sind ja Menschen. Und haben mit Lucky, also Alfs Katze beziehungsweise der Katze der Tanners, nicht wirklich was am Hut.«

Gerold verdreht die Augen. Charly atmet aus. Ich muss grinsen.

»Was macht *ihr* denn charitymäßig?«, fragt der Arzt ohne Grenzen. »Ohne Charity und das Ehrenamt wäre ja unsere Gesellschaft nicht da, wo sie jetzt ist.«

Puh, da hat er Bolle und mich ja mächtig am Schlafittchen. Ich habe zwar immer geholfen, wenn bei Julia im Kindergarten oder in der Schule ein Raum anzustreichen war, für einen Sponsorenlauf größere Beträge zu spendieren waren, und zum Elternvertreter hab ich mich auch einmal wählen lassen. Aber ich bin kein freiwilliger Feuerwehrmann und hab auch nie Kindergottesdienst gemacht.

»Da hast du recht«, räume ich reumütig ein.

Seinem Gesichtsausdruck nach zu urteilen, wollte Gerold genau das hören.

Mich stört trotzdem, dass er immer noch seine dreckigen Pfoten um Charlys Taille gelegt hat. Auch wenn mich ihre Taille nichts angeht. Und so wie sie stocksteif dasteht, fühlt sie sich in seinem Arm auch nicht so hundertprozentig wohl. Was an Bolle liegen kann, oder an mir oder einfach nur daran, dass Gerold trotz aller Gutmenschelei ein Vollidiot ist. Allerdings ist sie mit ihm zusammen ... ich raffe das nicht. Aber was Martina von Dennis will, raffe ich auch nicht.

»Hiiiiiiiiiiiiiii!«, piepst plötzlich Salma Blond mit den Riesentitten aus dem Hintergrund mit einer schrillen Bonbonstimme los. »Ich bin die Mindy.« Das Kleid ist gar nicht dunkelrot, sondern dunkelpink mit schwarzem Tigermuster und sieht so auf die kurze Distanz einfach nur, ähm, nuttig aus. Bei Frau Hayek muss ich mich auch entschuldigen. Wenn ein Vergleich zieht, dann doch eher der mit Frau Katzenberger.

»Et voilà: Blondine Nummer achtzehn«, stellt Bolle trocken fest.

»Mindy?«, fragen Charly und ich wie aus einem Mund.

»Weil deine Eltern sich nicht zwischen Mandy und Cindy entscheiden konnten?« Danke, Bolle!

»Woher weißt du, wie die beiden heißen?« Mindy guckt auf ihren okolytenhaften Vorbau, kichert und rempelt Gerold an. Sollte wahrscheinlich ein verschwörerischer Versuch werden.

Charly hat sich von Gerold gelöst: »Ähm, Gerold?«

»Ach so, ja, das ist Mindy.«

»Das sagte sie schon. Aber wer ist sie?« Charly kann auch sehr streng sein.

»Gerold hat schon voll viel von dir erzählt!« Mindy klimpert mit den angeklebten Wimpern. Während Mindy mit der Dreieckssituation anscheinend keine Probleme hat, unterließ Gerold es offensichtlich, Charly über sein Fremdpimpern in Kenntnis zu setzen.

Dann plappert Mindy fröhlich weiter auf Bolle und mich ein, Augenaufschlag Richtung Gerold: »Ich bin seine Sprechstundenhilfe. Das ist voll schön. Und es ist ja auch voll schwierig, jemanden zu finden, der keine Probleme mit einer offenen Beziehung hat. Ich bin so richtig glücklich mit denen!«

Da scheint sie hier die Einzige zu sein.

Während Mindys Vortrag hat Charly den Mund auf und wieder zu gemacht. Die naheliegende Frage stellt sie nicht und entscheidet sich offensichtlich gegen eine Szene.

Gerold räuspert sich und verzieht das Gesicht.

Was genau hatte er sich wohl gedacht, was passieren würde, wenn er mit seinem Betthäschen im Schlepptau auf seine Freundin trifft?

»Ja, dann euch noch einen schönen Abend. Wir wollten sowieso grad los. Mir geht's nämlich nicht so gut«, sagt Charly und hakt sich trotzig bei Bolle und mir ein. Ich denke daran, dass wir heute Nachmittag auf die Treue angestoßen haben – und nun das!

»Oh, was hast du denn? Kann ich was für dich tun?« Der untreue Saubeutel Gerold tut plötzlich sehr dienstbeflissen. Der Gutmensch mit den zwei Gesichtern.

Charly sieht so aus, als müsse sie gleich kotzen. Also sage ich schnell: »Sie hat Glucodermaphobie. Akuter Anfall. Wir müssen jetzt echt los.«

»Oh, das wusste ich gar nicht. Da könnte ich doch …«, sagt Gerold.

»Ihhh!«, fiept Mindy sensibel. »Ist das ansteckend?«

»Und wie!«, nicke ich engagiert.

Doktor Gerold fährt sich mit dem Handrücken über den Mund, den er leicht angewidert verzieht. Der Mann ist Mediziner und müsste doch Latein können. Da bleiben Fragen offen.

»Lass mal«, winkt Charly ab. »Max und Klausi machen das schon. Du hast sicher noch was vor.«

»Genau, Roldipupsi!«, meldet sich jetzt Tittenbarbie zu Wort. »Wir wollten doch noch …«

Roldipupsi! Sie hat ihn Roldipupsi genannt.

»Ich rufe dich morgen an«, beendet der Flatulenzkönig den geistreichen Austausch, dreht sich um, legt Mindy die Hand auf den Rücken und schiebt sie einfach in die entgegengesetzte Richtung von uns weg.

Hilfe, war das peinlich. Für alle. Aber am meisten tut mir Charly leid. Was ich ihr auch sage.

»Schon gut«, antwortet sie. Was gelogen ist, wie ich meine, ihr ansehen zu können, aber das kann sie jetzt ja schlecht mit Bolle und mir ausdiskutieren.

»Du hast Angst vor Haut, die sich auf warmer Milch bildet, wenn man sie zu lange stehen lässt?« Bolle ist nicht nur ein Phobien-, sondern auch ein Sensibilitätsspezialist.

Charly fängt an zu glucksen. Dann an zu lachen. Schließlich kann sie sich nicht mehr halten. Ein bisschen hysterisch. Aber sie lacht. Ich denke, ich weiß, wie sie sich fühlt. Ich war schließlich auch schon unfreiwillig Teil einer offenen Beziehung. Aber irgendwie anders. Martina hatte in der Zeit wohl nur Sex mit Dennis. *Das* sieht hier völlig anders aus.

»Das heißt das?«

Ich nicke und lache auch: »Das heißt das!«

Bolle guckt irgendwie unzufrieden.

Das ist Charly egal: »So, Jungs. Clubbing ist ein andermal. Nehmt's mir nicht übel, aber ich denke, es reicht für heute!«

KAPITEL 5

»MAAMAAAAAAAAA!«

FREDDIE MERCURY

WECH ISSER!

»Warte, ich helfe dir!«

Charly hat die Nebeneingangstür aufgeschlossen, und ich will gentlemanlike die Räder mit in ihren Keller bringen. Sie macht das Licht an, und ich trage ihr Fahrrad die Stufen hinunter.

Bolle steht derweil draußen mit Händen in den Taschen und guckt in den Nachthimmel. Ist ja klar, dass er keine Anstalten macht, zu helfen. Es sind irgendwie immer die etwas böseren Jungs, die die meisten Mädchen abkriegen. Wie sonst sollte man wohl das Phänomen Bolle oder die Sache mit der Anwältin und dem Tattoo-Typen erklären?

Andererseits: Charly ist bei ihm nicht drauf angesprungen. Ist das ein Zeichen?

»Soso«, ruft Bolle hinter uns her. »Ihr seid also noch schön ohne mich Cabrio gefahren. Wo ging's denn hin?« Der böse Junge ist ja wohl nicht immer noch eifersüchtig?

»Was? Wieso?« Meine Stimme klingt in diesem Verlies etwas hohl.

»Schreit bitte nicht so rum«, sagt Charly. Ich verstehe, dass sie auf keinen Fall Pelzig & Co. auf den Plan rufen will.

»Was?«, brüllt Bolle.

Charly schüttelt den Kopf. Ich gehe die Stufen wieder hoch und gucke Bolle an. Dann auf die Stelle, wo ich vor ungefähr einem halben Tag mein Auto platziert hatte.

Dann wieder zu Bolle.

Der zeigt auf einen roten Renault Twingo. »Ich dachte, wir hätten hier vorne geparkt.«

Scheiße. Ich auch!

Ich gucke. Mache die Augen zu. Wieder auf. Wanke.

Charly steht neben mir, gestikuliert und sagt irgendwas. Aber ich sehe nur, wie sie sich in Zeitlupe bewegt und Worte aus ihrem Mund kommen, die es aber nicht bis an mein Ohr schaffen. Ich laufe den Bürgersteig erst zwanzig Meter nach links, dann nach rechts.

Nichts. Neeeeiiiiiiiiin! Das ist doch jetzt nicht wahr. Das passiert mir doch jetzt nicht wirklich. Hatten wir nicht eben erst verabredet, dass es für heute reicht? Na gut, genaugenommen ist ja jetzt Sonntag, also ein neuer Tag. Alle anderen schönen und merkwürdigen Dinge sind am Samstag passiert, also gestern.

»Er ist weg, oder?«, hauche ich. »Das gibt's doch nicht. Wo ist mein Auto?«

Erst war mir gar nicht klar, was da an dem Bild vor Charlys Haustür nicht stimmt. Denn da steht ja nicht kein Auto. Der Parkplatz ist besetzt. Auch mit einem roten Auto. Aber eben nicht meinem. Sondern einem uralten roten Twingo, der mich mit einer die gesamte Tür bedeckenden Rolling-Stones-Zunge verhöhnt.

Bolle ist zu besoffen, um empathisch oder konstruktiv oder sonst irgendwie hilfreich zu sein. Also labert er erst etwas davon, dass Dinge nie weg sind, sondern nur woanders, und gibt dann den Louis de Funès – sowohl sprachlich als auch bewegungstechnisch. Wobei Letzteres weniger nach Louis, dafür mehr nach verunglücktem Headbanging aussieht, und Ersteres, na ja: »Nein ... Doch ... Oh!«

Keine Spur von meinem Auto. Das ist so was von woanders.

Oder ist mein Boxster ein Transformer und in Wirklichkeit ein Twingo mit Berliner Kennzeichen?

Ich möchte am liebsten das System anhalten, runterfahren und neu booten. Ist das alles nur ein Traum?

Sitze ich in Wirklichkeit mit Martina auf unserer Terrasse, wir trinken, genießen den Frühling und planen unseren Urlaub auf Sylt?

Fühlt sich im Verhältnis zu dem Tag mit Charly auch irgendwie falsch an. Zumindest wenn man die hässlichen Teile weglässt. Ich mag Charly wirklich. Alles an ihr, auch das, was mich verwirrt. Zum Beispiel eine Geschmacksverirrung namens Gerold Nital.

Aber: Wo. Ist. Mein. Verdammtes. Auto?

»Träume ich?« ist das Einzige – zugegeben nicht besonders Geistreiche –, was mir in diesem Moment einfällt. Ich müsste wütender sein, aber stress- und zeitbedingte Müdigkeit sowie Adrenalin halten sich in etwa die Waage.

»Nein!« Charly kneift mich vorsichtshalber erst mal.

»Aua!«, schreie ich. »Wie kannst du das wissen?« Die Hoffnung stirbt zuletzt.

»Na, weil ich doch hier neben dir stehe!«

»Aber du kannst doch auch in meinem Traum neben mir stehen und mich kneifen.«

»Würde es wehtun?«

»Weiß ich nicht.«

»Träumst du sonst auch in Farbe?«

»Ist ja Nacht und alles irgendwie gräulich.« Egal. »Ich! Will! Mein! Auto! Wiederhaben! Jetzt! Sofort!«

Bolle gibt sich nachdenklich: »Man bräuchte eine Menge Kobolde. Oder Feen. Keine Orks jedenfalls. Aber möglich wär's!«

JAWOLL, HERR WACHTMEISTER!

»Sie ham 'nen Porsche inne Luitpoldstraße abjestellt?«

Einer der beiden diensthabenden Beamten ist zu uns zum Tresen gekommen. Er nennt eine ausgewachsene tiefschwarze Thomas-Magnum-Schnottbremse sein Eigen und versucht, hilfsbereit unter Augenbrauen schnurrbartähnlichen Ausmaßes hervorzuschauen.

Der andere sitzt mit hinter dem Kopf gekreuzten Armen an seinem Schreibtisch und versucht, interessiert zu gucken. Für den farbechten orangeroten Wuschelhaarkranz würde Pico der Clown töten.

Ich interpretiere die Frage als rhetorisches Mittel der Bestätigung und sage: »*Meinen* Porsche, um genau zu sein. Ja. Warum?«

Die beiden Ordnungshüter starren sich angestrengt an, vergessen erst ihre Versuche des hilfsbereiten und interessierten Guckens und dann das Ausatmen, sodass ihre Gesichtsfarbe einen kritischen Rotton annimmt, da sich beide offensichtlich wesentlich lieber auf den Boden werfen und vor lauter Gaudi mit den Fäusten auf demselben herumschlagen würden. Genauso gut hätte ich also wohl fragen können, was unnormal daran ist, einen Pinguin aus dem Zoo mitzunehmen, oder dass ich die elektrische Zahnbürste wohl besser nicht angeschaltet hätte, solange sie in meinem Hintern steckt.

»Von Ihn' is wohl keena us Balin, wa?«, will Magnum nun wissen, der entweder zu Zugereisten im Allgemeinen, zu vorgerückter Stunde im Besonderen oder eben überhaupt keine Lust hat, Hochdeutsch zu versuchen.

Charly sucht irgendetwas auf dem grauen Linoleumfußboden, dessen frisch gebohnerte Oberfläche dem Raum eine wunderbar eigenständige Duftnote verleiht: eine Mischung aus Schule und Bahnhofsklo. Bolle lehnt auf ausgestrecktem Arm an der Wand, als gäbe es grad nichts Interessanteres zu sehen oder zu erleben als die Fahndungsfotos von Berliner Handtaschendieben.

Den Zusammenhang zwischen Ureinwohnereigenschaft und Autoparklocation hätte ich schon gerne gewusst: »Weil ...?«

»Na, weil die Luitpoldstraße direkt uffe Polen-Russland-Sportwagen-Importroute liegt.«

Daraufhin verliere ich erst die Contenance und dann die Kontrolle über meine Gesichtsmuskeln, was offensichtlich einen überaus belämmerten Ausdruck meinerseits generiert, sofern ich davon ausgehen kann, dass die Spiegelneuronen der beiden Gendarmen tatsächlich eine Reaktion in ihrer Mimik ausgelöst haben.

»*Was?*« Purer Impuls. Mit der Hand dazu auf den Tresen schlagen auch. Natürlich habe ich längst verstanden, was Oberwachtmeister Dimpfelmoser gesagt hat.

»In dieser Gegend werden viel Autos geklaut!«, versucht Pico es mit therapeutischem Hochdeutsch.

»Ich hab's verstanden!«, bluffe ich ihn an.

Herr, schenk mir Geduld. *Sofort!*

»Hör mal ...«, fängt Charly an.

»Hören Sie«, sagt Pico. »Vielleicht wäre es besser ...«

»Passen se uff«, findet Magnum.

»Ganz ruhig, Alter.« Bolle hört auf, die Wand abzustützen, und kommt zu uns rüber an den Tresen.

»Schon gut. Schon gut. Schon gut.« K.I.T.T.! Hilf mir!

Ich stehe mit erhobenen Armen im Raum, atme zunächst tief ein und lasse die Luft anschließend geräuschvoll ausströmen. Ich kann mich ja schließlich auf einer Polizeiwache in der Bundeshauptstadt nicht aufführen wie ein strunkeliger Marsianer, der high von Achondritenstaub mit seiner Untertasse unkontrolliert durchs Universum trudelt – Navi von Saturn hin oder her. Obwohl mir danach wäre. Und Charly würde ich auch gern was erzählen. Was ich aber unter Aufbietung aller nicht vorhandenen Selbstbeherrschung unterlasse. Ist eh alles schon ein bisschen speziell hier.

»Nehmen Sie jetzt die Anzeige auf oder nicht?« Für so eine Lappalie wie einen Autodiebstahl rückt natürlich keine forensische

Einheit aus. Wir sind fein in die nächste und anscheinend auch zuständige Wache marschiert.

»Ham Se jetrunken?«

Oh Mann! »Ja, ein bisschen, aber wir sind ja nicht gefahren.«

»Jut.« Magnum knallt ein Formular auf den Tresen. »Papiere?«

»Schere!«, juchzt Bolle. »Ich hab gewonnen!«

Pico grinst und Magnum stöhnt.

»Na ja«, sage ich.

»Wie ›na ja‹?«

»Also …«

»Ja?«

»Das ist ein bisschen kompliziert.«

»Wat isn an Papiern kompliziert? Jehört Ihn det Auto nich, isset nich zujelassn, ham Se keen Führaschein, oda wat? Wat wolln Se denn hier?«

Was hab ich dem denn getan?

»Nicht aufregen. Is 'ne schwierige Situation für *ihn*. Nicht für uns.« Pico versucht, Magnum zu beruhigen, indem er über mich spricht, als wär ich gar nicht da.

»Schon jut«, brummt Magnum.

»Ich hab die Mappe mit Fahrzeugschein und Führerschein im Auto.« Weil mein toller Freund hier Herrenhandtaschen zu spießig findet, was Charly-mäßig auch voll zutreffend war, automäßig aber eine völlig verblödete Idee.

»Wat ham Se?«, fragen Pico und Magnum wie aus einem Mund.

»Was hast du?«, fragen Charly und Bolle aus einem Mund.

»Mann, habt ihr 'ne kollektiv-kreative Fragedidaktik.«

»Schon jut. Strafbar isset nich, nur dämlich«, findet Magnum

»Danke!«

»BPA?«, fragt Pico geduldig.

»Was?«, fragt Bolle.

»Bundespersonalausweis«, sage ich, weil ich als Anwaltsgatte – was wahrscheinlich eine Analogerscheinung zu den Zahnarztfrauen in der Fernsehwerbung ist – oft genug in Vertragsentwürfen die Formulierung gelesen habe, dass sich die Erschienenen durch Vorlage ihrer Bundespersonalausweise auswiesen blablablabla.

»Stimmt«, sagt Pico.

»Dasselbe Problem«, sage ich.

»Davon ham Se scheinbar 'ne Menge«, kommentiert Magnum. Meine Fresse, geh Higgins nerven oder den Ferrari waschen.

»Kann sein, aber sollten Sie mir nicht zumindest bei einem davon helfen?«

»Ham Se wenigstens den Schlüssel dabei?«

Mein Linke fährt in die linke Hosentasche, meine Rechte in die rechte. Nichts. Natürlich. Ich ziehe die Schultern hoch und gucke zu Charly: »Müssen noch in deiner Wohnung sein.«

Sie nickt.

»Na jut«, lenkt der stolze Moustacheträger desillusioniert ein und klemmt sich gnädig hinter seine Tastatur. »Dann schießen Se ma los!«

Also leiere ich meinen Namen, Wohnort und andere Identifikationsmerkmale herunter, erkläre, *was* passiert ist und *wo*, bin mir unsicher beim *wann* und auch beim *wie*, schließlich bin ich ja kein professioneller Autodieb.

Magnum stochert auf der Tastatur herum, fuhrwerkt weiträumig mit der Maus über den Tisch, tippt wieder etwas, guckt hoch und liest dann sehr langsam vor: »Det fragliche Fahrzeug is zujelassen uf eenen Bonifatius Clemens Maximilian Anselm Schröder.«

»Bonifatius?«, fragt Charly.

»Anselm?«, fragen Pico und Magnum wie aus einem Mund. Sie müssen sich schon wieder zusammenreißen, um nicht dem drohenden Lachflash zu erliegen.

Bolle grinst wissend. Ich zucke mit den Schultern. »Ich bin katholisch. Aus Paderborn. Na und? Können wir jetzt weitermachen?«

Unter anderen Umständen hätte die illusorische Korrelation hier wahrscheinlich eine sowohl nachtfüllende als auch schenkelpalpitierende Heiterkeitsveranstaltung ausgelöst, aber glücklicherweise muss ich nicht sagen, was ich grad fühle. So wie die hier alle aussehen, haben sie verstanden, dass das nicht der Moment zum Lachen ist – zumindest nicht für mich.

»Nächster Punkt: Warum isset passiert?«

Bolle prustet los: »Was ist das denn für 'ne Frage?«

»Weil irgendjemand in Warschau oder Nowosibirsk oder sonst irgendeinem Kaff in Weitwegistan einen Porsche bestellt hat.« Wollen die mich verhohnepiepeln? Was soll man denn dazu auch sagen? Wie soll man dabei sachlich bleiben? Außerdem stinkt es hier furchtbar nach Linoleum-Reiniger und Schweiß. Nicht nach meinem, wohlgemerkt.

»Neee!«, mischt sich jetzt Pico wieder ein und sagt brav auf: »Welche Ursachen haben zu dem geschilderten Geschehen geführt? Welche vorhergehenden Ereignisse könnten dabei von Bedeutung sein?«

»Ich habe meinen Porsche in der Luitpoldstraße geparkt.«

»Das sagten Sie schon.«

»Ja, natürlich sagte ich das schon, denn das ist zum einen das vorhergehende Ereignis und zum anderen die einzige Antwort, die mir auf *Warum* einfällt. Irgendein Arsch hat mein Auto geklaut. *Das* ist das Ereignis.«

»Na jut, keen Jrund, sich uufzurejen. Denn ham wat ja och fast: Jibtet Zeugen?«

Bolle zieht ein langes Gesicht, ich zucke mit den Schultern, und Charly guckt uns dabei zu. Daran hatte von uns noch keiner gedacht.

»Nicht, dass wir wüssten«, gebe ich zu, »aber Sie könnten ja morgen mal ein paar Anwohner befragen.«

Pico und Magnum nicken gelangweilt. Und mitleidig. Und ein wenig belustigt. Wahrscheinlich ob meiner realistischen Vorstellungen über Personalausstattung der und Einschätzung der Prioritätsposition dieses Diebstahls für die Berliner Ermittlungsbehörde.

*

»Bist du sauer?«

»Nein, natürlich nicht. Ich parke in der ›Bring-mein-Auto-nach-Polen-Zone‹ Nummer eins in Berlin, und du sagst nichts davon. Warum sollte ich sauer sein? Ich bin ein Spießer. Ich mag mein Auto. Ich hasse Ärger. Und den hab ich jetzt. Die Polizei lacht sich tot. Die Versicherung zahlt vielleicht nicht, weil ich den Fahrzeugschein im Wagen vergessen habe. Wär doch kein Ding gewesen, eben in irgendein Parkhaus zu fahren. Gibt's im KaDeWe doch bestimmt, oder? Aber nein. Kriegt einer von euch Provision, oder was?«

»Max!«

»Was?« Aber da hab ich es schon selbst gemerkt.

»Hör mal …«

»Jaja. Schon gut. Entschuldigung.« Es kommt genauso kleinlaut, wie kleinlaut klingen muss.

»Mir tut es auch leid. Wirklich.«

»Nein, mir! Ich hab völlig übertrieben reagiert.« So ein verschollenes Auto ist nun wirklich nichts im Vergleich zu einem betrügerischen schwanzgesteuerten Freund.

Und dann nimmt mich Charly trotzdem in den Arm. Aber nicht tröstend mütterlich. Es fühlt sich gaaaaanz anders an. Sehr gut. Auch tröstlich. Und noch viel mehr.

Dann fällt mir Dr. G. Nital wieder ein. Martina auch. Wie krank. Wenn ich jetzt in Charlys Arm sterben würde, wäre alles gut.

Okay. Nicht alles.

Bolle guckt böse.

FREUNDE MACHEN SO WAS NICHT

»Scheiße. Was mach ich denn jetzt?«

»Wenn ich dir das jetzt sagen würde, müsste ich dich anschließend töten.« In der Kategorie »Sinnentleerte Antworten auf verzweifelte Fragen« gibt sich Bolle nun schon seit dreißig Jahren nicht nur mit einer Nominierung zufrieden.

Charly ist wohl auf meiner Seite: »Blödsinn, Klausi.«

»Stimmt, aber ich wollte das schon immer mal sagen.«

»Etwas unpassender Zeitpunkt, oder?«, meint sie. Vermutlich in Unkenntnis des Boldorianischen Kalenders und der damit verbundenen Zeitrechnung, in der sich Bolle von Boldor hin und wieder verliert.

»Na gut«, lenkt Bolle mit einem Schulterzucken überraschend schnell und ohne jede weitere Diskussion ein. Ist wohl auch mittlerweile ziemlich müde. »Du musst noch die Versicherung anrufen!« Das geht an meine Adresse.

»Tut mir echt so leid!« Charly ist mitfühlend. Ebenfalls ich als Adressat.

»Danke!« Ich bin so unendlich müde. »Mir auch. War echt viel heute. Beziehungsweise gestern.«

Es ist kurz vor fünf, wir sitzen um Charlys Küchentisch und durch das halb geöffnete Küchenfenster dringt Vogelgezwitscher aus dem Hinterhof. Peter Fox hat unrecht. Berlin schläft nie und ist daher nachts nicht schwarz. Und wenn die Sonne aufgeht, tut sie das mit wesentlich mehr Rot- als Blautönen.

Charly beugt sich zu mir herüber und legt mir die Hand auf den Arm. Bolle zieht die Augenbrauen hoch. Charlys Berührung fühlt sich zärtlich an, wie ich finde. Beziehungsweise mir wünsche. Vielleicht ist sie aber auch einfach nur nett. Meine Wahrnehmung ist nach dem Fünfhundertstundentag mit an Sicherheit grenzender Wahrscheinlichkeit nicht mehr trennscharf. Was sich auch leicht daran messen lässt, dass ich »mit an Sicherheit grenzender Wahrscheinlichkeit« denke – ein klassischer Juristenspruch, der dem Wortschatz meiner fremdvögelnden Noch-Ehefrau entspringt.

»Lasst uns 'ne Runde hinlegen«, lautet Charlys mütterlich-pragmatischer Rat. Sie lächelt mich erschöpft an und lehnt sich wieder zurück. Die Stelle auf meinem Arm, wo eben ihre Hand lag, ist noch warm und hört nicht auf zu kribbeln. »Jetzt können wir sowieso nichts machen. Max informiert noch die Versicherung, und morgen gucken wir weiter.«

Ich nicke. Bolle guckt heute schon, aber nicht weiter, sondern bräsig in der Gegend herum. Zudem fällt mir auf, dass das, was Charly als morgen bezeichnet, ja schon heute ist …

Von der Wohnungstür dringt das metallische Scharren eines Schlüsselbartes herüber, der erst im dritten Versuch den Weg ins Schloss gefunden hat, das er nun mit einem Klicken öffnet.

»Edward?«, ruft Charly.

»Hm!«, kommt es von der Wohnungstür und danach im Flur ein Schlurfen Richtung Küche.

Was für ein geistreicher Gruß. Mir fällt allerdings auch nicht wirklich viel mehr ein. Zudem kann ich mir kaum vorstellen, dass ich gleich überhaupt schlafen kann. So durch bin ich.

»Ich bin zu müde für diesen Scheiß!«, gebe ich in *Lethal Weapon*-Manier bekannt, pule mein Portemonnaie aus der Hose und suche nach der Schadensmeldungsnotrufversicherungsnummer. Oder Versicherungsschadensmeldungsnotrufnummer. Oder wie auch immer dieses bescheuerte Moped heißt. Ist ja sowieso völlig egal. Was für eine gequirlte Scheiße! Am liebsten würd ich eh laut fluchend im Kreis laufen oder wenigstens auf den Tisch hämmern. Aber wegen Charly reiße ich mich mal lieber zusammen. Da ist vorhin ja schon einiges schiefgelaufen. Maaaaaaaaaaaaaaaaann!

So, da ist die doofe Nummer. Toll. Eine 0180er! Nur fünfzig Cent von deutschen Mobilfunknummern. Großartig! Was für ein megabeschissener Service. Wehe, die ersetzen mir das Auto nicht.

Madame Seestern kommt vollständig aufgebrezelt hereingeschlichen, stößt fast mit den Seesternarmen an den Türrahmen und verwöhnt uns bei der Gelegenheit mit einer überdimensionalen Shisha-Fahne, die sich unter einen undefinierbaren Metrosexduft gemischt hat, sie wie ein Atompilz umgibt und von der mir ganz schwindelig wird. Wenn sie einen Auftritt hatte oder mit Enrique unterwegs war, warum ist sie dann nicht etwas euphorischer?

»Hi!«, sagt der Seestern langsam. So langsam, dass man sich fragen kann, wie er das bei einer Ein-Silben-Ansage eigentlich hinkriegt. Na gut, er ist ja so eine Art Schauspieler. Da muss man so was sicher können. Er setzt sich mir gegenüber auf einen freien Stuhl. In Zeitlupe legt er seinen Schlüssel auf den Küchentisch und schiebt ihn langsam zu mir rüber. Wieso schiebt der seinen Schlüssel … ach so, das ist ja mein Schlüsselbund.

»Danke!«, sage ich resigniert. »Ich brauche meinen Schlüssel gerade nicht. Der Porsche wurde geklaut.« Mein Gehirn verarbeitet die Informationen deutlich zu langsam. »Könnte ich jetzt vielleicht mal telefonieren?«

»Edward?«, fragt Charly. Es klingt streng, und es kommt bei mir so an, als ob Dori walisch spricht.

Edward zuckt in Zeitlupe mit den schmächtigen Schultern. Mit traurigen Augen fixiert er einen Punkt links hinter mir.

»Ich kann alles erklären.« Edwards Stimme klingt etwas weinerlich, was nicht so gut zu dem vollen Bass passt. Er wedelt Hilfe suchend mit der rechten Hand.

»Na, wie schön«, meldet sich Bolle müde zu Wort. »Dann erklär mal Abseits. Warum Banken Kontoführungsgebühren erheben. Oder wie eine Spiralgalaxie entsteht.«

Ich nehme das Handy wieder runter, das ich schon am Ohr hatte. Ebenfalls in Zeitlupe. Mein Live-Stream steht nämlich immer noch auf Slow Motion, sodass manche Infos derart langsam durch mein Hirn wabern, wie der Blubb einer Lava-Lampe durch das Isopropanol: Ich will jetzt keine Erklärungen von Edward.

Immer noch kein weiterer Beitrag von Bolle? Ist doch sonst nicht sein Stil. Der läuft mittlerweile also auch nur im Müdigkeits-Stand-by-Modus.

»Also«, fängt Edward an, »das kam so.«

Mein Schlüsselbund liegt brav vor mir auf dem Tisch. Ich habe mich ergeben zurückgelehnt und die Arme vor der Brust gekreuzt, das Handy immer noch in der linken Hand. Und ja! Das ist körpersprachlich jetzt bitte ganz genauso zu interpretieren, wie es jeder Hobby-Freud machen würde.

»Es ist wegen Enrique!«

»Ja, okay!« Ich atme schwer aus. Kann er das nicht irgendjemandem erzählen, den das interessiert? Der Tapete, oder so. »Also ich müsste jetzt wirklich mal telefonieren.«

Charlys Blick ist eine Mischung aus wissend ungeduldig und genervt gelangweilt, wie eine Mutter, die ihren pubertierenden Sohn zum dreihundertelfundneunzigsten Mal gefragt hat, ob er die Federmappe eingesteckt und ein »Natürlich, Mama!« als Antwort bekommen hat; dann aber doch bei der Kontrolle des Ranzens feststellen muss, dass sich in dem Gewühl zwar eine Menge nichtschulischer Gegenstände wie ein Pokerkartenset oder eine Soft-Air befindet, bei deren Fund seitens eines aufsichtsführenden Lehrers das Kind sofort der Schule verwiesen werden könnte, eine Federmappe aber weit und breit nicht auffindbar ist.

»Natürlich«, sagt Charly zu Edward und »Warte bitte kurz!« zu mir.

»Ja, aber komm zum Punkt.« Ich wedele mit meinem mobilen Fernkommunikationsgerät. Geduld ist endgültig aus heute Abend, liebe Freunde.

»Ich wollte nur Enrique ein bisschen imponieren und dachte mir, wenn ich mit 'nem Porsche komme, steht er vielleicht mehr auf mich.« Der Junge kann einem fast leidtun. Wenn ich mir nicht selbst noch mehr leidtun würde. Als hätte ich nicht schon genug Nerv am Hals.

»Guck an«, flötet Bolle plötzlich. »Egal ob schwul oder hetero – mit Oberflächlichkeiten wollen alle beeindrucken.« El Macho ist wieder online.

Porsche? Edward? Enrique? Moment – was für ein Adrenalineinschuss: »Du hast mein Auto genommen?« Fassungslos starre ich ihn an. »Ohne zu fragen? Wer bist du? Batman? Graf Zahl? Was soll der Scheiß, Mann? Das kannst du doch nicht machen. Das fass ich jetzt ja nicht. Ich schiebe hier voll die Panik, wir laufen uns zur Wache die Füße wund. Und du bist mit meinem Auto auf Freiersfüßen?«

Edward ist in sich zusammengesunken. Ich hoffe, aus schlechtem Gewissen. Aber tatsächlich ist es wohl eher Liebeskummer.

»Die ganze Aufregung war umsonst? Klasse!«

Das war Erleichterung.

Ich nehme den Autoschlüssel: »Und danke!«

Das war Sarkasmus.

»Warte«, sagt Charly leise.

»Wie warte? Was meinst du denn damit nun wieder?«

Charly guckt wissend.

»Na ja«, macht Edward und außerdem ein noch zerknirschteres Gesicht als eben.

Wie? Das war noch nicht alles? So eine Scheiße. Hätte ich meine Gürteltasche gehabt, wär das nicht passiert.

»Du bist wirklich die traurigste Funzel in der finsteren Bucht der Dummheit!« Bolles Kommentare entschärfen bekanntlich jede Krisensituation.

Edward windet sich unter unseren Blicken: »Es gibt da noch ein kleines Problem mit der rechten Seite …«

Ich beuge mich atemlos vor, ziehe vorsichtshalber schon mal die nächste Tausend-Milliliter-Ampulle Adrenalin auf und hauche rau: »Wessen rechte Seite? Und: Wie klein?«

»Der Kotflügel ist ein ganz bisschen eingedellt und …« Bevor Edward das ganze Ausmaß verbalisiert hat, bin ich schon um den Tisch herum, zerre ihn mit links hoch, hole mit rechts aus und …

»Du blöder Arsch!« Ich habe mich noch nie geschlagen, auch als Kind nicht.

Außerdem tut mein Ellenbogen bei der Bewegung höllisch weh. »Au Scheiße.« Zudem ist mir die Aktion jetzt schon peinlich, weil ich so dermaßen die Kontrolle verloren habe.

Edward heult auf: »Es tut mir wirklich leid!«

Charly springt auf.: »Reißt euch zusammen!«

Bolle lacht auf: »Delikatös!«

Charly zieht Edward von mir weg. Sie flucht wie ein Kanalarbeiter. Wer hätte das gedacht?

Bolle reißt mich im selben Moment grob nach hinten. Das war doch jetzt gar nicht mehr nötig. Ich tue dem Seestern doch nix. Von dem Schwung drehe ich mich halb um mich selbst, weil Bolle mich gleich wieder loslässt, und taumele auf ihn zu. Er zischt: »Du Arsch! Freunde machen so was nicht! Endgültig: Finger weg von Charly!«, und stößt mich mit beiden Händen brutal nach hinten. Ich stolpere über etwas, verliere die Kontrolle, falle merkwürdig langsam rückwärts und denke dabei: Stimmt, Freunde machen so was nicht. Gleichzeitig erwischt Chuck Norris meinen Hinterkopf mit einem Roundhouse-Kick!

DIESSEITIGE BANAUSIGKEIT

»Max?« Aus zehn Kilometern Entfernung höre ich eine sanfte in Watte gepackte Frauenstimme. Wo bin ich? Warum dreht sich alles? Verschwimmt? Seit wann wohne ich in einem Watte-Kokon? Und warum ist mein Kopf so kalt?

»Max?«

Bin ich Max? Dann müsste ich jetzt antworten. Ich fühle mich leider so, wie Regisseure in Kinofilmen uns Zuschauern immer glauben machen wollen, wie sich die Protagonisten nach einer Explosion fühlen, indem als einziges Geräusch nur ein hoher Tinnitus-Ton zu hören ist.

»Ich glaub, er hört dich nicht.« Eine Männerstimme. Eine, die mir bekannt vorkommt.

»Du bist zu grob dazwischengegangen«, sagt jetzt die Frauenstimme. Auch nicht völlig unbekannt.

»Ja, sieht so aus«, gibt die Männerstimme zu.

Langsam kommt das Karussell zur Ruhe, und ich sehe ein wunderschönes Gesicht. Ein Engel? Mit braunen Haaren? Merkwürdig! Würde ich im Himmel überhaupt Stimmen erkennen? Käme ich überhaupt in den Himmel? Was ist der Himmel eigentlich? Ich hab kein Licht gesehen, aber das sagt nichts, fürchte ich. Kann auch sein, dass der Zug mich mit ausgeschalteten Scheinwerfern überfahren hat. Anfühlen tut es sich jedenfalls so.

»Max?« Der Engel hat eine Hand auf meine Stirn gelegt.

Oh ja, nicht aufhören. »Hm«, brumme ich.

Daraufhin nimmt der Engel die Hand von meiner Stirn – Nein, nicht! Bitte da lassen! – und nimmt meine rechte Hand in seine beiden Hände – na gut, das ist auch sehr schön! »Max! Wie geht es dir? Kannst du was sagen?«

»Ich rufe jetzt lieber mal den Notarzt!«, kommt es aus dem Hintergrund. »Mit Gehirnerschütterungen ist nicht zu spaßen.«

»Wird schon so gehen«, sagt jetzt die Männerstimme von eben. Ich kann wieder alles sehen und verorte mich unmittelbar diesseits des Himmels, nämlich in Charlys Küche. Und die Ansage kam von Bolle. War es Platon oder Aristoteles, der sich in der diesseitigen Banausigkeit auf die jenseitige Glückseligkeit freute?

»Du weißt schon, dass, wenn man einem Seestern einen Arm abhackt, ein neuer wächst?«

»Lass das, Klausi. Er hat die Augen offen«, sagt Charly, der Engel. »Warte mal.« Und zu mir gewandt: »Max, kannst du uns sehen und hören?« Charlie Townsend hatte drei Engel. Charly ist Charly und ein Engel in einer Person, sitzt neben mir auf dem Fußboden und hält meine Hand. Das fühlt sich soooooooooooooooooooooooo gut an! Auch wenn sie an der körperlichen Auseinandersetzung nicht ganz unbeteiligt war, die Bolle für seine Racheaktion genutzt hat.

Leider fällt mir partout die Titelmelodie nicht ein. Dafür könnte das diesseitige Glückseligkeit sein. An die Variante haben die Jungs damals unter Griechenlands Sonne nicht gedacht. Was ist nur mit meinem Kopf?

»Ja«, hauche ich. Schließlich soll sie sich keine Sorgen machen.

MISSVERSTÄNDNISSE UND SO

Wir hocken alle vier vor der rechten Seite meines lädierten Sportwagens aus der feinen Manufaktur eines Stuttgarter Vorortes. Die Stoßstange ist eingedrückt – Edward kennt offensichtlich nicht einmal den Unterschied zwischen Stoßstange und Kotflügel – und über die gesamte rechte Seite zieht sich eine ausführliche Schramme. Ich drücke mir einen Eisbeutel auf den Hinterkopf. So einfach lässt sich das Auto nicht reparieren.

»Ich kann nix dafür. Ehrlich!«, behauptet der Bruchpilot jetzt auch noch.

Tickt der noch richtig? Es ist eher morgens als nachts, nur ohne vorher schlafen. Er hat meinen Porsche geschrottet. Mein Kopf brummt. Ich bin wohl so was wie verliebt – allerdings in eine Frau, die sich in einer Beziehung mit einem merkwürdigen Mann befindet, die auch mein bester Freund toll findet, dummerweise sie ihn aber nicht, und dafür hat er mir nun voll eine verpasst.

Ich hole tief Luft, aber Bolle ist schneller. »Ja, genau, du Armer!« Ironie tropft aus seiner Stimme wie Wasser aus einer leckenden Dachrinne. »Du bist unverschuldet Opfer der Dynamik nicht linearer Systeme geworden!«

Genauso wie ich: Das wäre nämlich alles nicht passiert, wenn Martina nicht fremdgegangen wäre, ich kein Emotions-Substitutions-Auto hätte kaufen müssen und ergo nicht in Berlin gestrandet wäre. Keine Charly, kein Verlieben, keine Attacken von merkwürdigen Einwohnern, kein Edward, kein Pseudo-Diebstahl, keine Rangelei, keine surreale Übermüdung …

Edward nickt Mitleid heischend. Als ob er Bolles chaostheoretischen Ausführungen folgen könnte.

Vielleicht hat er ja auch nur Butterfly-Effect gesehen.

»Ich hab jetzt echt keinen Bock auf so eine gequirlte Scheiße! Ich bin müde. Mein Kopf tut übelst weh …«, lasse ich alle wissen, was nach meinem Versuch, eine hundert Jahre alte Türzarge mit meinem Hinterkopf einzudellen, wahrscheinlich eine redundante Information ist, aber Edward unterbricht mich sowieso. Ist das zu fassen?

»Hört mal!«, fängt er empört an und wedelt schon wieder mit der Hand. »Ihr missversteht da was …«

»Nee, du hörst mal«, unterbreche *ich* ihn diesmal. »Du großer Künstler Ed von Schleck Wardy oder Miss oder Madame Seestern oder wie auch immer. Wir missverstehen? Wir missverstehen? Du hast ja wohl nicht mehr alle Schweine im Rennen! Achilles und Hektor hatten ein Missverständnis, die USA und Vietnam hatten ein Missverständnis, der Papst und Galileo hatten auch ein kleines Missverständnis. Aber wir zwei, mein lieber Edward, wir haben *kein* Missverständnis. Was wir hier haben, du und ich, das ist ein ausgewachsenes *Problem*! Und darum, Madamchen, wird es wohl das Sinnvollste sein, dass wir drei grad mal zusammen in den Park da drüben gehen. Du! … Ich …«, ich hole tief Luft, weil ich das Referat jetzt erschöpft beende, »… und mein Spaten!«

»Okay Jungs, fangt nicht schon wieder an. Das ist doch nur ein Blechschaden und …«, atmet Charly schwer aus.

Edward nutzt sofort die kurze Pause, die sie mit genervten Luftholen verbringt: »Ja, genau. Ich bin ganz langsam um die Kurve gefahren und hab gedacht, dass ich da durchpasse. Aber das wurde irgendwie immer enger da, weißt du?«

»Heute ist wohl der Tag der hohlen Hohlköpfe«, sagt Bolle. Damit meint er sicherlich alle außer sich selbst, aber das hier ist erst einmal eine Sache zwischen Edward und mir. Bolle und ich sind ein anderes Thema.

Ich schüttele den Kopf Richtung Edward: »Ja, Mr Superschlau. Du hast gedacht. Damit fing das Problem ja wohl an. Klarer Denk- und Rechenfehler. Deine Synapsen sind ja vielleicht in der Lage, eine Tupperparty zu feiern, aber einen Sportwagen steuern? *Du* hättest da ja auch durchgepasst, du Hemd. Aber mein Porsche nicht. Und erfahrungsgemäß bewegt sich jeder Fehler einer Berechnung in die Richtung des größtmöglichen Schadens. Was auch hier mal wieder bewiesen wäre!«

»Max!« Charly ist jetzt wütend. »Hör auf, ihn zu beleidigen. Du bist ihn jetzt genug angegangen. Ist dir das Material denn wichtiger als der Mensch?«

Das stimmt: Wir hatten schon größere Probleme in der letzten Nacht. Aber warum ist sie jetzt auf seiner Seite. Manno!

Also doch nicht nur eine Sache zwischen Edward und mir. Und meinen Hinterkopfbeulen-Mitleids-Bonus hab ich dann wohl auch verspielt.

Dabei habe ich überhaupt keine Lust dazu, mit Edward-Beleidigen aufzuhören, aber ich will natürlich auch, dass Charly mich gut findet. Also, mehr als gut. Die Wahrscheinlichkeit allerdings, dass genau das passiert, was man sich wünscht, steht bekanntlich im umgekehrten Verhältnis zum Wunsch. Rein statistisch betrachtet geht also meine Chance, dass Charly ähnliche Gefühle für mich entwickelt hat oder entwickeln wird, wie ich im Laufe der letzten fünfzehn Stunden umgekehrt für sie, asymptotisch gegen null.

Also gebe ich den Bedröppelten, Schuldbewussten: »Tut mir leid!«

Jetzt passieren drei Dinge gleichzeitig: Charly kommt auf mich zu, und ihrer Körpersprache kann ich entnehmen, dass sie mich schon wieder trösten will. Trotz meines Ausbruchs. Wow!

Mit nur drei Tropfen Vorankündigung entleert eine einsame Wolke abrupt und gnadenlos drei Tonnen Wasser auf uns.

Und ein Lkw hupt in meiner Hosentasche.

Na gut, es hat eben schon mal kurz gedonnert und geblitzt, aber meine Aufnahmefähigkeit peripheren Geschehens ist gerade völlig überfordert. Ich bin nicht nur zu müde für diesen Scheiß, sondern tatsächlich auch zu alt.

Wir rennen zum Haus zurück, um uns dort unterzustellen. Was nichts mehr hilft, da wir schon durchweicht sind. Ist nicht so schlimm, weil der Regen einigermaßen warm ist. Nur eben nass.

Nach dem sechsten Hupen nehme ich mein Handy aus der Tasche, aber kenne die Nummer nicht, und was bitte schön soll jetzt auch wichtiger sein als positive Pheromon-Kommunikation zwischen Charly und mir oder mein misshandelter Porsche?

Also drücke ich den Anruf weg und stecke das Handy wieder ein. Kaum ist es in der Tasche angekommen, hupt es schon wieder. Na gut. Also dann: »Ja?« Nachts melde ich mich nie mit meinem Namen. Wer weiß, wer sich verwählt hat oder mich anderweitig nerven, stalken oder sonst was will?

»Hi, ich bin's. Dennis!«

»Dennis?« Was eine wirklich schlaue Frage ist, wenn man bedenkt, dass der Typ auf der anderen Seite gerade gesagt hat, dass er genauso heißt. Aber da wir nicht die Nacht der schlauen Fragen haben und Strg + Z im richtigen Leben nun mal nicht funktioniert, geht das klar.

»Ja, Dennis. Du weißt schon …!« Richtig. Ich weiß schon. Der Dennis, der auszog, die Frau eines anderen erst zu tätowieren und dann zu vögeln. Insofern ist es für unsere Beziehung ja auch das Natürlichste der Welt, dass er mich sonntagnachts um kurz nach fünf anruft.

»Schön Dennis. Jetzt legst du bitte auf und dann dich wieder hin, ja?«, bevor ich dich mit einer Hochfrequenzwaffe durch das Telefon töte. »Danke, dass du angerufen hast!«, stoße ich zwischen zusammengebissenen Zähnen hervor, wodurch Bolle sich zu der verwunderten Bemerkung »Du kannst Parsel?« befleißigt sieht. Er ist in Hogwarts selbstverständlich genauso zu Hause wie in Mittelerde. Von seinen eigenen Elbenwelten mal ganz zu schweigen. Und dass er mich vorhin fast umgebracht hat, wirkt sich in keiner Weise weder auf die Output-Menge noch -Qualität seiner lebenskonstruktiven Beiträge aus.

»Nee, hör ma zu, Max. Julia is im Krankenhaus. Sie kommt gleich innen OP.«

»Was?« Ich taumele rückwärts. Charlys Haustür hat sich von hinten an mich angeschlichen und klatscht mir so dermaßen eine gegen den Rücken, dass anzunehmen ist, dass noch nicht mal Google mich wiederfindet. Was hat dieses Haus nur gegen mich?

»Bleib locker, Kumpel. Martina is ja bei ihr. Und ich ja auch.« Den Vorwurf hab ich gehört! »Blinddarmentzündung. Sie nehm' ihn gleich raus. Mach dir ma keine Sorgen, Meister. Is ja'n Routineeingriff.«

Ich meister dir gleich einen. Und dein Kumpel bin ich auch nicht. War ich nicht. Bin ich nicht. Werde ich auch nie sein! Du fickst meine Frau, du Arsch. Und schießt Metallteile in meine Tochter. Lass gefälligst meine Familie in Frieden!

»Bin schon unterwegs!«

KAPITEL 6

»YOU CAN'T ALWAYS GET WHAT YOU WANT«

MICK JAGGER | KEITH RICHARDS

DREI SIND EINER ZU VIEL

»Arsch!« – »Selber Arsch!« Wenn man zu zweit in einem Zweisitzer sitzt, kann man sich nicht ausweichen. Bolle stinkt ziemlich nach Bier. Mein letztes ist mehr als sechs Stunden her, ich hoffe aber trotzdem, dass wir nicht angehalten werden.

Trotz der erzwungenen Zweisamkeit (Bolle wollte nicht mit der Bahn zurückfahren) haben wir es geschafft, den gesamten Weg durch die Stadt bis zur Autobahn und die ersten Meter auf der Avus zu schweigen. Links davon verläuft eine Bahnstrecke, auf der uns soeben ein doppelstöckiger Regionalzug entgegengekommen ist. Das nahm Bolle wohl zum Anlass, das Schweigen zu brechen und damit die überfällige Aussprache höchst eloquent und blumig einzuleiten. Für seine Verhältnisse hatte er es eh schon überdurchschnittlich lange ausgehalten.

»Wenn's dir nicht sowieso schon so scheiße gehen würde, hätte ich dir längst *noch* eine reingehauen!«

»Wegen Charly?« Nur, damit es keine Missverständnisse gibt.

»Nein, wegen Albert, du Einstein.«

Fein, es gibt keine, allerdings habe ich diesmal keine Lust, den Deeskalator zu machen: »Bist du selbst dran schuld.«

»Ach nee, das ist jetzt ja ganz besonders delikatös!«

»Du hast angefangen!« So, da habe ich mal elegant das erste Förmchen in hohem Bogen auf Bolles Sandkastenseite geworfen.

»A-ha! Was habe ich denn bitte schön gemacht?«

»Tja, Mr Ich-erzähl-doch-meinem-besten-Freund-nix-davon-dass-und-in-wen-ich-mich-schwer-verliebt-habe. Du hast eben nichts gemacht. Das ist ja auch nicht immer hilfreich. Tüdel-dü – ›wir übernachten bei Charly‹. Als ob das ein alter Kumpel wär. Von dem ich natürlich auch nichts wusste. Und dann diese Klausi-Nummer. Maaaaaaann. Lässt mich voll ins offene Messer laufen mit meinem Rotwein und den Überraschungseiern. Was meinst du wohl, wie oberbekloppt ich mir vorkam, als da plötzlich diese …« Adrenalin- und Oxytocin-Überschuss bei gleichzeitiger Übermüdung führt manchmal zu Wortfindungsstörungen. »… na ja, diese … ähm, Charlotte vor uns steht.«

Wir sind wirklich fast sofort losgefahren. Schwieriger Abschied von Charly. Merkwürdiger Abschied von Edward. Ich befürchte, dass mich der Espresso kurz vor der Abfahrt nicht länger als hundert Kilometer wach halten wird. Dann brauche ich spätestens die nächste Injektion. Da Kaffee dehydriert, werde ich zu Staub zerfallen, unmittelbar nachdem ich zu Hause auf der Einfahrt den Motor abgestellt habe.

Rein theoretisch zumindest. Wie dereinst schon Kafka wusste. Vielleicht weil er und Kaffee mit denselben drei Buchstaben anfangen. Tatsächlich werde ich in der Auffahrt in meinem Auto sitzen und entweder hospitalistisch den Kopf auf das Lenkrad schlagen oder einfach einschlafen. Wahrscheinlich beides. In genau der Reihenfolge. Weil nach müde blöd kommt. Denn warum sollte die Erlebniskombination des letzten Tages für jemanden wie mich bitte auch nicht kafkaesk anmuten?

Sicherlich schützt man sich am besten vor solchen Erlebnissen, wenn man zu Hause bleibt. Allerdings ist man hinterher immer schlauer, und weiterhelfen tut das Lamentieren trotzdem nicht.

Außerdem: Ceteris paribus betrachtet wäre ich dann ja auch Charly nicht begegnet. Zeitbeeinflussung ist nicht ungefährlich, wie wir schon seit Marty McFly und Doc Brown wissen.

In der Summe tun mir nach der Handtaschenattacke, dem Busunfall und dem abschließenden Hinterkopfcrash ziemlich viele Körperteile weh, dazu mein verwirrtes Herz.

»Woher sollte ich denn wissen, dass du bei deiner familiären Situation und deiner Frauenhistorie so auf Charly reagieren würdest?«

»Haha, sehr lustig. Ich bin doch kein … ähm, wie nennt man das? Glaubst du, ich könnte mich nicht mehr verlieben, weil ich verheiratet bin oder war oder was auch immer?«

»Weiß nicht. Oder doch, wahrscheinlich schon. Aber eben nicht in Charly.«

»Nein, natürlich nicht. Weil ich ja auch wusste, dass *du* in sie verliebt bist.«

»Hättest du ja ahnen können.«

»Ach was!«

»Wär eine einfache Schlussfolgerung gewesen.«

»Ja klar. Weißt du was? Darum geht es eigentlich überhaupt gar nicht.«

»Ja«, sagt Bolle erschöpft und atmet dabei tief aus, »weiß ich.«

»Wie bitte?« Der Hormoncocktail dröhnt in meinen Ohren, und die Menge der nicht ausschließlich positiven und teilweise verwirrenden Erlebnisse der letzten zwanzig Stunden tanzen vor meinen Augen wie das hektische Beingewusel der *Lord of the Dance*-Combo. Da überhört man leise Töne schon einmal.

Bolle hat mal wieder den Kopf an die Kopfstütze gelehnt, guckt aus dem Fenster und schweigt.

»Diskutieren wir das jetzt, oder nicht?«, will ich wissen. Ich bin merkwürdigerweise wesentlich mehr auf Krawall gebürstet als Bolle.

»Es gibt nichts zu diskutieren.«

»Fein, dann erklär's mir doch einfach. Hattest du auf der Hinfahrt für die Rückfahrt eh versprochen.«

»Es gibt auch nichts zu erklären.«

Ich fasse mir an den Hinterkopf, wo die große Beule schmerzhaft pocht: »Finde ich schon.«

»Ich bin oder war oder was weiß ich in Charly verliebt, aber sie will nichts von mir. Und dann kommst du daher, ach Scheiße, den Rest kennst du doch.«

»Ja, aber selbst wenn ich sie ein klitzekleines bisschen gut finden würde …«

»Ha. Ha. Ha. Ha. Ha.«

»Also schön, ich finde sie ein bisschen mehr als nur ein bisschen gut …«

»Hört! Hört!«

»… dann heißt das ja nicht, dass ich sie dir ausspanne oder so was, und im Übrigen ist da immer noch dieser Widerling Gerold Nital …«

»… der völlig unter Charlys Niveau ist!«, vollendet Bolle meinen Gedanken, grinst ein wenig und boxt mich. »Als ich Charly das erste Mal sah, hat's mich auch gleich zerlegt. Die ganzen anderen Frauen …«

»Ein bisschen klischeehaft«, nicke ich, »aber ich verstehe.«

»Tust du?«

»Ich denke schon.«

Bolle holt Luft, verkneift sich dann aber den etwas vorhersehbaren Kommentar und wird wieder ernst: »Außerdem hast du ja wohl auch morgen erst mal einiges mit Martina zu klären.«

Der Stich geht direkt in den Bauch, von dort aus ins Herz und lässt meinen Schädel dröhnen. Was für ein absolut turbonerviges Chaos?!

Morgen? Tatsächlich.

Morgen ist Montag. Dabei kommt es mir eher so vor, als ob ein halber Monat vergangen ist, seit wir gestern Morgen losgefahren sind. Wenn man sich überlegt, was für Herz-, Körper- und Blechschäden ich seitdem davongetragen habe. Ich mache mir Sorgen um Julia, ich würde am liebsten umdrehen und die nächsten tausend Jahre mit Charly verbringen, wegen der Unterhaltung mit Martina hab ich jetzt schon die Hosen voll, in meinem Kopf summt gnadenlos und unablässig ein Monsterbienenschwarm, Bolle ist sauer auf mich, ich bin sauer auf Bolle, und mein Auto hat deutlich an Aerodynamik eingebüßt, es jault ab hundertzwanzig ein wenig und zieht leicht nach rechts.

»Ja, muss ich wohl, und ich hab mächtig Schiss deswegen.«

»Lass ihr das Haus. Sind nur Steine mit ein paar Erinnerungen, die aber nicht davon abhängen, ob du dort wohnst oder nicht. Lohnt den Streit nicht.« Bolle spielt wieder den weisen Ratgeber.

»Dir ist schon klar, wie viel Zeit und Geld ich in die Hütte investiert habe?«

»Nicht auf den Cent, aber ich kann's mir so grob vorstellen. Denk immer dran, was Karl Lagerfeld gesagt hat: Wenn das Geld alle ist, stehe ich morgen früh auf und verdiene neues.«

»Ach, ihr klugen Designer.« Als ob ich da nicht schon von selber drauf gekommen wäre.

»Da kannst du mal sehen.«

»Außer 'ne Menge Stress auf mich zukommen, sehe ich gar nichts.«

»Lass es mal sacken, Max. Echt. Ich mein das ernst.«

»Hmmmmm«, grunze ich. So ganz unrecht hat er ja vielleicht doch nicht. An irgendeiner Stelle muss ich Zugeständnisse machen. Dem deutschen Familienrecht ist es nämlich merkwürdigerweise egal, wer wen wann mit wem wie oft betrogen hat. Irgendwie muss man sich wegen des Vermögens und der Sorgerechte einigen. Und dann ist es eventuell klug, wenn ich das Haus als Zugeständnisrangiermasse habe.

»Es tut mir alles sehr leid, Bolle.«

»Mir auch, Max, mir auch.«

Damit ist alles gesagt. Zwischen besten Freunden reicht das zum Glück.

Dann kann ich mich jetzt den drei offenen Beziehungsbaustellen »Julia«, »Martina« und »Charly« widmen. Bei den Projekten bin ich neben der Projektleitung leider auch für alle Gewerke zuständig. Das hat nicht nur Vorteile. Geht schon beim Fundament los. Da gibt's bei allen dreien Probleme mit der Statik. Puuuhhhh!

*

Bolle verschluckt sich vor Kichern fast an seinem Kaffee: »Max Schröder, du bist wirklich ein Bild von einem Beziehungslegastheniker.« Nun verpasst er mir doch noch eine, aber wenigstens nur verbal.

Ich habe es wachheitstechnisch nur bis Wollin geschafft. Dort gab es bei dem uns von der Hinfahrt schon bekannten Bürger-König (ganz schön, wenn man sich irgendwo auskennt und nicht suchen muss) rasch ein Tablett Cappuccinos, wobei Bolle uns die Wartezeit verkürzte, indem er in nur drei Zügen den fragwürdigen Werbesatz »Drive in an drink out« generierte.

»Aha?« Ich brauche eigentlich keine Bestätigung dafür, dass in den letzten zwanzig Stunden die Blödsinnsquote an meinem Gesamtsprachanteil in boldorianischen Kategorien gemessen werden müsste und somit größer ist, als es für eine positive Zukunft im Allgemeinen und rein Charly-mäßig im Speziellen zuträglich wäre …

»Na, dein saublöder Spruch zum Schluss.«

»Welchen Teil meinst du?«

Bolle lässt sich wie immer nicht lumpen. Ihm hat das koffeinhaltige Heißgetränk auch neue Energie verliehen: »Dein Trip nach Reden-ohne-Gehirnverwendung-City muss ja aufgrund dieser Riesenmenge suboptimaler Verbalakrobatik einen schlimmen Sub-Eloquenz-Kater …«

Kafkaesk. Wie gesagt: kafkaesk.

»Was genau meinst du, Bolle? Was genau?«

»Ich ruf dich an!« Bolle wackelt dabei mit dem Kopf und zieht eine Grimasse.

»Was ist an ›Ich ruf dich an‹ schlecht.«

Bolle atmet genervt sehr laut tief aus, dann wieder tief ein und erklärt mir gnädig die Welt: »›Ich ruf dich an‹ sagt ein Mann normalerweise, wenn er am Morgen danach aus dem Bett seines One-Night-Stands krabbelt, damit ihr auch klar ist, dass er sich nicht wieder melden wird.«

»Scheiße.«

»Hast du wohl verbockt, Alter.«

»Hab ich wohl.« So viel zum Thema »Berlin macht den Kopf frei«. Ja nee is klar. Ich hab hier ein Hörnchen nach dem anderen gekriegt und weiß jetzt nicht, ob ich 'ne Hörnchen-Farm oder eine Bäckerei aufmachen soll.

Nachdem das Universum in Form von Edward und einem Straßenpömpel meinen Porsche gefaltet hat, könnte es das ja vielleicht noch einmal mit sich selbst tun, indem ich akzeptieren kann, dass Martina lieber mit Dennis zusammen ist, Julia mich nicht mehr doof und Charly mich dafür toll findet. Das wär's ja wohl! Träum weiter, Max.

Dazu passend kündigt der Onkel im Radio die B-Seite der Stones-Nr.1-Single von 1969 an. Ich nicke und schaffe ein verkniffenes Grinsen.

Bolle verschüttet nur ein bisschen Kaffee, als er das Tablett zwischen seine Füße stellt, um sich das Intro auf der Luftgitarre mit Keith Richards zu teilen. Und dann brüllen wir mit Mick Jagger im Background die Autobahn zusammen. Sechsstimmig – Bolle, Mick, ich, laut, schief und mit Begeisterung!

You can't always get what you want
You can't always get what you want
You can't always get what you want
But if you try sometime, you just might find
You just might find
You get what you need

§ 1565 ABSATZ 1 SATZ 2 BGB

Die Ehe ist gescheitert, wenn die Lebensgemeinschaft
der Ehegatten nicht mehr besteht und nicht erwartet werden kann,
dass die Ehegatten sie wiederherstellen

Ich sitze in der Küche und warte. Gehe ins Wohnzimmer. Noch einmal aufs Klo. Das Herzklopfen wird nicht weniger. Zehn vor sieben. Ob Martina wohl klingelt oder einfach die Tür aufschließt und reinkommt?

Der ganze Tag heute war der Horror. Wenigstens geht es Julia schon besser. Wenigstens das. Wenigstens!

Gestern nach der OP war sie noch etwas benommen und erzählte komische Sachen. Nicht, dass das bei Teenagern nicht sowieso häufig bis ständig vorkommt. Bin ein paarmal zwischen zu Hause und dem Krankenhaus hin- und hergependelt, bis sie alles hatte, was sie brauchte. Oder besser: wollte. Gut, aus Teenagersicht meinetwegen auch brauchte. Im Delirium war sie dann doch sehr nett zu mir: »Danke, lieb von dir, Max. Auch dass du gleich wiedergekommen bist aus Berlin. Wär nicht nötig gewesen, Mama und Dennis sind ja da. Aber ich freu mich. Stell dir vor – Mama wollte meine Sachen nicht holen. Gut, dass du jetzt da bist.« Das ging runter wie Kinderschokolade.

Heute nach der Arbeit war sie schon putzmunter. Immer noch nett. Und immer noch dankbar. Ein wenig verwirrend für den Teenager-Vater. Aber auch schön. Wir haben uns lange unterhalten und fast gar nicht gestritten. Klingt komisch, war aber so. Mal schauen, ob das auch außerhalb des Krankenhauses im normalen Leben noch so sein wird. Julia hat natürlich noch ein bisschen Schmerzen, aber ausnahmsweise hatte Dennis recht: ein Routineeingriff. Der zudem den Ärzten auch gelungen ist. Man ist da ja misstrauisch, wenn es um die eigene Tochter geht.

Hab versucht, Mails zu schreiben oder mich auf das Montags-Meeting zu konzentrieren. Nicht sehr erfolgreich. Ich war hin-

und hergerissen. Sollte ich weiter versuchen, Martina zurückzuerobern, oder sollte ich dem zarten neuen Gefühl nachgeben, das am Wochenende für Charly entstanden war?

Also tat ich das, was mich sonst im Job auch weiterbringt: Ich bereitete zwei Listen vor:

Liste 1: Martina. Vorteile. Nachteile.

Liste 2: Charly. Vorteile. Nachteile.

Das Ausfüllen war dann schon wesentlich schwieriger. Bei Vorteil Martina schrieb ich »verheiratet«, »vertraut?« und bei Nachteil »ist ausgezogen und schläft mit Dennis«. Das war der Moment, in dem ich kurzfristig wieder emotional wurde, wütend die Listen zerknüllte und wegwarf.

So ging das nicht, also versuchte ich einen anderen Weg, meine Gedanken zu sortieren: Ich orientierte mich an einem berühmten Satz, den Conan Doyle seinen Sherlock so schlau sagen ließ: »Wenn man das Unmögliche ausgeschlossen hat, muss das, was übrig bleibt, die Wahrheit sein, so unwahrscheinlich sie auch klingen mag.« Und stellte mir selbst Fragen.

Frage 1: Kann ich mir vorstellen, wieder mit Martina zusammen zu sein (unter der etwas unrealistischen Prämisse, sie würde das auch wollen)? – Grundsätzlich ja, aber es müsste sich einiges ändern, wir müssten neu zusammenfinden und viel aufarbeiten. Vielleicht eine Paartherapie. Aufgewärmte Beziehungen taugen zumeist ja nichts, aber wenn es um die Familie geht, würde sich ein bisschen Arbeit sicher lohnen. Liebe? – Tja, das würde man sehen müssen.

Frage 2: Kann ich mir vorstellen, mit Charly zusammen zu sein? – Grundsätzlich ja, aber wir müssten uns erst einmal besser kennenlernen und das ein oder andere, z. B. Entfernung etc. klären. Ob wir zusammenpassen? Schwierig – auf den ersten Blick wohl eher nicht so, aber man kriegt es vielleicht hin. Mit Bolle müsste das auch geklärt werden. Liebe? – Tja, wohl eher einseitiges Verliebtsein.

Schlussfolgerung: Weder das eine noch das andere konnte ich aktuell konkret beeinflussen. Diese Abhängigkeit fühlte sich total demütigend und – das ist jetzt wirklich bewusst sehr freundlich formuliert – scheiße an.

Wollte ich mich den Entscheidungen einer Frau unterwerfen und nur darauf reagieren? Definitiv *Nein*!

Es war Zeit, dass ich selbst – in dem mir möglichen bescheidenen Rahmen – entschied, was ich als Nächstes machen und wie ich leben möchte. Und ich kam zu dem Schluss, das es gut war, zunächst eine Zeit lang alleine zu leben.

Nicht weil ich es aufgrund der Lebensumstände musste, also weil Martina mich verlassen oder ich noch keine andere Frau hatte oder die Neue vierhundert Kilometer weit weg wohnte.

Nein, weil ich es so wollte und es mir zudem vermutlich guttat. Am liebsten mit Julia – okay, die Einschränkung musste ich machen, das musste ich dann so hinnehmen, wie sie es gern haben würde.

Das fühlte sich heute Morgen schon überraschend gut an und tut es jetzt immer noch, obwohl das ein neuer Gedanke war, wo auch immer er herkam. Bin tatsächlich gespannt, was Bolle von *diesem* Paradigmenwechsel hält, wenn es denn einer ist.

Im Haus sieht es gut aus. Aufgeräumt und sauber gemacht hatte ich schon am Freitag. Zum Beispiel sind alle, wohlgemerkt alle, Zeitschriften vom Klo verschwunden. Heute nur kleine Nachbesserungen. Hier und da noch ein paar Wollmäuse aus den Ecken gesucht. Das wäre nicht notwendig gewesen. Aber ich will Martina zeigen, dass ich bestens klarkomme. Dass ich nicht depressiv in Dreck und Müll verrecke und vor allem, dass Julia es gut bei mir hat. Oh ja. Ich komme klar. Nur müde bin ich immer noch. Auch Kaffee hilft nicht mehr. Und das ein oder andere Körperteil pocht. Hoffentlich kann ich mich gleich konzentrieren.

Mein Handy summt – welch willkommene Abwechslung. Martina wird doch keinen Rückzieher machen?

Hi Max,

seid ihr gut angekommen? Wie geht es Julia? Ich fand es wirklich sehr schön mit dir am Samstag, trotz verschiedener Widrigkeiten. ;-) Freu mich drauf, von dir zu hören. Hab noch einen schönen Abend.

LG Charly

PS: Edward ist sehr niedergeschlagen wegen des Autos.

Das gibt's doch jetzt nicht. Charly hat mir geschrieben. Sechsunddreißig Stunden und vierundfünfzig Minuten seit wir uns verabschiedet haben. Was hat das denn jetzt zu bedeuten? Die Frau schreibt dem Mann zuerst – geht das? Darf das sein? Bolle müsste das wissen. Ach was, Bolle. Der weiß auch nicht alles, was Frauen angeht. Musste ja auch unbedingt dazwischenquatschen, als ich Charly vorschlug, Nummern zu tauschen. »Nee, Max. Charly will ihre Nummer nicht tauschen. Sie will ihre lieber behalten.« Und überhaupt: Wen interessiert es, wie Frauen allgemein ticken – Charly *möchte* ich gerne verstehen, Martina *muss* ich verstehen.

Heute geht allerdings müssen vor möchten, denn heute habe ich die Aufgabe, einigermaßen unfallfrei mit Martina die ein oder andere Beziehungsfrage zu klären. Keine komplette Weltrettung à la 007. Zudem auch ohne M oder Q, fräsende Uhren oder explodierende Kugelschreiber. Lediglich eine kleine Max-Welt-Rettung. Und das auch nur mit Hirn und Wort. Ergo eher ein MacGyver-Job – mit Klebeband und Büroklammer.

»Max?«

Mist, jetzt hab ich prompt verpasst, dass Martina reingekommen ist. Also mit Schlüssel. »Äh … ja! Hallo Martina, schön, dich zu sehen. Ich hab grad noch …«, sage ich beim Umdrehen. »Oh, Wow!«

Sie war nicht nur beim Tätowierer, sondern auch sehr ausführlich beim Friseur. Die langen Haare sind ab, und sie trägt einen blonden Bob wie Gundula Gause.

»Neu«, kichert Martina ein wenig unsicher und sehr Martina-untypisch. Sie schiebt ein wenig die rechte Hüfte vor und erinnert mich dabei an das fröhliche Mädchen, in das ich mich einmal verliebt hatte. Ein anderes Gefühl als das, was in meinem Herzen rumort, seit ich Charly kenne, aber auch sehr warm und schön.

Untypisch auch, dass sie mich nicht kritisiert, weil ich durchs SMS-Lesen abgelenkt war.

Wir stehen uns steif wie zwei Teenager gegenüber und wissen nicht so recht, wie wir gucken sollen, und schon gar nicht wohin mit den Armen. Sie sieht fremd aus, gleichzeitig vertraut. Vertraute Fremde. Vertraute Feindin, was weiß ich.

»Siehst gut aus«, sage ich, obwohl irgendetwas mit ihrem Gesicht nicht stimmt. Sie sieht ein bisschen verheult aus, hinter dem perfekten Make-up. Das kann sie wirklich. Obwohl es ein bisschen so aussieht, als wäre es neu, also so, als hätte sie es erst drauf gemacht, kurz bevor sie hierhergekommen ist. Ihre langen Haare haben mir auch besser gefallen, aber die Gründe dafür liegen trivialerweise darin, dass Jungs halt Mädchen mögen und dass sich Frauen, bei denen sich im Leben etwas verändert hat oder verändern soll, häufig eine andere Frisur zulegen. Sozusagen alte Zöpfe abschneiden. Chanel No 5 hat sie gegen irgendetwas ausgetauscht, das eine Zitronennote hat, die für meinen Geschmack etwas zu aufdringlich rüberkommt. Aber ich bin ja eh mehr so die Vanillefraktion.

»Danke, du auch.« Martina guckt auf mein Hemd, das nicht penibel in die Hose gefriemelt ist, sondern einfach locker drüber hängt.

Ich klopfe mit der flachen Hand auf die Stelle, wo früher mein Bäuchlein war. »Liebeskummer macht schlank«, versuche ich zu lächeln, aber ich merke, dass es eine Grimasse geworden ist.

Bevor wir länger wie zwei Teenager rumstehen, die nicht wissen wohin mit ihren Händen: »Lass uns ins Wohnzimmer gehen.« Dort habe ich ganz ungezwungen Wasser mit Limette (obwohl ich ja noch nichts von dem neuen Parfüm wusste), ein paar Weintrauben und Käsehäppchen und eine Kerze hindrapiert. Räume binden Gefühle – den Satz habe ich mal in einer Personalführungsschulung gelernt und versucht, eine nette Gesprächsatmosphäre zu schaffen. Gut, eine Kerze wirkt Ende Mai bei neunzehn Grad Außentemperatur vielleicht etwas fehldekoriert, aber was soll's? Immerhin ist sie gelb und harmoniert perfekt mit dem Strauß Tulpen daneben.

Ich war auch heute Nachmittag noch im Reisebüro, weil wir immer schon nach Rom wollten. Klingt jetzt vielleicht ein bisschen unlogisch, aber ich wollte mir ja nicht irgendwann vorwerfen lassen müssen, ich hätte nicht alles probiert. Da saß ich im Reisebüro also der freundlichen Dame gegenüber, die bei der Hotelauswahl wie selbstverständlich davon ausging, dass ich *ein* Doppelzimmer benötigen würde. Aber wie sollte das gehen, wenn es tatsächlich zu der Reise käme? Allein die Frage, wie es sein würde, wenn sich einer umziehen oder aus der Dusche kommen würde … Zwei Zimmer buchen? Das kam mir dann so richtig bescheuert vor. Ergo ließ ich es komplett sein. Gilt das als Probieren, auch wenn Martina nichts davon weiß?

Sie betrachtet unser Hochzeitsfoto und die Familienfotogalerie, die sich schwerpunktmäßig aus Urlaubssituationen mit Julia speist: »Du hast es nicht weggeräumt?«

»Warum sollte ich?«

Die Lippen zu einem geraden Strich gepresst, setzt Martina sich in den Sessel, damit mir die Chaiselongue bleibt, in die man immer etwas einsinkt – typischer Personalerwitz: Der Bittsteller sitzt etwas tiefer und hat das Licht im Gesicht. Bin ich der Bittsteller?

Zum Glück schreit sie nicht rum. Und ich verkneife mir einen Hinweis auf die Unterlassungserklärungen.

»Wasser?«, biete ich an.

»Gerne. Warst du heute schon im Krankenhaus?«

Ich vermute, dass keiner von uns einen Schluck oder einen Bissen nehmen wird. Aber darum hab ich es ja auch nicht hingestellt.

»Natürlich. Ich finde, sie sieht schon wieder ganz gut aus. Und du?«

Martina nickt, aber ihrem Gesichtsausdruck zufolge, war »natürlich« natürlich die falsche Wortwahl. Na, da werde ich wohl doch mehr als Klebeband und ein Schweizer Taschenmesser brauchen. Rein metaphorisch.

»Ich will gleich noch hin. Und: Wie geht es *dir*?«, versucht sie sich ihrerseits im Small Talk und sieht sogar ein wenig interessiert aus.

Du warst heute noch nicht im Krankenhaus? Aber das lassen wir jetzt besser.

»Wenn du's wissen willst: Ich bin ehrlich gesagt immer noch sehr verwirrt. Ich bin traurig und enttäuscht und verletzt. Ich fühl mich wie vom Lkw angefahren.« Scheiß auf Gesprächsstrategie, ich schmeiß die Büroklammer weg und hole lieber den Hochdruckreiniger. Auf diese Gelegenheit habe ich jetzt ein halbes Jahr lang in hirnzermarternden Nächten und an vorwurfsgeplagten Tagen gewartet: »Würdest du es mir bitte erklären? Und zwar klar und deutlich. Nicht durch die Blume, damit ich auch alles verstehe.«

Martina guckt mich ernst an. Meine Frau ist klug und kennt mich sowie meine manchmal leicht schwachmatische Gesprächskultur und chaotische Fragedidaktik gut genug, um vorher zu wissen, dass ich diese Frage geradeheraus stellen würde. Vielleicht nicht *wann*, aber *dass*.

Sie holt tief Luft. »Tja«, sagt sie, »so richtig erklären kann ich das auch nicht, obwohl ich verstehe, dass ich das vielleicht müsste. Und es ist sicherlich auch nicht optimal gelaufen, all die Dinge um meinen Auszug und deine wirklich süßen Aktionen, mich zurückzugewinnen.« Ihr Mund zeigt ein kurzes Lächeln, das allerdings ihre Augen nicht erreicht. »Das mit den juristischen Schritten tut mir leid. Ich konnte nicht anders. Mit dir reden ging einfach nicht. Ich hab befürchtet, du könntest dir Hoffnungen machen.«

Autsch! Klare Ansage!

»Du liebst mich nicht mehr?« Heiser kommen die Worte aus meiner Kehle. Da sitzt schon wieder ein ziemlicher Kloß. Nicht, dass ich das nicht erwartet hätte oder es mich überrascht, nach allem, wie sie sich im letzten halben Jahr verhalten hat. Trotzdem: Wenn der böse Illusionsballon Hoffnung platzt und all die heiße Wunschluft freigesetzt wird, tut der Absturz in die Realität doch wieder neu weh.

Waren eben nicht draußen noch neunzehn Grad? Ist gerade die Eiskönigin durch das Zimmer geritten, oder sind die Dementoren schon drüben bei Gisela?

»Ach Max, so kann man das nicht sagen. Natürlich mag ich dich. Aber irgendwie nicht so, dass es für die nächsten fünfzig Jahre reicht.«

Wow, sie glaubt tatsächlich, sie wird über neunzig. »Aber warum hast du nie mit mir darüber geredet, wenn etwas nicht stimmte?«

»Weil, ach ich weiß auch nicht. Weil ich dachte, das wäre normal, wie es bei uns ist. Und dass es schon irgendwie besser wird, wenn Julia groß ist und wir mehr Zeit für uns haben. Aber so war es nicht. Dann hab ich Dennis getroffen. Und es hat Zoom gemacht.«

»Und was hat's bei uns gemacht?«, frage ich deprimiert.

»Es tut mir leid.«

»Und du wolltest es nicht reparieren? Wir hätten eine Paar- oder Familientherapie machen können. Zum Seelsorger gehen. Wir könnten es noch. Du hast noch nicht einmal was gesagt.«

»Es hätte nichts geändert.«

»Hätte es nicht? Es hätte alles geändert.«

Martina schüttelt den Kopf. »Nein, Max. Aber es tut mir leid.«

Warum ist sie so hart? Und was ist mit der Traurigkeit hinter dem Make-up? Gilt die mir? Oder unserer vergeigten Vergangenheit?

»Nein, tut es nicht. Denn dann hättest du mich nicht so beschissen behandelt.«

»Doch wirklich. Ich wünschte …«

»Ja, das wünschte ich auch!« Der Kloß ist immer noch da, und ich hasse mich für meine weinerliche Stimme. Ich räuspere mich. Und ein Blick auf die verkackten Käsehäppchen lässt die Kotze auf ein ungesundes Niveau meine Speiseröhre emporsteigen. Ich bin sauer und enttäuscht und verfalle in alte Gedankenmuster. Hatte ich mich nicht gerade entschieden, dass ich auch gut allein zurecht komme? Ja, das kann ich! Aber ich bin es unserer Ehe und Beziehung schuldig, dass alles offen angesprochen wird.

Martina sieht so aus, als wäre sie jetzt lieber woanders, nur nicht hier bei mir. Und mir kommt das gerade auch sehr unwirklich vor.

»Das finde ich sehr, sehr traurig. Du sprichst also nach über einem halben Jahr das erste Mal mit mir, um mir *was* zu sagen?«

»Sei nicht kindisch, Max.«

»Ach, jetzt bin ich kindisch.«

»Ja, bist du. Übrigens einer der Gründe, warum du mich zum Gehen getrieben hast.«

»Aha! *Ich* habe *dich* zum Gehen getrieben. Ich böser, böser Mann.« Nun werden wir langsam ehrlich. »Und was sind die anderen Gründe?« Der Kloß ist weg, die Kotze wieder da, wo sie hingehört, und mir ist sehr, sehr warm.

»Nein, böse bist du nicht. Nur langweilig. Unreflektiert. Kindisch. Selbstsüchtig. Unromantisch. Also unmännlich.«

»Ähm«, versuche ich dazwischenzukommen, aber Martina ist jetzt in Fahrt. Ich versuche, mir ein Wasser einzugießen, aber die Limonenscheiben verklemmen sich, und die Kanne plürt. Typisch, Max. Jetzt muss ich auch noch ein Taschentuch aus der Hose pulen, um das Wasser wegzuwischen. Martina schüttelt genervt den Kopf.

»Vom Grundsachverhalt her war die *Pretty Woman*-Sache eine gute Idee, weil romantisch. Aber eben abgeguckt. Nichts Eigenes. Was ist *deine* Idee, mich zurückzugewinnen?«

»Also …«

»Nimm zum Beispiel Dennis …« Als ob ich mir den zum Vorbild nehmen würde. »… hat im letzten Sommer einen riesigen Wiesenstrauß gepflückt, in einen Eimer gestellt und mir per Taxi ins Büro bringen lassen. *Das* ist romantisch. Nicht so ein komischer Richard-Gere-Verschnitt.«

»Na ja …« Ich weiß, mein Friseur hat mich letztens auf die Stelle am Hinterkopf hingewiesen und gefragt, was ich denn da machen wolle. Als ob man Haare an Stellen wachsen lassen könne, wo man sie haben will.

»Und dann die *PMs* auf dem Klo oder die alberne Gürteltasche.«

»Die *PMs* hab ich längst weggeräumt und die Gürteltasche trag ich nicht mehr.« Dass das eine erst seit Freitag und das andere seit Samstag der Fall ist, spielt ja wohl keine Rolle. Ich klinge schon wieder weinerlich, was wirklich unmännlich ist (auch wenn ich letztens irgendwo gelesen habe, dass Frauen ja drauf stehen, wenn Männer Gefühle zeigen, aber woher soll Mann denn auch wissen, wann der richtige Zeitpunkt dafür gekommen ist oder ob da nicht ein Forscherteam vor Auswertung der Ergebnisse ein bisschen viel Rotwein hatte) und lasse mich von Martina an die Wand drängen.

»Schön für dich, dann tut es deiner Entwicklung wohl gut, dass ich nicht mehr da bin.«

Jetzt reicht's.

»Toll! Da du also beziehungstechnisch nicht ergebnisoffen hier aufgelaufen bist: Was willst du also?« Nimm die Maske ab und zeig dein hässliches Gesicht!

»Um uns scheiden lassen zu können ...«

»Du redest von Scheidung? Wieso habe ich keine Chance gekriegt?«

»Du hattest eine Achtzehn-Jahres-Chance!«

»Ja, ich weiß. Aber seit du ausgezogen bist, haben wir ja wohl kein vernünftiges Wort gewechselt. Kein klärendes Gespräch geführt.«

»Hier ist das Gespräch.« So bockig habe ich Martina vorher selten erlebt.

»Machst du jetzt alles schlecht, was wir hatten?«

»Nicht alles! Also, du bist lange genug mit mir und meinem Beruf verheiratet, um zu wissen, dass man ein Jahr getrennt leben muss, bevor der Scheidungsantrag gestellt werden kann. Besondere Härten im einen oder anderen Fall liegen ja wohl nicht vor, sodass wir noch etwas warten müssen.«

»Ich fass es nicht.« Wirklich, ich fass es nicht. Ob ich es geahnt habe? Ja, natürlich irgendwie. Aber dass sie so gnadenlos ist. Alter Schwede!

»Wir sitzen hier heute zusammen, damit wir uns gütlich einigen. Meinst du, du kannst dich ein bisschen zusammenreißen?«

Nein, meine ich nicht. Du bist unverschämt, kackendreist, und wenn du nicht gleich aufhörst, so eine gequirlte Scheiße zu erzählen, schmeiße ich dich achtkantig hier raus. »Ich bin ganz ruhig und nur etwas konsterniert ob deines merkwürdigen Ansinnens. Was also ist dein Begehr?«

Martina schüttelt den Kopf. »Das meinte ich. Werd erwachsen, Max.«

»Werd du locker und lern Spaß verstehen, Martina!«

Sie tut erwachsen und ignoriert den letzten Wortwechsel: »Ich will das Haus, das Sorgerecht für Julia, und sie wird bei uns wohnen.«

»Nein!«

»Nein was?«

»B und C.«

»Du willst das Haus nicht?«

»Doch, aber meine Tochter ist mir wichtiger.«

»Unsere Tochter.«

»Ich wusste nicht, dass es noch etwas Gemeinsames gibt.«

»Sei nicht albern.«

»Bin ich nicht. Und an deiner Aufzählung wird deutlich, dass dir oder Mr Boah-wat-hab-isch-ne-fette-Harley-Alter das Haus wichtiger ist als Julia. Ergo: Sie wohnt bei mir.«

»Sprich nicht so über Dennis. Und wie stellst du dir das vor?« Als sie Dennis erwähnt, passiert irgendetwas mit ihren Augen.

Und ich spreche über Dennis, den blöden Arsch, so, wie ich das für richtig halte! »Wie ich schon sagte: Ich stelle mir vor, dass sie bei mir wohnt.«

»Das ist doch kein Kompromiss.«

»Dir das Haus zu überlassen ist auch kein Kompromiss.«

»Lassen wir doch Julia entscheiden.«

Einerseits: Vorgestern hätte ich das noch für eine blöde Idee gehalten, aber heute? Ich hatte zwei wirklich gute Tage mit ihr. So harmonisch war es schon ewig nicht mehr, und Martina ist noch nicht mal losgefahren, um ihre Sachen zu holen. Andererseits: Meine zukünftige Ex will gleich noch ins Krankenhaus, und so wie sich das hier darstellt, hatte sie das genauso geplant, um hinterher das gesamte Paket zu kriegen.

»Einverstanden: Aber wir sagen es ihr gemeinsam. Das sind wir ihr wohl schuldig, nach dem Auf und Ab der letzten Zeit. Sie hat sich zwar gut gehalten, aber es ist trotzdem schwer für sie, sich jetzt entscheiden zu müssen. Das sollten Eltern eigentlich nicht von ihrem Kind verlangen.«

Martinas Oberlippe und ihr linkes Auge zucken unruhig um die Wette. So hatte sie sich das wohl nicht vorgestellt.

»Wenn du meinst.«

Ich nicke, lehne mich zurück und bin jetzt ganz ruhig. Meine Stimme kommt so kontrolliert und souverän, wie sie das auch sollte. Entscheidend für mich ist, dass ich das Gespräch gesucht und Martina deutlich gemacht habe, was mir an unserer Ehe liegt. Überraschenderweise bin ich ob des durchaus vorhersehbaren Ergebnisses nicht traurig oder wütend. Es war wichtig und gut, dass ich mir über meine Position vorher klar war, und schaue sie intensiv an. Die Traurigkeit hinter dem Make-up kann ich nicht übergehen. Streit und heftige Aussprache hin oder her. Sie ist immer noch *meine* Frau.

»Und du bist jetzt so richtig glücklich, ja?«

Sie blickt mich durchschaut an. »Was meinst du denn damit jetzt?«

»Ich bin vielleicht dein dummer Ehemann, aber glaubst du, *das* übersehe ich?«

Sie sinkt in sich zusammen: »Wir haben uns gestritten.«

Das kommt vor. »Kommt das häufiger vor?«

»Ja, irgendwie …«

»Aber das gehört doch zu einer Beziehung dazu. Vielleicht haben wir uns zu selten gestritten.«

»Ein anderer Streit als bei uns. Wenn Dennis ausrastet … er wird so beleidigend.«

»Wirft er mit Seehunden?«

»Das ist nicht lustig, Max.«

»Nein, entschuldige.«

»Das ist das Problem bei euch Männern. Erst erzählt ihr großen Mist, tut uns weh, und hinterher entschuldigt ihr euch. Vorher denken, Max. Vorher!« Sie wird schon wieder lauter.

»Ohne Verallgemeinerungen, bitte!«

Meine Frau starrt mich wütend an, und ich beziehe es erstmals nicht auf mich. Das Problem ist bei ihr und Dennis, oder? »Und was willst du?«

Das weiß sie sehr genau und sagt ganz leise: »Ich will wahrgenommen werden. Ich will dir wichtig sein. Du sollst mir zuhören.«

Ich? Was ist mit Dennis?

»Tue ich nicht?« Nein, tue ich nicht. Hab ich ja vorgestern bei Charly gelernt. Ich muss mich ändern!

»Wenn es dich nicht interessiert, guckst du immer gleich weg.«

»Hm.«

»Siehst du.«

»Na ja, also, ich meine nein. Du bist mir wichtig. Und es interessiert mich, was dich angeht.«

»Aber nicht von tiefstem Herzen.«

Das könnte das Problem sein.

»Darf ich?« Ich stehe auf, breite die Arme aus und gehe auf sie zu. Sie nickt.

Ich nehme sie in den Arm.

Es fühlt sich …. nun ja …. komisch an. Vertraut und gleichzeitig neu. Trotzdem eher nach Schwester als nach Frau.

Und ich bin verwirrt.

»Kann ich hier schlafen?«

Ausgerechnet hier? Nach all der Zeit? Warst du nicht hier, um mich rauszuekeln?

Gibt es keine Hotelzimmer mehr in dieser Stadt?

Wann kommt Dennis, dich suchen?

Nichts davon sage ich laut, auch wenn hier alles mehr als unlogisch verläuft. Also nicke ich und streiche ihr über den Kopf. Wer ist diese Frau? Und was will sie wirklich?

Ich räuspere mich: »Okay. Wollen wir dann ins Krankenhaus fahren?«

Wir lösen uns voneinander.

»Ja!« Martinas Stimme klingt belegt. »Ich geh grad nur noch …« Sie nimmt ihre Handtasche und geht in Richtung Gäste-Bad.

Mein Handy summt leise, als ich es von der Tischplatte hochnehme. Mir bleibt fast der Atem stehen bei dem, was da zu lesen ist.

Charly | 30. Mai, 19:26

PPS: Ich hab mich übrigens heute von Gerold getrennt!

Das ist bestimmt eine weise Entscheidung. Aber warum erst heute? Er war doch schon Samstag doof. Und sicherlich auch lange davor. Na gut, vielleicht hat sie es mir heute erst erzählt. Ich müsste jetzt eigentlich zurückschreiben … Nein! Davon lasse ich mich jetzt nicht unter Druck setzen.

SMS FÜR DICH

Ich | 30. Mai, 21:37

Hallo Charly,
Danke der Nachfrage. Wir brauchten viel Coffee-In :), aber um halb zehn war ich schon bei Julia. Ihr geht's so weit ganz gut.
Tut mir leid zu hören wegen Gerold. Wie geht's dir jetzt?
Hier ist's so ähnlich: Julia will aber auf jeden Fall bei mir bleiben. Ich bin sehr froh (wegen Julia). ICH. FAND. DEN. SAMSTAG. MIT. DIR. SEHR. TOLL!!!! Trotz und wegen allem, sozusagen. Danke noch mal!!!!
Freu mich auf deine Nachricht.
GLG Max
PS: Schöne Grüße an Edward: Der Kostenvoranschlag ist in Arbeit. :D

Charly | 30. Mai, 22:05

Puh, dann bin ich aber froh, dass das mit der OP so gut gelaufen und Julia wieder auf dem Damm ist. Danke, lieb von dir, aber mir geht's wirklich gut. Gerold ist ein Idiot.
Klasse! Ich war auch froh, dass die Mädchen bei mir geblieben sind. Bitte gerne – ich habe mich bestens amüsiert. Trotz und wegen allem. :)
LG und gute Nacht!
Charly
PS: Ich richte es aus – da wird er sich sicher freuen. :D

Ich | 30. Mai, 22:07

Gute Nacht! Träum schön und bis morgen!

Ich Idiot! Vielleicht will sie morgen gar nicht simsen. Vielleicht will sie nie wieder simsen. Sie wird bestimmt wieder simsen, nur halt nicht mit mir. Wie kann man so doof sein?

Das Handy liegt auf meinem Nachttisch und gibt keinen Ton von sich. Hoffentlich ist sie jetzt nicht sauer oder findet mich blöd oder aufdringlich.

Paradigmenwechsel Max. Paradigmenwechsel. Ich tue, was ich tue, und es ist gut so! Ich agiere selbstbewusst und lasse mich von nichts und niemandem dazu treiben, nur zu reagieren.

Dann fällt mir wieder ein, dass Martina nebenan im Gästezimmer schläft. Skurrile Situation. Das Bett neben mir ist leer, und ich simse mit Charly. Ein bisschen schräg ist das schon!

Ich schreib schon mal eine Guten-Morgen-SMS, dann kann ich die gleich morgen früh abschicken. Ach nee, lieber doch nicht. Hinterher komme ich versehentlich auf den Senden-Button, und sie kriegt um Viertel nach zehn abends einen Guten-Morgen-Gruß.

Also dann: Gute Nacht!

MAX 2.0 – ICH TUE, WAS ICH TUE!

Ich | 13. Juni, 23:34

Hey! :-)
War schön, deine Stimme zu hören vorhin. Nochmals danke! Für die Einladung. Ich freu mich schon sehr aufs Wochenende und Deine Vernissage! Das wird bestimmt toll! Du bist toll!
Liebste Grüße
Max

Lieb von dir. Dankeschön! Ich freu mich auch, dich zu sehen!

Ich | 13. Juni, 23:36

Schlaf gut!

Charly | 13. Juni, 23:37 Uhr

Du auch!

Ich | 13. Juni, 23:37

:-)

Charly | 13. Juni, 23:38 Uhr

♥

Wenn ich jetzt drauf antworte, sieht es vielleicht so aus, als müsste ich das letzte Wort haben. Wenn nicht, könnte sie denken, ich denke nicht an sie.

Wie auch immer: Es könnte sein, dass es im Leben weder einen roten Faden noch eine Mittelleitplanke zur Orientierung gibt. Manchmal sind es die Seitenstraßen oder verschlungene Gässchen, die viel Interessanteres oder Abwechslungsreicheres zu bieten haben. Und manchmal reicht eben ein Faden, gleich welcher Farbe er auch sein mag, nicht aus, um Orientierung oder Hilfe zu geben: Hin und wieder muss es ein Tau sein oder eine Reißleine.

Wir laufen oft genug durch eine Landschaft ohne jeden Weg. Wenn wir Glück haben, laufen wir von unseren eigenen Ideen getrieben in die richtige Richtung. Wenn es nicht so gut läuft, sind wir die Getriebenen von den Ideen und Vorstellungen anderer, sodass das Leben nicht aus Aktion, sondern nur aus Reaktion besteht. So, wie bei mir oft in der letzten Zeit.

Vieles wird jetzt komplett anders. Julia bleibt bei mir (die einzige Konstante) und wir suchen uns in Ruhe eine neue Immobilie. Martina will Dennis irgendwie davon überzeugen, dass unser Haus nicht halb so spießig ist, wie er es im Moment noch findet (vielleicht hat er auch nur Angst vor meinem Geist, aber das bilde ich mir sicherlich nur ein).

Bolle hat vom Verlag leider immer noch nichts gehört, dafür aber tatsächlich nächste Woche ein Date mit Maren. Er will edel mit ihr essen gehen. Dafür hat er extra Julia engagiert, um auf Yannick aufzupassen.

Zudem habe ich seinen Segen dazu bekommen, Charly wiederzusehen. Vielleicht lerne ich sie etwas besser kennen. »Du weißt selbst, dass sie in einer anderen Liga spielt. Also pass auf dich auf, wenn ich dich schon nicht davon abhalten kann.«

Wir werden sehen!

Und ich werde versuchen, aufmerksamer zu sein.

Ach ja, diesmal nehme ich wohl besser den Passat.

111 GRÜNDE, SEINEN CHEF ZU HASSEN

TYRANNEN, FANATIKER UND SELBSTDARSTELLER – WENN DER BOSS DICH IN DEN WAHNSINN TREIBT!

111 GRÜNDE, SEINEN CHEF ZU HASSEN
TYRANNEN, FANATIKER UND SELBSTDARSTELLER –
WENN DER BOSS DICH IN DEN WAHNSINN TREIBT!
Von Ralph Stieber
ca. 288 Seiten, Taschenbuch
ISBN 978-3-86265-575-5 | Preis 9,99 €

Der Traumjob wird zum Albtraum, und schuld daran ist der Chef. Warum? Weil Chefs Tyrannen sind. Weil Chefs Dummköpfe sind. Weil Chefs Psychopathen sind. Es gibt tausend gute Gründe, seinen Chef zu hassen.

Autor Ralph Stieber hat in seinem Buch seine 111 wichtigsten Gründe zusammengefasst und enthüllt Schockierendes und Unglaubliches aus der Arbeitswelt. Es gibt Hoffnung für alle, die sich täglich zur Arbeit schleppen und sich fragen: Kann man sich denn überhaupt nicht gegen den Chef zur Wehr setzen? Doch – kann man. Dieses Buch enthält zahlreiche provokante Denkanstöße und erprobte Überlebens-Tipps im Umgang mit dem schlimmsten Feind am Arbeitsplatz: dem Chef.

Diese Buch gibt unterhaltsame und politisch inkorrekte Überlebenstipps im Umgang mit der Chefetage.

CHRISTIAN JASCHINSKI, Jahrgang 1965, lebt und arbeitet als Lehrer, Autor und Musiker in Lemgo. Er schreibt Fachbücher, Krimis und Comedy-Literatur. Seine Lesungen gestaltet er mit Musik als »Text-Konzerte« gemeinsam mit Jonas Pütz (Voice-of-Germany-Talent 2013).

Christian Jaschinski
DER TAG, AN DEM ICH FESTSTELLTE,
DASS FISCHE NICHT KLETTERN KÖNNEN
Ganz komischer Roman

ISBN 978-3-86265-545-8

KATALOG
Wir senden Ihnen gern kostenlos unseren Katalog.
Schwarzkopf & Schwarzkopf Verlag GmbH
Kastanienallee 32, 10435 Berlin
Telefon: 030 – 44 33 63 00
Fax: 030 – 44 33 63 044

INTERNET | E-MAIL
www.schwarzkopf-schwarzkopf.de
info@schwarzkopf-schwarzkopf.de